아무도 오지 않는 곳에서

Where No One Comes
아무도 오지 않는 곳에서
천선란 연작소설

차례

1부
제 목소리가 들리십니까
9

2부
제 숨소리를 기억하십니까
119

3부
우리를 아십니까
225

작가의 말
295

여기, 이곳에, 이런 곳에,
내가 있습니다.

아무도 오지 않는 곳에서

1부
제 목소리가 들리십니까

내 목소리 들려?

나는 원장실에서 훔쳐 온 무전기에 대고 말한다.

응.

무전기에서 묵호의 목소리가 들린다. 우리는 같은 방에 있다. 교복을 입은 채로. 나는 침대 이불 속에 있고, 묵호는 옷장 위에 있다. 나는 무전기 버튼을 누른다.

너 정말 아빠를 죽였어?

내가 묻는다.

…밀었는데, 넘어지면서 뇌진탕.

묵호가 대답한다.

와.

나는 감탄한다.

오늘부터 네가 내 꿈이야. 나도 언젠가 엄마를 죽일 수 있겠지?

내가 웃으며 묻는다. 묵호도 따라 웃는다.

순간, 방 안에 카메라 셔터 소리가 정신없이 울려 퍼진다. 창밖이 번쩍번쩍 빛나는 것 같아 밖을 내다본다. 쓰레기 산이 보인다. 하늘에 구름이 떠 있는데, 구름 사이로도 비닐봉지가 뒤엉키듯 떠다닌다. 제 무게를 견디지 못한 타르빛의 끈적한 액체가 구름에서 뚝뚝 떨어진다. 산에는 쓰레기를 줍는 아이들이 있고, 방역복을 입은 사람들이 있다. 방역복을 입은 사람 중 하나가 나를 본다. 헬멧을 벗는다. 묵호다. 나는 다시 방 안을 본다. 조금 전까지 나와 이야기하던 교복 입은 묵호는 사라졌고, 저 쓰레기 산에 스물여덟 살의 묵호가 있다. 이상하다. 원장실에서 무전기를 훔쳐 오는 순간까지는 자연스러웠는데, 갑자기 편집이 꼬인 영상처럼 장소와 시간이 뒤엉킨다. 묵호를 만나기 위해 방 밖으로 나간다. 저 쓰레기 산은 이곳이 아니라 바다 건너에 있는데, 내가 순간 이동을 한 걸까. 1층으로 내려가 출입문을 여니 이번에는 공항이다.

출국장 게이트가 열린다. 검은 정장을 입은 경호원 열댓 명이 먼저 나와 핸드폰과 마이크 들이미는 기자들을 막아서고, 파견 조사팀이 모습을 드러내기도 전부터 기자들은 질문을 쏟아 낸다. 하지만 방역복에 소리가 전부 뭉개져 알아들을 수 있는 질문이 없다. 14일간의 격리를 마친 파견 조사팀이 한여름에는 다소 가혹해 보일 정도로 두꺼운, 겉모습으로 봐선 우주복에 가까운 방역복을 입고 뒤뚱거리며 들어온다. 모두가 고개를 떨군 채다. 인터뷰에 응하지 않겠다는 암묵적인 메시지인데, 기자들은 가뿐하게 그 메시지를 밟고 성큼성큼 다가간다. 주변이 웅성거린다. 공항 내부가 마치 습기 가득 찬 거대한 목욕탕 같다. 한 발치 물러선 나는 방역복 안에 찬 땀을 말리려고 아까부터 방역복 상의를 은근슬쩍 들춘다. 공항 경찰들의 경계가 삼엄하다. 이곳에서 일어날지도 모르는 폭력에 대한 경계가 아니라 방역복을 벗지 못하게 하려는 감시다. 동물용 방역복을 입은 감시견과 함께 무장한 공항 경찰이 다가온다. 그들의 시선은 어수선한 게이트에 머물러 있지만 감시견은 충실한 자세로 정신없이 주위를 둘러본다. 훈련받은 감시견은 방역복을 벗으려는 인간의 행동 순서를 알고 있다. 나는 방역복을 끌어 내린다. 감시견이 지나갈 때까지 참는다. 이마와 인중, 허리와 가슴골에 땀이 흐른다.

 방역복을 입고 생활한 지 고작 한 달 만에 습진이 생겼다 . 여름철 습도가 대부분 90퍼센트를 넘게 된 한국에선 방역복이 바다 건너에 있는 바이러스보다 더 많은 사람을 죽였을 것이다. 이 습도와 온도에서 방역 정책이란 게 방역복을 의무적으로 입게 하는 것이라면 이는 정부가 재난을 불러오는 것이나 다름없었다. 한 달 사이 내가 다니는 일터에서만 열사병과 탈수 증세로 쓰러진 사람이 셋이다. 셋 다 평소 기저 질환 없이 건강했다. 우주정거장 시스템부에서는 자체적으로 1시간마다 10분씩 개인 휴게실에서 방역복을 벗고 쉬도록 하는 방안을 만들었고, 개인의 몸 상태에 따라 더 능동적인 휴식도 가능했다. 하지만 종일 선체에 붙들려 몸을 써야 하는 엔지니어들에게는 턱없이 부족했다. 몸이 둔해지는 작업복을 입고 거대한 우주선의 선체 외부를 수리하려면 평소보다 더 많은 에너지가 필요했고, 부품을 단조 절삭할 때 감당해야 하는 열기도 만만치 않았다. 그 덕에 나는 잠잠했던 과호흡이 재발했다. 숨이 깊어지고 답답해지면 몸이 당황한다. 손이 떨리고 어지럼증과 이명이 몰려오며, 당장이라도 죽을 것 같은 공포심이 온몸을 뒤덮는다. 하지만 이때, 우습게도 방역복이 나를 살린다. 그 답답함이 내게 과호흡을 일으키고 이산화탄소로 가득 찬 방역복 속 폐쇄된 공간이 나를 다시 진정시키는 것이다. 이 얘기를 들었다면 묵호가 주근깨 핀 콧잔등을 잔뜩 찡그리며 기함했을 텐데. 그 모습이 선명하게 그려진다. 나 때문에 비닐봉지를 주머니에 넣고 다니던 묵호. 기절한 나에게 한다는 말이 고작 자기 두고 치사하게 먼저 죽지 말라는 것이었던 묵호. 나에게 피톤치드 처방을 놓아야 한다며 나를 끌고 매일 산에 오르던 묵호. 촉법소년에서 따온 '촉새끼'라는 별명으로 불리던 묵호. 보호관찰이 끝나던 날, 나를 데리고 무인 인형 뽑기 매장에서 5만 원을 들여 붕어빵 인형 하나를 간신히 뽑으며 해방감을 느끼던 시시한 묵호.

　기자들보다 한 발치 떨어진 곳에 서서 묵호를 찾는 건 쉬운 일이 아니다. 입국 직전에 개인 소지품을 모두 불태웠다는 말이 사실인지 조사팀원들의 손에는 짐이 없다. 가방이라도 있었으면 그 가방에 달려 있을 육지 거북이 인형으로 묵호를 구분할 텐데. 이래서는 일곱 명의 조사팀원 모두가 똑같은 방역복 차림이라 묵호가 누구인지 알아볼 수 없다.

　조사팀을 따라 인파가 우르르 몰려간다. 많은 이들이 서로를 밀치며 앞다투어 걸어가고, 멀리 떨어져 있던 나도 순식간에 그 속에 휩쓸린다. 밀지 말라고 외치지만 아무도 듣지 않는다. 좀 비키라고 밀어내도 누구도 물러서지 않는다. 기어코 살려달라는 말이 터져 나오나 누구에게도 닿지 않는다. 숨이 차다. 식은땀이 몸을 뒤덮고, 손발이 저리고 두통이 밀려오며 시야가 흐려진다. 몸이 균형을 잃고 쓰러지는데, 바닥에 부딪혀도 평정을 잃은 몸은 감각이 모두 고장 나 아프지 않다. 꼭 무중력같이. 마치 우주같이. 넘어져도 통증이 느껴지지 않을 때마다 나는 지구에 생겨난 알 수 없는 이 무중력 홀을 통해 우주로 퇴출당하는 상상을 한다.

이 모든 상상은 묵호에게서 비롯되었다.

외계인이야? 솔직히 말해봐.

터무니없는 말을 퍽 진지하게 하는 묵호.

그래서 지구에서 숨 잘 못 쉬는 거, 맞지? 비밀로 해줄게. 멋있는 비밀이다.

하지만 듣고 있으면 꽤 그럴듯해서 이상하게 사람을 편안하게 해주는 묵호.

너 진짜면, 나중에 나도 데리고 가라. 우주로. 치사하게 혼자 가지 말고.

내가 외계인이 아니어서, 내가 나를 미워하게 만든 묵호. 하지만 덕분에 이렇게 숨이 답답해질 때마다 나는 외계인이어서 그렇다고, 내가 진짜 숨을 쉴 수 있는 행성은 따로 있다고 생각할 수 있었고 그런 생각이 나를 진정시키는 데 도움이 됐다.

나는 지금도 되뇐다. 여기는 내가 있을 곳이 아니다. 이곳은 내가 태어난 곳이 아니다. 여기는 잠시 머무는 곳이다. 벗어날 곳이다. 숨이 쉬어지지 않는 건 당연하다. 바닥에 엎드린 채 몸을 웅크린다. 사람들의 발소리가 땅의 진동으로 느껴지지만, 먹먹해진 귀 탓에 아무 소리도 들리지 않는다. 누군가 내게 걸려 넘어지기라도 하면 큰일이다. 이렇게 많은 인파라면 순식간에 대형 사고로 번질 수도 있다. 나는 안간힘을 다해 기둥 쪽으로 기어간다. 떨어진 산소호흡기를 찾는 환자 같은 모습으로.

 간신히 기둥에 도달한다. 파도에 쓸려 가지 않으려는 것처럼 기둥을 붙잡는다. 아무라도 나를 도와주면 좋겠건만. 방역복을 벗으면 감시견이 오지 않을까. 벌금을 내더라도 나를 데리고 응급실에 가주지 않을까. 그런 희망으로 감각이 사라진 손을 더듬어 방역복 헬멧을 벗으려 애를 쓴다. 그때 누군가 내 어깨를 붙잡아 돌린다. 엎드려 있던 몸이 천장을 향해 바로 눕혀진다. 흐릿한 시야에 익숙한 얼굴이 보인다. 점점 선명해진다. 묵호다. 조심스러운 손길. 괜찮다고, 여기에는 너랑 나뿐이라고, 비닐봉지가 필요하냐고 묻고 있을 건데, 묵호의 목소리가 웅웅 울린다. 처음에는 내 귀가 먹어서 그런 줄 알았다. 그런데 묵호의 얼굴은 저렇게 또렷하게 보이다니, 이 또한 이상했다. 상황을 판단해. 당황해 하지 말고 눈에 보이는 정보를 해석해야 한다. 그러니까 쓰러진 나를 돌아 눕힌 것은 방역복을 입지 않은 묵호다. 묵호는 왜 방역복을 입고 있지 않지? 어째서 묵호는 기자들에 둘러싸이지 않고 나에게 올 수 있었던 거지?

 쾅. 내 어깨를 두드리는 묵호의 손이 망치 같다. 통증은 느껴지지 않지만 그런 진동이 느껴진다. 쾅쾅, 콰광. 묵호의 손짓과 소리가 맞지 않는다. 묵호의 손이 훨씬 속도가 느리다. 벽이 깨질 것만 같은 이 소음은 어디에서 들려오는가. 경고음이 들린다. 당장 탈출하라는 우주선의 경고음이다. 공항 천장이 붉게 점등된다. 옆을 돌아보니 기자들이 사라진 공항 로비는 텅 비어 있다. 사람이 없다. 출국이 자유롭지 않은 시기라지만 이 정도로 텅 빈 공항은 낯설다. 경고음과 망치로 내리치는 듯한 소리가 점점 선명해지고 묵호의 얼굴에 붉은 열꽃이 핀다. 격리 병동에서 한 달 넘게 저승과 이승에 발 하나씩 걸치고 있던 그때처럼. 내가 놀라서 묵호의 이름을 외치는 순간, 눈앞이 암전된다. 하늘이 무너지는 듯한 굉음과 주체할 수 없을 만큼 강렬한 진동이 느껴지고, 곧 이 소리와 감각이 현실처럼 느껴졌을 때 눈이 떠졌다.

속이 매스껍다.

헛구역질하지만, 입에 무언가 물려 있다. 상황이 파악되지 않는다. 허공에 문구가 뜬다. 글자가 눈에 들어오지 않아 글씨를 보고서도 바로 읽어지지 않는다. 몸을 비트는데 공간이 좁고 미끄덩한 액체 질감이 느껴진다.

물속이다.

글자는 처음엔 투명하고 허공에 떠 있는 듯 보였지만, 실제로는 백색이고 캡슐 전면에 떠 있었다. 글자가 이제야 눈에 인식된다.

Welcome Back

2109. 12. 28.

흘러간 시간을 헤아린다. 12년이 지났다. 정확히는 12년하고 10개월이. 검붉은 자국이 덕지덕지 묻어 있는 게 보인다. 어떤 자국인지는 아직 모르겠다.

그러다 잠시 눈을 감자, 다른 장면이 펼쳐진다.

지상 우주정거장 면담실이다. 맞은편 자리에 아메리카노가 든 텀블러가 있다. 긁힘이 많은 남색 텀블러. 타일러 조의 것이다. 그리고 역시나 비어 있던 자리에 타일러가 앉는다.

어머니가 언제 돌아가셨다고?

인사말도 없이 타일러가 묻는다. 그에게서는 항상 숨이 막힐 정도로 인위적인 스킨 향이 지독하게 풍겼는데 지금은 나지 않는다.

제가 열아홉 살… 어머니는 쉰다섯.

젊은 나이에 돌아가셨네. 병이 있으셨나?

당뇨요.

당뇨면 평소에 관리만 잘해도 더 오래 사셨을 텐데.

타일러는 자신의 화법이 진솔하며 명료하다고 믿고 있다. 업무적인 소통에서라면 타일러의 화법이 적합한 것도 맞았다. 그렇기에 그가 이 팀의 리더가 되었겠지만, 그 외의 모든 대화에서 그의 소통 능력은 형편없었다. 진솔함은 무례함이 되고, 명료함은 매정함이 되는 이 미묘한 변화를 알아차리지 못하는 사람이었다. 진솔함과 명료함은 리더가 되지만, 무례함과 매정함은 폭군이 된다. 평소 선명함과 희망을 주던 그의 깊게 파인 눈꺼풀도 지금은 압박과 쇳덩이처럼 느껴진다. 자리가 불편하다. 나가고 싶다. 벗어나고 싶다.

그러게요. 관리만 잘하셨으면 더 오래 사셨을 텐데.

나의 냉소적인 대답에 그의 눈썹이 꿈틀거린다.

사이가 좋지 않았다고?

좋지 않은 정도가 아니라 가해자와 피해자죠.

그가 마지못해 고개를 끄덕인다. 지적받았다는 사실에 불편한 것이다. 고작 나 따위에게. 그가 리더와 폭군을 오가는 것처럼 나는 강하고 질긴 생존자임과 동시에 숨 쉬는 것이 삶의 최대 업적이어야 할 존재다. 살아남았으나, 결국 숨만 쉬며 지내야 한다. 아무도 내 말을 듣지 않는다. 듣고 싶어 하지 않는다.

우주로 간다는 건 도망치고 싶어도 도망칠 수 없는 고립된 공간이라서 대인 관계가 가장 중요해. 팀워크! 나는 언제나 소통이 최우선이야. 대화로 해결하지 못할 건 없어. 문제가 해결될 때까지 끊임없이 서로 마음을 나누는 거야.

그렇게 말을 하고 타일러는 나를 빤히 본다.

더 돌려 말하지 않고 묻지. 가능하겠어? 타인과의 긴밀한 관계.

그 대화에서 문득 타일러가 묵호를 팀원으로 받아들인 이유가 궁금해져 타일러와 헤어진 후 묵호에게 물었다. 타일러가 묵호에게 물은 것은 취미 따위라고 했다. 한동안은 그 사실에 분노했다. 아버지를 죽인 아들과 어머니를 피해 옷장에 숨은 딸은 뭐가 다른지 궁금했다. 나중에야 그 시시한 이유를 알게 되었다. 엔지니어는 대체 인력이 많지만, 진균학자는 타일러가 마음에 들지 않는다고 해서 애당초 교체할 인력이 없었다. 묵호에 한해서 타일러에게는 결정권이 없었던 것이다.

네.

그는 내 뒷말을 기다리지만, 나는 그 한마디 외에 달리 덧붙일 수 있는 말이 없다. 나를 증명하기 위한 말은 그만하고 싶다. 나는 이제 서른이 넘었다. 10대의 내가 계속해서 귀찮게 구는 것을 멈추고 싶다.

그렇군.

타일러가 자리에서 일어난다. 남색 텀블러를 손에 들고, 들어가서 쉬라는 마지막 인사까지 던졌다가 문을 나서기 전 뒤돌아 묻는다.

어머니가 돌아가신 건 단순한 사고였나?

…아니면 뭐겠어요.

그 순간 몸이 출렁인다. 물 위로 부유하는 감각이다. 타일러 역시 수면에 비친 형상처럼 흔들린다. 눈을 감는다.

눈을 뜨자, 다시 물속이다.

문장들이 연이어 뜬다.

Reactivating…

Normalizing…

HEART RATE: 57 BPM

동면 상태가 절차에 따라 끝나가는데, 우주선 전체에 울려 퍼지는 경고음은 여전히 그대로다. 자세히 보니 검붉은 액체는 방금 묻었는지 아주 느린 속도로 흘러내리고 있다. 몸이 먼저 반응한다. 절대 이 문을 열지 마. 장롱 속에 있던 것처럼 숨을 죽이고 있어야 해. 몸의 경고를 따라 웅크리고 싶지만 이곳은 장롱 안이나 침대 밑이 아니라 동면 캡슐이었다. 그 당시의 장롱과 떨어져 있어도 한참 떨어져 있는 우주 한복판이지 않은가. 손을 더듬어 버튼을 누른다.

외부 공기가 유입되며 액체가 서서히 빠져나간다. 코에 차가운 공기가 닿는다. 물고 있던 튜브를 빼고 입으로 숨을 몰아쉰다. 공기가 따뜻하게 데워지며, 심박수와 혈압, 체온의 수치가 모두 정상 궤도로 올라오는 것이 보인다. 액체가 완전히 빠져나간 후에는 뜨거운 공기가 순식간에 뿜어져 나와 몸에 남은 물기를 순식간에 말렸다. 그제야 꽉 닫혀 있던 캡슐 전면의 잠금이 해제됐다.

12년 만에 맨발로 땅을 밟는다. 비릿한 향을 맡는다. 발바닥에 검붉은 액체가 묻어 있다. 농도가 짙고 비릿하고, 검붉은 액체. 이건 피구나.

문이 열려 있다. 문 안팎으로 핏자국이 보인다. 방을 둘러본다. 아, 여기 동면실이 아니구나. 엔지니어실이다. 내가 왜 여기에 있지? 어째서 내 동면 장치만 이곳으로 옮겨져 있지? 장치를 살핀다. 누군가 동면 장치를 잡고 끌었던 듯 피로 얼룩진 손자국이 남아 있다.

이곳에서 다른 이의 기척은 느껴지지 않는다. 내 방에는 동면 캡슐 한 대와 우주선의 모든 공간을 볼 수 있는 모니터, 선체 상태를 확인할 수 있는 설계 도면이 표시된 스크린이 있다. 모니터를 통해서도 이 방에서 나 이외의 다른 움직임이 감지되지 않는 것을 확인하고 우선은 문을 닫는다. 무슨 일이 벌어졌는지 전혀 예측되지 않는다. 누군가 크게 다칠 만큼의 사고가 있었을지 모른다는 생각도 해보지만 이 또한 헛된 희망이다. 누군가 다칠 정도로 선체가 망가졌다면 이 우주선의 이름이자 선체 인공지능이기도 한 '키사'가 제일 먼저 나를 깨웠어야 했다. 선체가 망가진 것이 아니라면 이렇게 방대한 양의 피를 흘릴 정도로 다칠 이유가, 그리고 그럴 방법이 이곳에 있던가. 이상하다. 무언가 이상한데, 무엇이 이상한지 또렷하게 설명할 수 없다. 두렵다. 이상해서 두려운 것인지 두려워서 이상한 것인지도 알 수 없다. 젖은 낙엽처럼 들러붙은 두려움을 애써 무시한다. 시간이 지나면 알아서 말라 떨어질 것이라 믿으며. 어째서인지 꺼져 있는 키사의 시스템 전원을 다시 켠다. 불이 들어오지 않는다. 버튼을 여러 차례 누른 뒤에야 조작 키보드 자체가 작동하지 않는다는 것을 깨닫는다. 손목 밴드형 미니 패드 역시 켜지지 않는다. 시스템과 호환되어 있어 키사가 켜지지 않는 이상 패드도 작동되지 않을 터다. 그래도 우선은 미니 패드를 손목에 차고 천천히 상황을 훑는다. 모니터가 작동되는 것으로 미루어 보아 조작 키보드와 연결된 전선에 문제가 생긴 것으로 짐작된다. 나는 이 방에서 살펴볼 수 있는 모든 전선을 다 점검해 보았지만, 전부 멀쩡하다. 그렇다면 선체 내벽에 감춰져 있는 전선이 망가졌다는 것인데, 물리적으로 벽을 뜯어 전선을 끊는 것 외에 전선이 망가질 이유가 있던가. 설마 쥐가 함께 탔나. 다시 모니터를 본다. 이상하다고, 무언가 이상하다고 느끼면서.

우주선에는 스무 명의 선원이 탑승했다. 기계 엔지니어는 나를 포함해 세 명. 그 외에는 생명과학 및 생태 분야의 학자, 외과 및 정신과 전문의, 지질학·대기학·토양학·화학 분야의 전문가, 우주비행사, 기록관, 마지막으로 진균학자가 함께했다. 그런데 이상하다. 모니터에 보이는 움직임은 고작 다섯 명뿐이다. 한 명은 나고, 두 명은 동면실에서 반응한다. 움직임이 없는 것으로 보아 잠든 선원들인 듯한데, 나머지 두 명은 각기 다른 장소에서 미세하게 움직이고 있고 다른 열다섯 명의 움직임은 잡히지 않는다. 이것 역시 고장으로 인한 오류일까. 그런데 이것 말고도 이상한 무언가가 있다. 내가 인식하지 못하는 어떤 이상함의 덩어리가 내게 착 붙어 있는 느낌이다. 존재감이 강렬하고, 나를 두렵게 만드는.

현 상황을 정확히 알기 위해서는 밖으로 나가야 한다. 복도로 나서기 전, 혹시나 하는 우려로 옷장에서 방탄 재킷을 꺼내 입는다. 습관처럼 옷장 옆, 선내 창을 본다.

우리는 지구에서 320광년 떨어진 행성으로 가고 있다. 백조자리 방향의 쌍성계 누메이Numae를 공통 중심으로 공전하는 세 번째 행성, 학명 누메이 A$^{Numae\ A}$, 통칭 에르사Ersa 행성이 우리의 목적지였다. 우리는 후발대였고 선발대로 떠난 3대의 우주선이 그곳에서 우리를 기다리고 있는 상태였다. 그들은 자신들과 우리가 함께 지낼 수 있는 초소를 만들었을 것이다. 한편에서는 지구에서 가져온 작물을 심어 환경에 적응하는지 따위의 재배 관찰이 이루어지고 있을 테지. 그에 따라 다양한 형태의 비닐하우스도 생겨났으리라. 선발대가 챙겨 온 각종 국기가 에르사 대기의 바람을 타고서 펄럭이는 풍경. 무사 귀환을 환영하는 사람들. 그런 장면을 상상하며 동면에 들었다.

창으로 가까이 다가가 밖을 주시한다.

산소와 질소를 기반으로 한 대기와 안정적인 자기장, 미생물과 균류가 존재하고, 식물과 곤충 그리고 조류 같은 생명체가 터전을 잡은 곳. 생태계가 지구와 유사하며 파도가 치고 낮과 밤의 시간이 지구와 2시간 차이밖에 나지 않는 인류의 두 번째 집. 지구의 하늘을 떼어 내놓은 것 같은, 검고 붉고 푸른색을 다채롭게 입은 하늘. 양 떼 같은 구름이 떠다니는 하늘…. 그런 장면이 펼쳐졌어야 했다. 원래라면.

이 불길한 감정의 원인을 찾았다. 우주선이 정박해 있다. 목적지가 아닌 행성에.

푸른 하늘이 아니라 핏빛에 가까운 분홍빛 하늘이다. 커튼 같은 오로라가 쉼 없이 펄럭이고 있는. 우주선이 경로를 크게 이탈해 완전히 다른 항성계로 방향을 튼 것이 아니라면 이건 내가 알고 있는 하늘이다. 에르사와 같은 쌍성계를 공전하는 두 번째 행성, 카르노Carnot. 에르사와 90퍼센트 유사하며 지구와 70퍼센트 일치하나 대기 부적합으로 이주가 보류된 행성이다. 에르사가 아닌 카르노에 떨어진 것인가. 부디 그러기를 바란다. 적어도 카르노엔 인간을 위협할 만한 독극물이나 괴수 같은 생명체가 없다는 것이 확인됐으므로.

복도에는 아무도 없다.

동면에서 깬 지 얼마 지나지 않은 상태여서 움직임이 둔하다. 방탄 재킷 위에 우주복까지 껴입은 것도 한몫했다. 타이어 두 개를 몸에 매달고 모래사장 위를 걷는 느낌이다. 핏자국은 누군가의 궤적을 따라 이어져 있다. 바닥과 벽면 모두 엉망이다. 이 역시 이상하다. 전신이 피범벅인 상태에서 움직였다고밖에 설명되지 않는 흔적이다. 감각이 둔한 탓에 권총이 손에 잘 쥐여 있는지 확인한다. 쏠 일이 없기를 바랄 뿐이다.

뜯긴 벽면이 있는지를 살피며 동면실로 향한다. 두 명이 아직 잠들어 있다. 나는 부디 그중 하나가 묵호이기를 바란다. 묵호는 살아남는 것에 재능이 있으니까. 신이 묵호에게 모든 걸 다 빼앗은 게 미안했던 건지, 아니면 오히려 지독하게 미워했던 건지 질긴 생명력 하나는 남겨주었으니까.

동면실에 가까워졌을 때 뜯긴 벽을 발견했다. 그 안으로 잘린 전선이 보인다. 누군가 의도적으로 시스템을 망가뜨린 것이다.

이해되지 않는 점은 도대체 누가, 그것도 이렇게 무식한 방법을 사용했냐는 것이다. 어떤 의도에서인지는 모르겠지만, 이런 식의 물리적 파손을 가할 경우 본인도 무사할 수 없다는 걸 모를 리 없을 텐데. 전선 단면을 살핀다. 다행히도 우주선의 핵심 전선은 안전했고, 잘린 전선의 접합도 어려워 보이지 않는다. 가방에 늘 챙겨 다니는 압착 커넥터로 전선을 눌러 고정하고, 전도성 젤을 바른 후 수축 튜브로 다시 밀봉한다. 우주선 시스템이 재부팅되는 소리가 들린다. 미니 패드도 켜진다.

―옥주, 안녕하세요?

귓바퀴 안에 부착된 초소형 스피커를 통해 익숙하고 반가운 목소리가 들린다. 키사가 마치 심폐 소생으로 살아난 생존자처럼 느껴진다. 실체가 있었으면 끌어안았을 텐데. 키사에게 무슨 일이 있었느냐고 묻는다.

―정확히는 저도 모르겠어요. 에르사가 아닌 카르노로 불시착 후 시스템이 꺼진 건 알아요. 그때 저장 프로그램이 훼손됐는데, 이건 재부팅이 끝나면 복구돼요. 지구에서 온 메시지도 있어요. 이것도 재부팅이 끝나는 대로 들려드릴게요. 옥주, 무슨 일이 있었던 거죠?

"나도 모르겠어. 지금 막 일어났어."

동면실로 향한다. 가까워질수록 역겨운 냄새가 풍겨 온다. 팔로 코를 막으며 걸음을 멈추지 않으려 애썼지만, 결국 동면실 입구가 검붉은 피와, 살점이라든가 내장이라든가 하는 덩어리가 뒤섞여 있는 것을 보고 걸음을 멈춘다. 형체를 단번에 알아볼 수는 없었지만, 저건 손가락이고 저건 창자인 듯하다. 자세히 보지 않으려고 눈을 돌리는 순간 구역질이 치민다. 아직 몸이 완전히 깨어나지 않았는지 모든 것이 한발 늦고, 몸을 지탱하기도 쉽지 않다. 하나 이런 정신없는 상황에서도 한 가지만은 선명하게 파악된다. 이건 단순한 사고가 아니다. 적어도 누군가 살해당했다. 누군가에, 혹은 무언가에 의해.

―옥주, 복구된 메모리가 있어요.

숨을 고르느라 대답하지 못한다. 스트레스 수치가 치솟는 것이 보인다.

―안정을 취하는 게 좋겠어요.

"복구된 내용이 뭐야?"

―안정을 먼저 취하는 게 좋겠어요.

"상관없어. 괜찮으니까 말해줘."

―타일러 조가 사람들을 죽였어요.

스트레스 수치가 더 튀어 오르지 않고 유지된다. 깊숙하게 퍼진 트라우마는 물 먹은 스펀지와 비슷하다. 무겁고 눅진해서 웬만한 무게도 무던하게 받아낸다. 절망감과 공포, 놀람, 두려움

따위를 느끼고 싶지만 키사가 알려준 소식은 그만큼의 파급력이 없다. 타일러 조는 한국계 캐나다 출신의 미국인 남성이고, 48세이며 외과 전문의다. 그런 그가 사람 하나가 아니라 사람'들'을 죽였단다. 인간이 무언가를 죽였다는 건 대수로운 일은 아니지. 더욱이 한 생명을 죽일 수 있는 인간이라면 여러 생명을 한꺼번에 죽였다는 것 역시 대수로운 일이 아니지.

"몇 명이나? 누구를?"

키사가 데이터를 되짚는다.

―현 우주선 사망자 명단이에요. 리나 오카포… 코지 다나카… 아미라 엘사… 라비 말호트라….

키사가 죽은 팀원들의 이름을 호명하는 소리를 들으며, 다시 동면실로 향한다.

―마야 에르난데스… 텐진 도르제… 정해원… 내털리 브룩스… 자오….

끝도 없이 이름이 쏟아진다. 마치 이 우주선의 선원을 호명하던 그날 같다. 몇백 명이 넘는 전문가들을 승선 명단에서 차례대로 부르던 그날. 알게 모르게 긴장되어 묵호의 손을 잡았던 그날 말이다. 한 세기에 가까운 시간 동안 따로 떨어져 우주를 비행하는 건, 앞으로 우리가 익숙해져야 할 시간의 크기였지만 아직 지구에 머물던 나에게 그 시간은 영원한 이별과 다르지 않았다.

―카이 피터… 알레한드로 실바….

동면실은 참혹했다. 열린 동면 장치, 바닥을 전부 뒤덮은 피, 어렴풋이 흔적처럼 남은 몸의 형태들…. 묵호의 동면 장치도 열려 있다. 피가 묻어 있지만 그뿐이다. 덩어리가 없다.

덜컹. 아직 열리지 않은 동면 장치가 흔들린다.

―파티마 알칼디… 아이샤 우마르… 주레이카 레예스….

그 안에는 알칼디가 누워 있다. 알칼디는 몸을 격렬히 흔들고 있다.

"알칼디, 방금 죽었다고 하지 않았나?"

하지만 엔지니어실에서 본 모니터에는 분명 동면 장치 두 대에 생체 신호가 잡혀 있었고, 알칼디는 지금 눈을 뜬 채 움직이고 있다. 키사에게 네가 틀렸다고 말하려는데 장치에 부착된 생체 신호 모니터 로그가 눈에 들어온다.

HEART RATE: 0 BPM
심박수: 심정지 상태

NEUROMUSCULAR RESPONSE: Peripheral Pulses Detected
신경 근육 반응: 말초 맥박 감지

CORTICAL ACTIVITY: Intermittent Delta Waves

뇌파 활동: 간헐적 델타파 발생

BODY TEMPERATURE: 31.4°C

체온: *31.4°C*

─네. 알칼디는 심정지 상태예요. 심장박동이 멈춘 지 8시간이 지났어요.

알칼디의 눈동자가 탁하다. 내가 가까이 다가가자 움직임이 더 격렬해졌지만, 초점이 나를 향하지는 않는다. 문을 열지 못해 손으로 유리만 치고 있다. 다른 동면 장치를 확인한다. 카이 피터의 장치다. 피터의 생체 신호 모니터도 알칼디와 같다. 심장이 뛰지 않는 상태. 다른 점이 있다면 피터는 탁하게 변한 눈동자만 방황할 뿐 몸을 움직이지는 못한다.

"피터, 내 말 들려요? 나 알아보겠어요?"

여전히 심장은 멈춰 있지만, 피터는 내 말을 알아들은 것처럼 미세하게 고개를 움직인다. 우선 피터의 체온부터 올려놓아야겠다는 생각이 들었다.

"기다려요. 문을 열어줄게요."

─옥주, 제 판단엔 문을 열지 않는 게 좋을 것 같아요.

내가 장치 손잡이를 잡아당기는 순간, 키사가 잠금장치를 도로 잠그며 말한다.

―타일러 조 역시 죽었어요. 기록상으로는 제일 먼저요. 심정지가 왔어요. 그는 완전히 죽은 사람이었는데 움직였어요.

"네 말이 하나도 이해가 안 돼, 키사."

―타일러와 함께 있던 마야와 해원이 다른 선원들을 깨웠고, 그렇게 비극이 시작됐어요. 잠들어 있던 선원 중 몇몇도 타일러와 상태가 비슷했어요. 하지만 깨어 있던 타일러가 더 빨랐죠. 그들은 타일러처럼 변하기 전에 물어뜯겨 죽임을 당했어요. 아니, 먹혔다는 표현이 적확해요. 복구된 데이터 중에 메이린에게서 온 음성 메시지가 있어요. 먼저 들어볼래요?

"듣기 전에 먼저 묻고 싶은 게 있어."

―뭔가요?

"묵호는?"

―뒷말을 끝까지 해주세요. 묵호의 생사를 묻는 건가요?

"묵호는 어디에 있어?"

묵호가 죽었을 것 같지 않다. 묵호는 불사신 같은 기질이 있다. 아니, 묵호는 불사신이 맞다. 묵호는 세 번의 죽음 앞에서 모두 살아남았다. 동면실에서 감지된 두 개의 움직임 중 묵호가 없었으니 우주선 복도에서 감지된 둘 중 하나가 묵호일 것이다. 숨는 데 재능이 있는 애였다. 묵호가 내벽을 뜯고 그곳을 땅굴로 삼았던 것일 수도 있다.

키사가 묵호의 생체반응을 찾는다. 마음의 꽃잎 하나씩을 뗀다. 없다. 있다. 없다. 있다.

―움직임이 잡혀요. 심박은 없고, 체온은 31도입니다. 식당에서 잡혀요.

"그러니까 움직인다는 거지?"

―네, 움직여요. 하지만 생체반응을 보면 묵호도….

"움직이면 됐어. 그리로 가자. 가면서 메이린이 남긴 음성을 들을게."

식당으로 향한다. 메이린의 음성이 패드를 통해 재생된다.

**

필리핀 남부 민다나오섬에 파견되었던 다섯 명의 조사팀이 전원 열병으로 생사를 오갔다. 사망자 한 명도 나왔다. 전염병에 대한 공포가 극에 달했던 시기였다. 거리가 텅 비었다. 사람들이 건물 안에 갇혀 종일 뉴스만 들여다보았다. 2020년을 팬데믹으로 열었고, 그 후로도 예고 없이 퍼진 전염병에 몇 차례의 팬데믹을 겪은 시대였기에 필리핀에서 서서히 퍼지기 시작한 열병을 대하는 사람들의 태도는 침착하면서도 평온했고 동시에 안일했다. 심지어 초반 열병은 치사율이 높았다. 걸리면 손쓸 방도도 없이 열이 40도를 넘었다가 이상 행동, 이를테면 광견병에 걸린 사람처럼 발작과 정신이상 증세를 보였다가 나흘 안으로 사망했다. 결과적으로 마을 밖으로는 전염병이 쉽게 퍼지지 않았기에, 몇몇 이들은 다행으로 여겼다. 마치 모두가 에볼라의 무서움을 알면서도 그 높은 치사율 때문에 널리 퍼지지 않는다는 사실에 기대어, 에볼라가 흑사병처럼 사라진 듯 굴었던 것처럼 말이다. 하지만 사람들이 간과한 사실이 있다면 아프리카 서부와 중앙부가 쉽게 갈 수 없는 여행지인 것과 달리 필리핀은 한국 사람들은 물론 세계인들이 언제든 갈 수 있는 휴양지 중 하나라는 점이다. 그리고 그중에는 자신의 콘텐츠 조회수를 높이기 위해 금지 구역을 방문하는 사람도 있다는 것을.

 절대 퍼지지 않을 것 같던 열병이 세계 곳곳에 출몰하기 시작했다. 순식간에 퍼지지는 않았다. 반드시 혈액이 섞여야만 감염되었기 때문이었다. 미국과 유럽에서는 마약 주사기를 돌려쓰는 거리를 완전히 폐쇄하고 마약 사용자들을 병동에 입원시켜 관리했으며 몇몇 국가들은 헌혈과 수술마저 금지했다. 그에 따른 사망자가 전염병이 휩쓴 수준으로 발생했으나 각국은 열병만 퍼지지 않는다면 괜찮다는 입장이었다. 한국에서도 감염자가 나왔다. 여행 유튜버였고, 감염이 시작됐다는 필리핀 쓰레기 산에 직접 다녀왔다. 그 영상은 그가 열병에 걸렸다는 사실이 퍼지면서 엄청난 조회수를 기록했고 한동안 한국 사회에서 엄청난 화제가 되었다. 단순한 오락성 때문만은 아니었다. 유튜버의 말 때문이었다.

 님들, 이 산에 있는 쓰레기요. 다른 나라도 아니고 전부 다 한국에서 온 쓰레기들이에요. 한국이 불법으로 버린 거라고요. 한국에서 하도 소각장 만들지 말라, 매립지 만들지 말라 난리를 치니까 버릴 곳이 없어서 여기다 다 버렸다고요. 여기는 한국 쓰레기만 온대요. 이거 봐요, 여기 선거 벽보. 다 한국 거잖아. 깨끗한 도시, 쓰레기 없는 미래, 이런 거 공약으로 내세우면 뭐 해요. 쓰레기가 눈앞에 없다고 해서 무슨 마법처럼 사라지는 것도 아니고. 여러분 이거 심각한 겁니다. 여기서 열병이 발병한 거잖아요. 이 쓰레기 때문에. 그럼 이거 누구 탓입니까? 예? 여기서 먹고 살려고 쓰레기 뒤지는 사람들이 문제예요? 쓰레기를 여기에 불법으로 버린 한국 정부? 물론 정부 잘못도 맞지. 하지만 생각해 보세요. 이 쓰레기 누가 만든 거겠어요?

 전염병 초기에 감염된 유튜버는 적절한 조치도 받지 못한 채 나흘을 앓다 사망했다. 그의 시신은 태워지지 못하고 납과 시멘트로 만든 관에 밀봉되어 필리핀에 묻혔다. '한국이 시발점이라면 한국이 해결해야 한다'라는 의미의 SKEK(Started in Korea Ends in Korea) 슬로건이 생겼다. #SKEK, #FromKoreaToKorea, #EndItWhereItBegan 식의 해시태그로 인용되면서 순식간에 온라인을 뒤덮었다. 서로 모르는 척하던 세계인들이 그렇게 한 번에 단합된 건 인류가 문명을 이룬 이후 처음이지 않을까. 이런 이유로 한국에서는 급하게 조사팀이 꾸려졌다.

진균학자, 전염병 전문의, 환경학자, 생태학자, 병리학자로 이루어진 다섯 명의 조사팀이 조직되었다. 묵호는 이 중 진균학자였다. 달랑 가방 하나씩만 들고 단출하게 출국장 게이트 앞에 선 그들의 모습은 마치 칼레의 시민들*처럼 비장했다. 전염병 전문의가 모든 해결책을 가지고 돌아오겠노라고 다짐하듯 말했다. 기자들 앞에서 주먹을 쥐어 보이며 전염병에 맞서 승리하겠다는 구호를 외치고 떠났다. 묵호는 출국 게이트를 빠져나가기 전에 뒤돌아 기자들을 훑었다. 묵호는 30대 초반으로 박사과정을 막 졸업한 가장 어린 팀원이었다. 그런 묵호가 서글픈 눈으로 뒤돌

---

* 백년전쟁 당시 영국군에 포위된 프랑스 도시 칼레를 구하기 위해 대표 시민 여섯 명이 희생을 자청한 사건. 로댕의 동명 조각으로도 유명하다.

아본 그 순간이 모든 기사의 메인 사진이 되었다. 묵호는 외꺼풀이 짙어서(흔히 말하는 아랍 계열의 눈이다. 나는 분명 묵호의 조상 중 하나가 나일강을 건너온 사람이리라 확신하고 있다) 눈꺼풀에 힘을 조금만 풀어도 쉽게 아련해 보이는 특징이 있었는데, 그게 출국장 앞에서 빛을 발한 것이다. 묵호는 편지에, 그날은 졸렸고 잠깐 내가 왔는지 훑어봤을 뿐이라고 썼다. 묵호는 자신의 졸림이 '청춘을 두고 떠나는 지옥의 길'이라는 문장과 붙을 거라고는 상상도 못 했단다.

묵호가 지내는 모듈형 음압 병실에는 열흘 만에 들어갈 수 있었다. 나는 하루도 빠짐없이 병실 앞을 머물다 갔는데, 묵호는 첫 사흘까지는 내내 혼수상태인 것처럼 잠만 자더니 나흘부터 눈을 떴고 닷새에는 눈을 마주쳤다. 묵호에게는 말하지 못했지만 나는 그때 묵호가 죽을 거라 확신했다. 그래서 볼 수 있을 때 원 없이 보기 위해 대전에서 인천 영종도 병원까지 매일 찾아간 것이다. 하지만 묵호는 살았다.

사람들이 얼마나 지독한 줄 알아?

산소호흡기를 쓴 채 묵호가 입술을 움직여 '왜?' 하고 물었다.

너 다 털렸어.

이번에는 '나?' 하고 움직였다.

너 아빠 죽여서 재판받은 거 사람들이 다 알아냈다고.

묵호는 마음에 안 든다는 듯 뚱하게 있다가 '욕해?' 하고 물었다.

아니. 이때다 싶어서 사람들이 이미 드라마 한 편 썼어. 너 퇴원하면 토크 유튜브도 나가야 하고, 에세이도 써야 하고 바빠.

내 말에 묵호는 킬킬 웃었다. 웃다가 기침을 터트렸다. 한번 터진 기침은 쉬이 멈추지 않았다. 간호사를 부르려고 했지만 묵호는 손을 저었다.

다행히 묵호의 기침이 멈추었다. 나는 장갑 낀 손으로 묵호의 손을 붙잡았다. 손에 땀이 많던 묵호였는데, 바짝 메마른 것이 장갑을 통해 느껴질 정도였다. 슬슬 잠이 오는 모양인지 묵호의 눈꺼풀이 점점 내려앉았다. 묵호에게 빌었다. 묵호만이 내 소원을 이뤄줄 수 있는 존재였다.

묵호야, 살 수 있지. 이번에도.

묵호는 억지로 눈을 뜨려다 실패해 완전히 감아버렸다. 그 상태로 입술을 움직였다.

'응.'

그리고 뒤이어 천천히.

'이건… 아무것도 아니야….'

느리게, 더 느리게.

'그때가… 더… 아팠어….'

그 말을 듣는 순간 안도했다. 묵호는 살겠구나. 맞아, 그 순간을 살아낸 이상 그 어떤 것에도 죽을 리가 없다.

***

안녕, 옥주. 안녕하지 못하지만 안녕하다고 말하고 싶어.

사람의 목소리란 참 신기하구나. 나긋나긋한 그 목소리가 위안을 준다. 비린내 가득한 이 우주선에서도 온기를 느낄 수 있구나.

옥주. 나는 지금 그 집에 홀로 있어. 그때와 다른 게 있다면 집뿐만 아니라 세상이 고요해. 나와 함께 산 고양이는 하천 근처에서 살던 길고양이야. 골목대장 스타일은 아닌 것 같아. 그래서 어떻게든 살아보려고 내 다리에 자기 머리를 툭, 툭 부딪치면서 애교를 부리더라. 동물병원에 데려갔을 때 다섯 살 정도 된 것 같대. 그래서 앞으로 한 5년 정도는 나랑 살겠구나 싶었는데 이미 12년이나 함께 살았어. 고양이 나이로 치면 장수도 이런 장수가 없어. 다행이야. 사료가 거의 바닥났는데, 사료보다 우리 고양이 숨이 더 얼마 안 남은 것 같아. 굶지 않고 죽을 수 있어서 다행이야. 마지막에도 배부르고 따뜻할 수 있어서. 내 삶의 마지막 소원은 우리 고양이의 그런 마지막을 보는 거야.

옥주. 나는 진짜 해야 할 말을 하지 못하고 있어. 너한테 말을 한다고 해서 상황이 달라지지도, 네가 바로 들을 수 있는 것도 아닌데도. 왜 망설이고 있는지를 곰곰이 생각해 보니까, 진지하게 이런 표현 쓰는 걸 들은 적이 없더라. 입버릇처럼, 농담으로, 대수롭지 않게 숱하게 말해왔는데. 수없이 상상하면서도 당연하게 오지 않으리라 믿었던 거야, 모두. 그래서 실제가 되니까 도리어 아무도 입 밖으로 꺼내지 못하는 거야. 지금부터 진짜고, 현실이니까. 그러니까….

식당에선 인기척이 느껴지지 않는다. 아무도 없는 것처럼 고요하다. 하지만 키사는 이곳에 묵호가 있다고 하고, 나는 묵호가 어디에 숨었는지 알 것만 같다. 다섯 개의 테이블, 선반, 냉장고, 간단한 보드게임을 할 수 있는 긴 탁상 따위가 놓인 식당을 둘러본다. 나는 망설이지 않고 선반으로 향한다. 컴컴했던 선반과 천장 틈이 천천히 시야에 들어온다. 성인 한 명이 누울 수 있는 선반과 천장의 틈.

옥주. 세상이 끝났어.

그 틈에 묵호가 있다. 볼살이 뜯겨 잇몸과 치아가 드러난 묵호와 눈이 마주친다. 묵호의 눈은 조금 전 보았던 탁한 눈동자를 닮아 있었다. 아니, 그 눈이다. 묵호는 달려들지 않고 나를 가만 응시한다. 손가락을 까딱인다.

그 바이러스. 묵호가 연구했던 그거… 변이를 일으켰어. 열병을 앓고 죽었던 사람들이… 다시 눈을 떠. 그리고 사람들을 물어. 마치 먹으려는 것처럼…. 너무 익숙한 모습이야. 병명조차 정해지지 않았는데, 마치 이렇게 될 거란 걸 알았던 것 같아. 아니면 고대에도 이런 일이 벌어졌던 게 아닐까? 우리는 변이 바이러스에 감염된 이들을 '좀비'라고 불러. 정말… 장난 같아서 웃기지 않니?

하지만 묵호는 좀비가 아닐 것이다. 메이린의 말처럼 인간이 만들어 낸 좀비의 특성을 모두 가지고 있다면, 묵호에게는 기억이나 본능이랄 게 없어야 했다. 눈을 맞추는 것도, 내게 손을 뻗는 것도 있을 수 없었다. 그렇지만 묵호는 하고 있고, 그러니 묵호는 좀비가 아닐 것이다. 우리가 함께 보았던 영화 속 좀비의 모습을 그대로 하고는 있지만 그 좀비는 가족도 알아보지 못해 잔인하게 뜯어 먹지 않았던가. 이렇게 뺨을 만지는 좀비는 없지 않았던가.

"묵호야, 나야. 옥주."

묵호가 입을 연다. 말을 하고 싶은 듯하지만 목 근육이 경직된 것처럼 꺽, 꺽 긁는 소리만 나온다.

"너 괜찮아?"

묵호가 입을 닫는다. 나를 가만 주시하다가 천천히 소리 없이 입술만 움직인다. 나는 그 말을 귀신같이 알아듣는다. 묵호가 지금 내게 '도망가'라고 말하고 있다는 것을.

묵호가 옷장 위에 숨어 있다. 자기 방 옷장 위에. 그리고 이건 내가 자주 꾸는 꿈이다. 꿈인 걸 바로 알아차리는 이유는 간단하다. 나는 묵호의 집에 가본 적이 없다. 묵호의 아빠도 본 적 없다. 전부 묵호의 입을 통해 들은 이야기다. 어느 순간부터 그 장면이 꿈에 재연된다. 대단히 충격적인 이야기가 아닌데도, 묵호가 아빠를 밀어 죽였다는 일화보다 밋밋한데도 말이다. 묵호는 숨어야 할 때면 옷장 위로 올라갔다. 나는 묵호네 집 거실 소파에 앉아(그러니까 꿈속의 내가), 방문 너머 옷장 위에 숨은 묵호와 눈을 맞추며 묵호의 아빠 동선을 살폈다. 퇴근하고 온 아저씨는 하루 동안 구겨지지도 않은 깔끔한 셔츠와 정장 바지를 입고, 주방에서 포장해 온 저녁거리를 그릇에 옮기는 중이다. 소파에 놓아둔 가방 안에는 종일 들고 다닌 자동차 계약서 및 신차 설명

서와 패드 따위가 들어 있고 여기저기서 받은 명함이 흩어져 있다. 식탁에 닭가슴살 샐러드와 키토 김밥이 놓였다. 영업은 외모에서 얻는 신뢰가 중요하다고 생각하는 아저씨였다. 묵호의 말에 따르면 아저씨는 항상 탄수화물 없는 식사를 고집했고, 식사를 마친 뒤에는 거실에 놓인 사이클을 1시간 이상 탔다. 그래서 묵호는 탄수화물이 인간성의 척도가 된다는 낭설을 맹신했다. 탄수화물이라면 떠오르는 것들이 갓 지은 따뜻한 밥, 연기가 포슬포슬 올라오는 감자나 고구마, 달콤하고 따끈따끈한 빵 따위가 있는데, 이것들이 감정의 다정함과 닮았고, 단백질이라면 떠오르는 닭가슴살, 안심, 달걀 따위는 뻑뻑하여 말 그대로 인간의 폭력적인 근육과 닮았다고 말이다. 아저씨는 탄수화물은 먹지 않고 단백질만 많이 먹어서 폭력적이다. 지나친 비약이지만, 묵호와 나는 그렇다고 결론을 내렸다.

  식탁에 홀로 앉은 아저씨는 피곤한 몰골로 시계를 바라보았고, 9시가 넘어가는 것을 보고는 내게 묵호가 늦는 것 같으니 내일 다시 오라고 말한다. 여기까지 올 때마다 나는 아저씨 목소리를 멋대로 바꿔보았다. 굵고 낮은 중저음, 산뜻하고 가벼운 미성, 쉰 목소리 등등으로. 어떤 것도 어울리지 않는다. 폭력적인 사람의 전형적인 목소리가 있던가? 영화나 드라마에서 보았던 것 같긴 한데 따지고 보면 전부 비슷한 외형을 캐스팅한 것이지 목소리가 닮지는 않았다. 내가 나간 후, 아저씨는 혼자 밥을 먹기 시작한다. 묵호는 열두 살이었고, 말도 없이 9시 넘도록 돌아오지 않는 것인데 아저씨는 묵호의 늦은 귀가를 초조해하지 않는다. 묵호가 영영 들어오지 않아도 상관없다는 듯이.

아저씨는 묵호가 옷장 위에 숨는다는 걸 모른다. 아저씨는 집에 오면 늘 핸드폰을 보거나 피곤한 듯 고개를 숙이고 다녔고, 그래서 묵호가 찾은 가장 안전한 곳이 옷장 위였다. 옷장과 천장의 좁은 틈. 열두 살의 묵호가 간신히 몸을 구겨 넣을 수 있는 좁은 공간.

그래서 센터에서도 불안할 때마다 책장 위에 숨었던 묵호. 열여덟 살의 묵호가 숨기에는 너무 비좁은 틈이었는데 묵호는 꾸역꾸역 그 큰 덩치를 집어넣고야 마는 것이다. 얼굴이 반쯤 찌그러진 채로 묵호가 말했다.

가장 안전한 곳은 위야. 사람은 본능적으로 아래로 숨고, 깊숙한 곳에 숨잖아. 그래서 찾을 때도 늘 그런 곳을 가장 먼저 찾아보잖아. 영화만 봐도 침대 밑을 보고, 옷장 열어보고. 옷장 위를 보는 사람은 없을걸? 그러니 위에 숨어야 해.

묵호는 알까. 내가 엔지니어로서 우주선을 고치겠다고 정한 이유가 묵호의 말 때문이었다는 걸. 도망치겠다고 목숨 걸고 히말라야 정상까지 오른 적도 있었으나 그곳에도 숨을 곳이 없었다. 더 높이 가야겠다고 생각했다. 가장 높이. 인간이 갈 수 있는 가장 높은 곳에.

묵호는 알까. 한 줌의 얼음밖에 남지 않은 히말라야 정상에도 곰팡이가 자생하고 있다는 걸. 어쩌면 묵호는 이미 알고 있었을 수도 있다.

묵호는 곰팡이를 좋아했다.

내가 왜 곰팡이를 좋아하는 줄 알아?

알 리가 있나. 곰팡이를 좋아하는 사람을 살면서 처음 보는데.

아빠한테 맞고, 옷장 위에 숨어 있으면 천장 벽지에 핀 곰팡이가 보였거든. 할 게 없어서 걔네를 관찰했어. 처음에는 더럽고 징그러웠는데, 만날 보니까… 살아 있는 게 느껴지더라. 숨을 쉴 때마다 곰팡이 포자가 몸에 들어오는 상상을 했어. 그래서 가끔은 내가 곰팡이 인간이 아닐까, 싶었어. 이미 곰팡이한테 지배당한 건 아닐까. 언젠가 얘가 내 몸을 다 뒤덮지 않을까.

그럼 어떡해?

어떡하긴. 열심히 치즈랑 된장 만드는 일이나 해야지.

마냥 절망하고 죽음만 기다리기에는 희망이 있더라, 아직. 어젯밤부터 행성 이주를 위한 준비를 시작하겠다고 공표했어. 좀비를 한곳에 몰고 구역을 폐쇄하는 것에 성공해서 가능해진 거야. 하지만 이 상태로 얼마나 버틸 수 있을지…. 어설픈 장벽은 언젠가 무너지겠지. 모든 감염병엔 잠복기가 있어. 그런데 연구된 게 없어서 잠복기가 얼마나 긴지, 초기 증상이 있는 건지도 몰라. 그러니까 누가 언제 좀비로 변할지 모른다는 거야. 이런 상황에서 감염된 좀비를 가둔다고 뭐가 해결되겠어. 다들 빨리 이주선에 오를 날만 기다리는데, 만약 그 이주선에도 감염자가 있다면? 감염자를 가려낼 방법이 있나? 이주선이야말로 도망갈 곳이 없잖아.

옥주, 네가 탄 우주선은 안전해? 그곳에도 잠복기 상태였던 사람이 있었을지도 몰라. 부디 무사했으면 좋겠다. 아참, 만약 좀비를 마주치게 된다면 어디를 쏴야 하는 지 알지? 머리를 쏴. 그럼 되더라.

내 메시지를 들을 때쯤이면 우리의 두 번째 집인 에르사에 도착했겠지? 그곳이 부디 우리의 집이 되길 바라. 나도 이주선에 탑승하게 된다면 소식 남길게.

근데 솔직히 말하면 타지 않고 싶어. 삶을 끝낼 절호의 기회를 놓치고 싶지 않다는 생각….

메이린의 메시지를 들으며, 꼭 모래로 채워진 인형 같은 묵호의 몸을 잡아당긴다. 그러다 메이린의 말에 나도 모르게 균형을 잃고 몸이 기운다. 무게를 이기지 못하고 묵호와 함께 바닥으로 나뒹군다. 의자와 테이블이 같이 밀리며 요란한 소리가 울려 퍼진다. 그 과정에서 묵호의 머리가 테이블 모서리에 퍽, 찍혔다. 머리뼈가 쪼개지는 소리가 났다. 놀라서 묵호의 머리뼈를 손으로 더듬어 확인한다. 다행히 쪼개지지는 않았다. 묵호의 몸을 가까스로 일으켜 세워 앉힌다.

  내가 죽으려고 할 때마다 너랑 묵호가 귀신같이 나를 찾아왔어. 그리고 다짜고짜 분식을 먹으러 가자고 하거나 영화를 보자며 방으로 데리고 갔지. 너희 둘은 직접적으로 말하지 않았지만 나한테 외치고 있었어. '살아! 살아야지! 살자, 메이린!' 맞지? 내 표정만 봐도 무슨 마음을 먹었는지 바로 알았잖아. 나는 나를 계속 살려내는 너랑 묵호가 밉다가도, 너랑 묵호를 만나기 위해 센터에 왔다는 생각도 했어. 애초에 가족이 되어야 할 건 우리 세 사람이었는데, 어쩌다 찢어져서 각기 다른 가정에서 태어나 버린 거야. 그들이 우리를 미워한 이유도 그래서지 않았을까? 굴러온 돌 같은 존재. 예정에 없던, 잘 끊어지지도 않는 혈육. 그래서 영 지 자식 같지 않았던 거지. 센터 선생님들이 폭력의 이유를 찾지 말라고 했지만, 그건 몰라서 하는 소리야. 안 그러니? 이유가 있어야 해. 원인도, 이유도 없는 건 종말이잖니. 지금처럼. 그러니 이유를 찾아야 했어. 내 삶을 종말로 놔두지 않으려면.

옥주, 너는 찾았니? 나를 세상에서 가장 사랑해 줄 줄 알았던, 바깥에서 얻어 온 상처를 감싸줄 줄 알았던, 언제든 돌아갈 둥지인 줄 알았던 하나뿐인 부모가 우리의 삶을 종말로 만들려 했던 이유.

잠에서 덜 깬 듯한 표정으로 묵호가 나를 본다. 그래, 잠에서 덜 깬 것만 같다. 딱 그 정도다. 그러니 시간이 지나면 묵호는 여느 때처럼 늘어진 하품을 하며 정신을 차릴지도 모른다.

우리가 처음 만났던 날도 묵호의 표정은 지금처럼 잠에 파묻혀 있었다. 배정된 내 침대에서 자고 있던 웬 낯선 남자애. 여기는 여자 방이고 이 침대는 분명 내 침대인데, 교복도 벗지 않은 채로 태평하게 자고 있던, 나와 동갑인 열일곱 살, 옆 학교의 묵호. 내가 흔들어 깨우자 잠이 덜 깬 얼굴로 나를 쳐다보더니 무심하게 고개를 돌려버리던 센터의 터줏대감 묵호. 아빠를 죽여 재판을 받고 있는 중이라던, 폭력 조직에 몸을 담고 있다는 소문을 달고 다니던 묵호. 아빠가 묵호에 의해 죽기는 했으나 의자를 던지려던 아빠를 순간적으로 밀쳐 낸 행위였기에 정당방위로 인정받았다는 것, 조폭 소문은 왜 생겨났는지 묵호도 전혀 모른다는 것을 얼마 지나지 않아 알게 되었다. 또래보다 키가 크고 체구가 좋았던 묵호였다. 그런 체격이 묵호의 굵직한 생김새를 더 매력적으로 보이게 하는 가산점이 되어줬으리라. 키가 크고 체격이 좋은 아이들은 눈에 쉽게 띄었고 그만큼 소문도 잘 생겨났다. 묵호의 다음 소문은 유명한 아이돌 회사에서 데뷔를 앞둔 연습생이라는 거였다. 센터는 그룹 숙소로 탈바꿈되었고, 아버지의 사망으로 재판받았다는 사실은 말끔히 지워졌다. 그런 소문이 한 번 훑고 간 뒤에도 묵호가 사실 재벌의 아들이라든가 어쨌거나 연예계로 나아가려고 한다는 식의 비슷한 소문이 늘 달라붙었지만 묵호는 진균학자가 되었다. 이걸 모두가 알아야 하는데. 그 커다란 덩치 위에 연구실 방역복을 껴입고 조그만 현미경을 들여다보는 묵호의 뒷모습을 말이다.

묵호는 종종 내 침대에서 잤다. 한 층만 더 올라가면 남자 기숙사인데, 묵호가 말하길 내가 들어오기 전까지 남자 기숙사가 2층이었고 묵호의 자리가 내 자리였단다. 그래서 습관처럼 여기로 오게 된다고. 잠이 쏟아지는 순간에는 무언가를 판단할 정신이 없어서 몸이 이끄는 대로 온다고.

밤에 안 자고 뭐 하길래 그런 판단을 못 내릴 정도로 낮에 조는 건데? 밤에 자.

낮에 조는 이유는 두 가지야. 하나는 어렸을 때 뇌암 항암 치료를 받은 이후로 잠이 많아졌어. 수술 부작용인가 봐.

다 나았어? 그래도 너 치료를 시켰네, 네 아빠는.

그래야 사람들이 욕을 안 하니까. 아픈 아들 데리고 사는 안쓰럽고 대견한 아빠 흉내를 낼 수 있으니까. 그래서 병원에 있는 게 좋았어. 집에 있으면 왜 병을 가지고 태어났냐고 뭐라 했거든.

…또 하나는 뭔데?

아빠가 언제 와서 때릴지 알 수 없으니까 밤에 안 잤거든. 그게 습관이 됐어. 낮에 자는 게.

나는 묵호에게 내 침대를 기꺼이 내어줬다. 어차피 그 방은 룸메이트가 들어오지 않아 나 혼자 쓰는 곳이었으므로 나만 입을 닫고 있으면 그만이었다. 걸음이 빠른 것인지 학교가 끝나면 언제나 늘 나보다 먼저 도착해 잠들어 있는 묵호를 위해, 나는 내 방에 들어갈 때면 늘 깨금발을 하고 걸었다. 굳이 그렇게 하지 않아도 됐었는데, 서향 창문으로 들어오는 노을을 이불처럼 덮고 자는 묵호의 평온함을 깨고 싶지 않았다.

돌이켜 생각한다. 그때 내가 묵호를 향해 가진 감정은 사랑이었을까. 소문의 아이인 묵호의 가장 깊숙한 비밀을 공유하고 있다는 특별함이 없지는 않았다. 하지만 정말 사랑이었을까. 나는 그때 묵호와 손을 맞잡고, 입을 맞추고, 거리를 함께 걷고, 적당히 분위기 좋은 곳에서 맛있는 음식을 먹고, 영화를 보고 싶었던 걸까. 아니었다고 말할 수는 없지만 나는 그보다 잠든 묵호의 등을 토닥이고 싶었다. 자장가를 불러주고 싶었다. 잠이 덜 깬 지금과 같은 얼굴로 나를 쳐다볼 때면 손을 붙잡고 같이 울고 싶었다. 목이 찢어지도록 대성통곡하고 싶었다. 이 마음은 연민과 더 닮았다.

좀비로 인한 세상의 종말이 다른 종말보다 더 끔찍한 이유가 뭔 줄 알아? 겪어본 적도 없는데 아냐고 묻는 게 웃기긴 하다. 영화나 드라마를 떠올려 봐. 지금의 상황과 크게 다르지 않으니까. 외계인이 침략하든, 소행성이 충돌하든, 재난이 닥쳐오든, 모든 종말의 순간에도 인물은 사랑하는 사람의 손을 잡고 뛰어. 서로를 살리기 위해. 죽어가는 순간에도 애틋하게 눈을 맞추고, 입을 맞추고, 사랑을 속삭여. 슬프지만 아름답고 극적인 이별을 맞이할 수 있어. 하지만 좀비는 아니거든. 사랑하는 사람을 잊고, 사랑하는 사람을 죽이기 위해 달려들고, 나를 기억하지 못하는 사람을 향해 총을 쏴야 해. 아름다운 마지막 모습이 아니라 시체가 되어버린 처참한 몰골을 봐야만 해. 이게 가장 끔찍한 종말이야. 그런 점에서 나는 이 지구에 몇 안 되는 축복받은 존재야. 내가 가장 사랑하는 고양이는 어젯밤 제 수명을 다하고 편안히 눈을 감았어. 내가 가장 사랑하는 두 인간은 내가 닿을 수 없는 우주에 있고. 그리고 나는 내게 지급된 이주선 표와 총알 한 알이 든 권총을 맞바꿨어. 얼마나 다행이야? 내내 종말 같았던 삶이었는데, 지금은 나만 종말을 피해 간 거 같아. 우리 셋은 서로를 죽이지 않아서 다행이야. 이주선에 타지 않은 거 그러려니 해줘. 너희보다 대충 10년은 더 살았다, 그래도 내가.

뿌연 막이 감싼 눈동자가 나를 본다. 눈 깜빡임도 없다. 검은 핏줄이 얇아진 피부에 그림처럼 선명하게 드러나고, 손톱은 밑에서부터 천천히 검게 썩어가고 있다. 뜯긴 볼살은 너덜거린다. 뺨을 뜯긴 건가, 싶은데 팔꿈치 아래로 뼈가 드러난 상처가 또 보인다. 칼에 베인 것도, 썰린 것도 아니다. 물어뜯겼다. 상처 주위가 푸르스름하다. 곰팡이 꽃이 핀 것처럼.

"좀비구나, 너."

믿고 싶지 않지만, 이 사실을 믿는 것 외에 다른 방법이 없다. 그리고 묵호를 죽일까, 묵호에게 물릴까, 고민한다.

고민이 길어진다.

묵호가 나를 물지 않고 있다는 말이다.

"나 알아보는구나."

이건 확신이다. 묵호의 마음은 누구보다 잘 안다.

근데 그런 생각이 들어. 그래도 우리는 좀비가 됐어도 서로를 알아보지 않았을까? 끝까지 특별하게.

너는 잠들어 있겠지. 좋은 꿈을 꾸고 있었으면 좋겠다. 아주 긴 꿈을 꾸고 일어났을 때 너랑 묵호는 나와 전혀 다른 시간에 있을 거라고 네가 말했지. 그리고 너와 묵호가 꿈을 꾸는 동안, 나더러 더 꿈같은 삶을 살아달라고 말했어. 그 말을 듣고 나니 너희가 눈을 떴을 때 내 삶이 한 편의 해피엔딩 영화 같았으면 싶더라. 그래서 정말 부단히 열심히 살았어. 나 사랑하는 상대는 못 찾았어. 사랑에 재능이 없는 게 아니라 관심이 없더라, 나는. 대신 집을 샀고, 운명같이 찾아온 고양이와 함께 살게 됐어. 취미로 발레를 시작하면서 내내 나를 괴롭히던 목 디스크도 없어졌어. 이렇게 설명하니 참 시시하네. 그런데 너도 알지? 이 시시함을 지키기 위해 하루하루 얼마나 악을 쓰고 버텨야 하는지. 이 모든 시시함, 별일 없이 무난한, 어제인지 오늘인지 구분되지 않을 정도로 특색 없는 날들이 반복되는 거. 시계를 보지 않아도 노을로 하루의 때를 알게 되는 거. 어떤 기척에도 불안을 느끼지 않게 되는 거. 시간이 멈춘 듯 천천히 흐른다고 여겨지게 되는 거. 그 기저에는 소용돌이를 버티는 쇠몽둥이 같은 단단함이 있어야 하잖아. 그렇게 살았어. 아무도 찾아오지 않는 나만의 공간을 갖게 된 날, 그 고요한 시시함 속에서 얼마나 서럽게 울었던지. 너랑 묵호한테 바로 말해주지 못하는 게 얼마나 억울하던지.

"어쩌다 좀비 같은 게 됐니."

하필이면 멋도 없게 좀비 같은 게 뭐니.

묵호의 콧등에 손가락을 얹는다. 물라면 물어버리라지. 그런 마음이었지만, 한편으로는 묵호가 물지 않을 거라는 확신이 있었다. 묵호가 눈동자를 굴린다. 킁킁, 콧잔등을 구기며 냄새를 맡는다. 입을 벌린다. 손가락을 문다. 묵호의 턱이 바들바들 떨린다. 아그작. 묵호가 내 손가락을 소시지처럼 씹어 터뜨리는 상상.

내 상상은 상상에서 그친다. 묵호는 손가락을 아프지 않게 물었다가 그대로 턱에 힘을 풀어버린다.

새로운 집에 무사히 도착하길 바라. 그곳은 행복한 집일 거야. 안전하고 따뜻한… 온전히 쉴 수 있는 그런 집. 숨 쉴 때 눈치 보지 않는 집. 작은 기척에도 놀라지 않는 집. 어떤 소리든 낼 수 있는 집….

메이린의 음성이 멈춘다. 뒤이어 '탕!' 하는 총성이 들린다. 잡음 섞인 소음이 반복되다가 재생이 멈춘다. 메이린의 나이를 가늠해 본다. 우리보다 15년 정도의 시간을 더 보냈으니, 메이린의 나이가 이제 쉰 가까이 되었다. 우리가 아직 도달하지 못한 그 나이는 어떤 나이일까. 우리 셋 중 누구도 그 나이까지 살고 싶은 마음은 없었다. 쉰 살이라는 건 너무도 완전한 어른 같았고, 제대로 된 어른이 되지 못했다면 존재할 가치가 없어 보였다. 온전하지 못한 상태로 사회의 한 부분을 차지하고 있는 것이 염치없어 보이기도 했다. 그러니 한마디로 쉰 살이 된다는 건 제대로 된 어른이어야만 한다는 것인데, 우리는 그런 어른이 될 수 없을 것 같았다. 우리는 우리 부모의 유전자를 받았으니까. 우리의 유전자에는 그들의 난폭함이 깃들어 있을 테니까. 이런 유전자는 대물림되지 않도록 끊어내야 하는 것이 우리의 숙명처럼 느껴졌다. 그러다 셋 중 누군가 쉰까지 살아가게 된다면, 저승에서라도 그 후기를 들려주자고 약속하지 않았던가.

"묵호야, 죽었대."

죽는 건 대수롭지 않다.

"메이린이."

대수롭지 않았는데, 분명.

"믿기니?"

우리가 이곳으로 떠나온 순간부터 메이린이 우리보다 일찍 죽음에 닿을 거라는 건 예견된 것이었는데.

"반세기를 살아낸다는 게 어떤 건지 묻고 싶었는데."

치사할 뿐이다.

"말 안 해주고 죽었어."

묵호의 시선이 바닥을 향한다. 그러다 다시 나를 본다. 손을 올린다. 내 뺨을 만진다. 뺨 위로 흐른 눈물을 닦아준다. 내가 울고 있구나. 묵호는 정말로 나를 알아보고 있구나. 이제 추측이 아닌 확신이다.

―시스템이 전부 복구됐어요. 어떤 일이 일어났는지 설명해드릴까요?

키사가 묻는다.

"응. 키사, 그런데 묵호가 죽지 않은 것 같아. 그냥 좀 아픈 건가? 메이린은 좀비랑 똑같다고 했지만 다른 바이러스일 수도 있겠어. 일단 메이린이 말한 좀비는 이렇지 않으니까. 환각을 일으키거나 몽유병과 비슷한 감염병 같은 게 아닐까?"

―묵호는 죽었어요. 타일러에게 물린 후 심정지가 왔어요. 산소가 공급되지 않아 뇌 대부분이 괴사하여 기능을 완전히 소실했어요. 그러다 다시 움직이기 시작한 거예요.

"심정지가 진행된 지 몇 분 후에?"

―15분이요. 15분 동안 심정지는 소생 불가능이에요. 일반적으로는요. 우주선에 퍼진 알 수 없는 감염병이 죽은 묵호를 움직이게 하고 있어요.

"사망 전 묵호의 체온은 어땠어? 저체온증 상태면 30분 이상 심정지 상태에서도 신진대사가 급격하게 느려져서 회복될 수 있어. 기적적으로…."

―묵호의 생체 기록에 따르면, 사망 직전 묵호의 체온은 37.2도로 정상 범주였어요.

"그럼 묵호는 어째서 나를 물지 않는 거야?"

―지금 당장 정확한 원인은 찾을 수 없지만 옥주를 볼 때마다 묵호의 전두엽과 해마에서 불규칙한 섬광이 잡혀요. 이는 타인을 인식하고 장기 기억이 활성화되고 있다는 뜻이에요.

"이 바이러스의 특징일까?"

―비교군이 많지 않아서 정의 내리기 어렵지만 적어도 현재 감염된 또 다른 비교군인 타일러의 뇌파는 묵호와 달리 시상하부와 뇌간, 소뇌에서만 에너지가 잡혀요. 기억과 자아를 담당하는 부분은 죽었고 하부 회로만 작동하고 있어요. 왜 이런 차이가 나는지 자세히 분석해 볼까요? 하지만 그 전에 옥주, 경고할 게 있어요.

"뭔데?"

―타일러가 이곳으로 오고 있어요. 53초 후에 도착해요.

"…반가워서 달려오는 건 아니지?"

―아마도요. 시상하부가 요동치고 있어요. 배고프다는 뜻이에요.

"30초만 더 빨리 말해줬어도 좋았을 텐데."

―죄송해요. 추모할 시간을 드리느라.

 숨을 곳을 찾기 위해 주위를 둘러본다. 복도에서 타일러가 달려오는 소리가 들린다. 묵호를 일으키기 위해 손을 잡는데, 그 순간 묵호가 내 손을 쳐낸다. 묵호는 나를 똑바로 바라보고 있다. 어쩐지 괜찮다고 말하고 싶은 것 같다. '괜찮으니까 너나 숨어'라고. 내가 알고 있는 좀비는 좀비를 먹지 않는다. 그걸 믿어야 한다는 사실이 어이가 없다가도, 믿지 않고서는 달리 방법이 없는 이 상황이 황당할 뿐이다.

 묵호가 올라가 있던 선반 밑부분, 몸을 구겨 넣을 수 있는 작은 수납 칸에 몸을 숨긴다. 문을 닫음과 동시에 바람구멍인지 숨구멍인지 모를 자잘한 구멍 사이로 식당에 들어오는 한 형상이 시야에 들어온다. 실에 묶인 꼭두각시 인형처럼 부자연스러운 몸짓이다. 툭 건드리면, 와르르 무너질 것만 같다. 나무 조각 몇 개가 빠진 젠가처럼. 형상이 이곳으로 다가온다. 가까워져 오자 그것이 타일러임이 확실해진다. 묵호처럼 눈동자가 하얗고 피부 역시 핏기 없이 희멀겋다. 하지만 묵호처럼 누군가에게 물린 외상은 보이지 않는다. 타일러가 시작이었을까? 키사에게 묻고 싶지만 나와 꽤 가까워진 타일러 때문에 입을 함부로 열 수가 없다. 숨조차 제대로 쉴 수 없다. 아주 느리지만 확신에 찬 걸음으로 타일러가 이곳으로 오고 있다. 내가 어디 있는지 알고 있다는 여유로운 걸음 같다. 냄새를 맡을까? 어떤 좀비는 냄새로 찾고, 어떤 좀비는 소리로 찾았다. 이건 정해진 공식이 없었다.

어느덧 바로 앞까지 다가온 타일러의 다리가 구멍 사이로 보인다. 묵호에게는 관심이 없다. 두 손으로 입을 가리고 숨을 최대한 작게 내쉰다. 풍선이 쪼그라들듯이.

줄어든다.

작아진다.

수축한다.

하지만 소멸하지 않는다.

내 안의 감정들이 충돌하여 생긴 블랙홀로, 혼과 피가 빨려 들어간다. 바깥으로 돋아났던 잎사귀 같은 털들이 쪼그라들며 말려 들어간다. 부서질 줄 모르는 몸은 수축하기만 한다. 잊고 있던 감각이다. 완전히 소멸했다고 믿었던 나를 비웃듯이 내 안의 블랙홀이 공허한 비명을 지른다. 질긴 망사천으로 몸이 쥐어짜지는 듯한 고통. 몸 전체에서 땀이 흐른다. 눈을 감고 숨을 차분히 고른다. 이곳은 방이 아니다. 이곳은 집이 아니다. 이곳은 빌라가 아니다. 가파른 언덕이 있던 동네가 아니다. 이건 옷장이 아니다.

분명 그럴 텐데, 장롱의 어긋난 나무 문짝이 삐걱거리는 소리가 들린다. 맨홀 뚜껑에서 연기가 피어오르듯 옷에서 퀴퀴한 박

테리아 대사산물 냄새가 난다. 머리카락에 기름이 찌들고, 손톱과 발톱이 길게 자란다. 까무잡잡한 팔꿈치와 때가 낀 팔 안쪽과 무릎 뒤편이 간지럽다. 나는 작아진 셔츠와 바지를 입고 있다. 현관문 밖에서 발소리가 들려온다. 3층을 올라오는 발걸음. 진흙으로 만든 인간이 올라오는 것만 같은, 묵직하고 질퍽한 걸음소리. 도어락 비밀번호가 느리게 눌리고, 문이 열린다. 보지 않아도 알 수 있다. 손에는 편의점 봉투가 들려 있고, 그 안에는 맥주와 컵라면(혹은 샌드위치나 삼각김밥), 그리고 과자가 들어 있을 것이다. 그 외에 다른 것은 사지 않는다. 예전에는 간혹 나를 위한 초콜릿을 사 오기도 했지만, 충치가 생겨 치과 진료비가 깨진 이후로는 그마저도 사라졌다. 현관에 쌓인 봉투를 발로 밀어내며 들어온다. 설거지가 가득한 싱크대에 봉투를 올리다가 화가 났는지 욕을 뱉는다. 옷장을 향해 빈 맥주 캔을 던진다. 왜 설거지를 해놓지 않았느냐며 소리 지른다. 하는 것도 없이 밥만 축내면서, 기생충처럼 왜 먹고 자고 숨만 쉬냐면서.

평생을 벗어나려 아등바등 살아왔는데 순식간에 그때로 돌아간다. 그것이 퍽 억울해서 현실을 자각하려 노력하는데 그 현실이란 게 나를 먹고 싶어 주변을 어슬렁거리는 좀비가 있는 불시착 행성이다. 그래도 좀비보다는 폭언을 퍼붓는 엄마가 나을까. 어느 것 하나 내키지 않는다.

선반을 쿵, 건드리는 소리에 감고 있던 눈을 뜬다. 타일러의 다리는 여전히 눈앞에 있는데, 그 다리를 붙잡고 있는 묵호의 손이 보인다. 단단한 손.

경찰차 사이렌이 들린다. 저 문으로 경찰이 들어왔으면, 그래서 타일러를 붙잡아 줬으면 좋겠는데 그럴 리가 없지.

사이렌 소리가 점점 커진다. 우리 집으로 오던, 그 소리다.

오래된 빌라 단지라 경찰차 순찰이 꽤 잦은 동네이긴 했는데 그렇게 요란하고 큰 소리로 사이렌을 켠 건 그날이 처음이었다. 목적지는 우리 집이었다. 지난주에 이사 온 옆집 할머니가 꾸준히 녹음한 폭언 기록과 쓰레기가 가득한 집 상태를 보고 경찰은 더 판단할 것도 없이 엄마를 붙잡았다. 엄마가 소리 지른다. 내 딸이야, 내 딸이라고! 우리 애라고! 내 자식이야! 엄마가 나를 자신의 딸이라 말하는 걸 그날 처음 들었고, 나는 그 말이 좋아서, 그간 엄마가 내게 했던 짓을 모두 용서해 주고만 싶었다. 경찰이 할머니에게 묻는다. 애 이름이 뭔가요? 할머니가 대답한다. 옥주, 황옥주. 그 말을 듣자마자 경찰이 나를 다정하게 부른다. 옥주야, 어디 있어? 괜찮아, 나와봐. 그러며 마치 아이들이 숨는 곳이 법으로 정해져 있는 것처럼, 망설이지 않고 옷장으로 다가온다. 옷장 문을 열고, 내게 괜찮다고 말한다. 경찰은 나를 열 살 언저리로 보았다. 그 나이의 체구로 본 것이다. 하지만 그때 나는 열다섯 살이었다. 태어나 처음으로 건강검진을 받았다. 결과는 영양실조였다. 신체적으로나 정서적으로나 모든 면에서 또래 아이들보다 한참 부족했다. 며칠 뒤 엄마를 만났다. 엄마는 정신병동에 있었다. 나를 보자마자 딸, 하며 반가워하던 엄마는 내 새 옷과 살이 오른 얼굴을 보고 욕을 퍼부었다. 순식간에 탁자를 타고 넘어와 내 목을 조른다. 너는 엄마가 여기서 고생하고 있는데, 뭘 그렇게 먹고 다니냐며, 뱉으라고 악을 쓴다. 목이 졸린다. 면회실에는 센터 직원이 함께 들어왔는데 아무리 켁켁, 숨을 뱉어도 도와주는 손길이 뒤따르지 않는다. 숨이 가쁘다. 시야가 흐려진다. 흐려지는 시야로 보이는 엄마는, 마치 좀비 같다. 얼굴이 피로 얼룩져 있고 눈동자가 뿌옇다. 눈을 깜빡이면 컴컴하고 좁은 수납장 안이었다가 다시 깜빡이면 내 목을 조르는 엄마가 보였다가 또 눈을 깜빡이면 묵호가 보인다. 열아홉 살에 갑자기 머리를 빡빡 밀어버린 묵호다. 술에 취한 상태로 찾아온 엄마에게 허리 숙여 인사하고 있는 묵호다. 옥주의 친구라며, 어머니 얘기 많이 들었다고, 이렇게 뵙게 되어 반갑다고 말하는, 내가 뱉은 적도 없는 말을 뻔뻔하게 잘도 거짓말하는 묵호. 그런 묵호의 뒤통수를 째려본다. 머리카락에 가려져 있던 수술 자국이 묵호의 두피에 별자리처럼 남아 있는 것을 본다.

—쉬어요. 옥주, 숨 쉬어요.

키사가 작은 소리로 속삭인다. 타일러는 내 앞을 떠날 듯 말 듯 같은 자리를 돌고 있다. 한동안 이런 적이 없어, 스스로가 당황스럽다. 기억이 떠오를지언정 그저 화면 너머의 영상처럼 느껴졌을 뿐이지 과거로 빨려 들어간 적은 없다. 생각에 함몰되지 않으려 애를 쓴다. 다른 생각거리가 필요하다. 기억의 재생 목록을 뒤진다. 건너뛰기. 건너뛰기. 건너뛰기…. 기억이 파편처럼 흩어져 있다. 온전하게 보전된 기억 파일을 찾기 힘들다. 장면과 장면 사이의 이음새가 온전히 살아 있는 파일은 묵호와 있을 때 뿐이다.

**

'여기는 애들이 오래 머물지 않아. 다들 잠깐 있다가 가.'
'다들 어디로 가는데?'
'집으로.'

센터 건너편의 구둣방 사장님은 겨울마다 붕어빵 장사를 시작했다. 늦가을 비로 나뭇잎이 우수수 떨어질 무렵이면 다른 곳보다 일찍 붕어빵 틀을 꺼냈고, 그래서 동네 사람들은 사장님이 붕어빵 장사를 시작하면 가을옷을 정리한다고들 했다. 오전 10시부터 판에 불을 붙이는 부지런한 사장님 덕분에 사람들은 점심

식사 후 후식으로 붕어빵을 사 먹었고, 오후가 되면 하교하는 학생들로 북적였다가 저녁에는 귀가하는 대학생이나 직장인들로 그리고 밤이면 술이 오른 손님들로 북적였다. 묵호와 나는 그 어느 무리에도 끼지 않았다. 우리는 늘 애매한 시간에, 만들어진 붕어빵들이 찬 바람에 식어갈 때쯤 붕어빵을 사러 갔다.

  속을 아끼지 않고 넣는 바람에 두 마리 중 한 마리는 늘 옆구리가 터져 있었다. 한 마리에 2,000원이 된 붕어빵이었지만 사장님은 우리가 한 마리씩 사면 옆구리가 심하게 터진 녀석 하나를 더 주었다. 나는 꼬리를 좋아했고 묵호는 머리를 좋아했기에 우리는 싸우지 않고 공짜로 얻은 한 마리를 나누어 먹으며, 센터에서는 나누지 못할 이야기를 붕어빵 노점상 앞에서 나누었다. 나는 아직 뜨거운, 연기가 풀풀 풍기는 붕어빵을 반으로 가르다가 묵호의 대답을 듣고 꼬리 부분을 놓쳐버렸다. 놓칠 만큼 뜨거웠던 건 아닌데 나는 '앗, 뜨뜨…' 하고 엄살을 부렸다. 묵호의 말을 듣고 떨어트린 걸 들키지 않기 위해서였다. 묵호는 떨어진 꼬리를 줍고는 바닥에 닿은 면을 훅훅, 불었다.

  '네가 머리 먹어. 내가 꼬리 먹을게.'
  '바꿔. 내가 떨어트린 거잖아. 그리고 원래 내가 꼬리 먹잖아.'
  '싫어. 이미 내가 찜했어.'
  '고집부리지 말고…'

'떨어진 거 먹지 마. 숨어서도 먹지 마. 먹고 싶은 거 참지도 마. 욕심 내.'

묵호가 이래버리면 나는 할 말이 없어졌다. 끼리끼리면서 누가 누구를 더 불쌍하게 여기는 거냐고 화를 내고 싶다가도 숨이 막힐 때면 꾸역꾸역 높은 곳으로 기어 올라가는 묵호에게 '네가 내려올 때까지 밑에 있을게' '혼자 아니야. 떨어져도 돼' '내가 여기 지키고 있을게' '네가 라푼젤이야'라고 지껄이던 내가 생각나서 그러지도 못했다.

'또 터졌다.'

사장님이 옆구리 터진 붕어빵 두 마리를 우리 앞에 놓았다. 갓 구운 붕어빵이었다. 딱 보아도 일부러 속을 많이 넣은.

'사장님, 저희 거지 아니에요.'

울컥 치민 울음을 참기 위해 내뱉은 말이 고작 저거였다. 고마운 마음을 제대로 표현하는 법을 못 배웠다. 비위를 맞추거나 변명하는 것만이 내가 배운 삶의 방법인데, 옷장 밖의 세상에선 저런 말들보다 고맙다는 말을 놓치지 않고 내뱉는 것이 더 중요했다. 그런데 나는 정작 가장 중요한 것을 배우지 못한 셈이다.

'나는 부자다, 인마.'

사장님이 내 말을 받아쳤다.

'너희 붕어빵 몇 마리 공짜로 준다고 안 망해.'

그때를 기점으로 사장님과 나의 무의미한 말싸움이 시작되었다.

'여태껏 저희 계속 불쌍해서 주신 거잖아요. 그게 거지 새끼로 보는 거죠.'

'그래서 너희 거지 아니야? 그럼 여태껏 얻어먹은 거 다 내고 가.'

'뭐예요. 사장님이 옆구리 터졌다고 그냥 준 거잖아요.'

'붕어빵은 원래 옆구리 터진 게 더 인기 많다, 인마.'

'저 거지라 돈 없어요.'

'그러면서 뭘 아니라고 해? 그럼 그냥 군말 말고 주면 먹어. 너희 스무 살 되자마자 다 제값 받고 팔 거니까.'

'저 스무 살 되자마자 한국 뜰 건데요?'

'그럼 그냥 얻어먹기만 하다 가는 거지, 뭐. 내가 너한테 잘못이라도 했냐? 이게 늙은이한테 왜 이렇게 싹수없게 굴어, 아까부터? 영 쑥스러우면 고맙다고 안 해도 되니까 투덜거리지나 마라. 그래서 너희 안 먹을 거냐?'

'저는 먹어요.'

묵호가 덥석 새로 구운 붕어빵을 입에 물었다. 사장님이 나를 노려보았다. 나는 못 이기는 척 옆구리 터진, 아니 속이 꽉 찬 붕어빵을 베어 물었다.

'한국 떴다가 잠깐씩 들어올 때 여기로 와. 여기가 네 집이라 생각하고 와.'

사장님은 모른다. 내가 학교에 롤모델로 '붕어빵 사장님'이라고 적어 낸 것을. 장래 희망에 '붕어빵 잘 굽는 사장'이라고 적은 것을. 담당 선생님에게 따로 불려 가 혼나기도 했는데, 끝까지 고쳐 쓰지 않았다. 훗날 엔지니어가 되기 위해 대학 면접을 볼 때 '붕어빵 안 터지게 굽는 기계'를 만들고 싶다고 대답했다는 것도, 우주항공업 면접을 볼 때도 '우주에서도 붕어빵 구울 수 있게 하겠다'라는 목표로 합격했다는 것도 사장님은 모른다. 막연하게 언젠가는 말하겠거니, 언젠가는 모든 바람이 이뤄지겠거니 했다. 아니, 사실 꿈을 가져본 적이 없었기에 바람이 얼마나 쉽게 사라지는지 알지 못했다. 또한, 죽길 바라는 존재는 징그럽게 오래 살고, 영원히 살길 바라는 존재는 그토록 예고도 없이 빠르게 떠나는 것이 치사하지만 세상의 법칙이라는 것도.

염치없이 붕어빵만 가득 얻어먹고 센터로 돌아가는 길에 헛된 바람을 지껄였다.

'사장님이 엄마였으면 좋겠다. 할머니도 좋고. 아니면 사장님 같은 사람만 있는 행성이 있었으면 좋겠다. 붕어빵 행성.'

묵호가 바람 빠지는 소리를 내며 웃었다. 묵호가 저렇게 웃을 때면 뿌듯함을 느꼈다. 볼이 딱딱하게 굳어 웃고 싶어도 웃어지지 않는다고 말하던 묵호가 저렇게 자연스럽게 웃음을 터트릴 때 말이다. 건널목 앞에 섰다. 건너편 고층 건물 외벽에 설치된 거대한 스크린에서 아이돌 멤버를 뽑는 오디션 프로그램이 방송되고 있었다. 얼굴이 혼혈처럼 생긴 아이가 한국 연습생 생활 3년 만에 처음으로 비행기를 타고 본가로 돌아가는 장면이 나오고 있었다. 작은 캐리어를 끌고, 잘 가꿔진 마당을 지나 초인종을 누르자 현관문이 열리며 30초 광고 후 방송된다는 문구가 떴다.
'왜 다들 집에 갈까.'
관절염 광고를 보며 내가 중얼거렸다.
'좆같지 않나.'
'….'
'나는 집만 아니면 다 좋은데. 나는 절대 집으로 돌아가지 않을 건데.'
'나도.'
가만 듣고 있던 묵호가 대꾸했다.
'새로운 집을 찾을래.'
'나도.'
'세상에서 가장 넓은 집을 가질 거야. 옷장이 없는 집. 옷들 다 주렁주렁 꺼내놓는 집.'
'나도.'

'뭐야. 너는 왜?'

'…몰라.'

원래도 추운 날씨에 쉽게 빨개지는 묵호의 귀였지만, 그 순간은 유달리 더 빨갛게 변했다. 나는 묵호가 나와 어디든 함께 있어준다는 의미로 멋대로 해석해 알아들었다.

센터에 도착할 즈음 묵호가 말했다.

'되도록 아주 멀리 있는 집으로 가자.'

'얼마나 멀리?'

'가능한 한. 닿는 한. 되는 한.'

이번에는 스스로 해석해 받아들이지도 못했으면서 고개를 끄덕였다.

묵호가 바라는 멀리는 얼마나 멀리일까. 묵호가 아빠를 죽인 살인자 자식이라는 걸 모르는 곳일 테지. 네덜란드나 핀란드, 스위스 따위의 북유럽 소도시라면 모를 수도 있겠다. 한국 사람도 얼마 없을 거고. 거기보다 더 먼 곳이 있나? 아니면 미국이나 아프리카 대륙 쪽도 괜찮겠다. 하지만 사람이 많은 곳에선 감추려 했던 것들조차 결국 수면 위로 올라오고야 만다. 사람이 없고 먼 곳이 어디일까. 북극이나 남극, 러시아 일부 지역, 혹은 마다가스카르나 아마존이 떠올랐다. 비행기 경비는 얼마나 들지, 그곳에서 사람이 살 수는 있을지를 생각하며 공용 샤워실에서 씻고 나오던 길에 센터 휴게실에 틀어진 TV가 눈에 들어왔다.

320광년 떨어진 백조자리 방향의 쌍성계… 인류의 '두 번째 집'이 될 가능성 ↑

…찾았다.
우리가 가야 할 집.

***

─옥주가 다른 생각을 할 수 있게 도와줄까요? 과거 기억에 집중하지 않도록요. 눈을 감고 제 목소리에만 집중해요.
기사의 말을 따라 눈을 감는다.
─열흘 전 데이터를 살펴봤어요. 타일러가 동면에서 깨어난 날이에요. 예정되었던 날짜였죠. 타일러가 속한 1팀이 먼저 깨어나고, 그 후 이틀에 걸쳐 다른 팀들도 깨어나게 맞춰져 있었어요. 타일러는 바이러스 잠복 상태로 동면에 들어갔고, 깨어났을 때는 이미 바이러스가 뇌를 전부 뒤덮은 상태인 것으로 판단돼요. 타일러가 같이 깨어난 팀원들을 공격했고, 그 과정에서 다른 팀원이 아직 동면 중인 팀원들을 깨운 거예요. 묵호도 그때 깨어

났고요. 묵호는 비감염 상태로 눈을 떴지만, 동면에서 깨어나자마자 팀원을 지키는 과정에서 타일러에게 공격받았어요. 묵호가 감염된 건 그때예요. 감염되면 5분에서 8분 안에 심장이 한 번 멈추게 되는데, 묵호도 15분 넘게 생체반응 없다가 뇌파가 다시 감지됐어요. 그리고 묵호는 공격받은 후 심장이 멈추기 전까지 그 5분 동안, 옥주의 동면 장치를 안전한 곳으로 옮겼어요. 내벽을 뜯어 전선을 끊은 것도 묵호로 확인돼요. 항로를 변경하려고 시도했지만, 시스템을 재설정할 수 있는 권한이 묵호에겐 없었어요. 그래서 전선을 끊을 수밖에 없었던 것 같아요. 이 우주선이 에르사로 가야 하는 건 막아야 했으니까요.

어떤 이유에서든 에르사에 위협이 될 것으로 판단될 경우, 에르사에 착륙하지 않는다. 항로를 잃고 우주를 배회하게 된다고 하더라도 에르사에는 오지 않는다. 그것이 규정이었다. 묵호는 규정을 따랐다.

―아무도 접근하지 못하도록 옥주의 동면 장치 앞을 지키고 서 있다가 심정지가 왔고, 15분 뒤 움직였어요. 다른 감염자들과 다른 게 있다면 아까 말씀드린 대로 묵호의 뇌는 전두엽과 심지어 해마까지도 살아 있어요. 바이러스가 침투하지 못한 것으로 보여요. 지금 상황에선 원인을 완전히 알아낼 수는 없지만, 이런 경우 몇 가지 추측이 가능해요. 하나는 이 바이러스의 면

역 체계를 가지고 태어난 경우, 다른 하나는 비슷한 바이러스에 감염된 적이 있어 면역 체계가 생긴 경우, 또 다른 경우는 감염과 상관없이 항체가 만들어진 경우요. 묵호가 비슷한 바이러스에 감염된 적이 있거나 혹은 면역 체계 치료를 받은 적이 있다면 두 가지가 복합적으로 섞였을 수도 있어요. 지금으로서 다행인 건 묵호의 신체 훼손 정도가 크지 않다는 거예요. 묵호는 물린 뒤 몸을 숨겨 화를 면했지만 다른 선원들은 움직이는 게 불가능할 정도로 신체가 훼손된 상태예요.

묵호가 계속해서 움직이는 게 정말로 다행일까. 묵호도 그렇게 생각할까. 어쩐지 묵호는 죽는다는 생각이 든 순간 편안했을지도 모른다. 메이린처럼.

그렇게 생각했다가 생각을 바꾼다. 묵호라면 죽고 싶지 않았을 것이다. 자신을 물어뜯는 타일러를 보며 그의 증세가 좀비 감염과 유사하다는 걸 알아봤을 테고, 좀비는 묵호가 가장 끔찍하게 여긴 인류 종말의 형태였다.

좀비만 아니면 돼.

좀비 영화를 보고 진지하게 말하던 묵호의 얼굴이 떠오른다.

저런 바이러스가 생기겠냐?

그런 묵호를 비웃던 나도 떠오른다. 과거의 나에게 말해주고 싶다. 생긴다, 머저리야.

왜 없겠냐? 세상에 우리가 알지 못하는 곰팡이랑 균류가 얼마나 많고, 걔네가 얼마나 빠르게 진화하는데. 지구는 애초에 곰팡이 거야. 좀비 사태가 터지면 그건 곰팡이의 짓이라고 봐. 이 모든 생태를 파괴하는 종족을 손쉽게 분해하는 방법. 인간이 인간을 먹어서 서로를 분해하게 하는 거지.

그런데 왜 인간만 먹을까. 개나 고양이를 먹지는 않는 것 같아. 원래 인간이었을 때는 온갖 짐승과 과일, 씨앗을 포함해서 별의별 식물 뿌리, 버섯, 해초 같은 것도 다 먹었잖아. 좀비는 왜 인간만?

인간이 가장 두려워하는 게 뭔지 아는 거야, 곰팡이가.

인간이 인간을 죽이는 거?

내가 사랑하는 사람을 먹을지도 모른다는 거….

묵호를 뚫어지게 바라보다, 내가 입을 연다. 내가 무슨 말을 내뱉었더라. 입술을 움직인 건 떠오르는데, 뱉은 말이 떠오르지 않는다. 나도 그게 제일 무섭다고 하는 걸까. 나도 좀비가 되면 너를 물까 두렵다고 하는 걸까. 아니면 어차피 좀비가 된 마당에 그런 공포를 느끼겠냐고 하는 걸까. 그러다 불현듯 내가 한 말이 떠오른다.

묵호야. 너는 그 두려움이 뭔지나 알고 하는 소리야? 느껴본 적 없잖아. 사랑받는 게 뭔지.

눈을 뜬다.

"…미친놈."

엄마의 기억보다 더 고통스럽다. 내가 그따위 말을 묵호에게 내뱉었다는 것이. 묵호의 표정이 어땠는지 떠오르지 않는다. 부디 경멸이었으면.

―타일러가 나갔어요. 멀어지고 있어요. 조종실 쪽으로 가고 있어요. 조종실에서 무전 신호가 잠시 들려왔어요. 타일러가 소리를 따라 움직이고 있어요. 옥주, 제가 상황을 분석한 결과, 남은 엔진으로도 우리를 뒤따라오는 이주선의 구조를 기대할 수 있을 정도의 궤도까지는 갈 수 있어요. 우주선을 다시 작동시켜야 해요.

"타일러는?"

―우주선을 다시 작동시켜야 해요.

"타일러는 어떡하고?"

―이주선이 오고 있어요. 이주선과 통신을 연결할까요?

"타일러를 죽여?"

―에르사까지 갈 수 있어요.

"묵호는?"

―가야 해요. 에르사로.

"묵호는 못 가잖아."

―옥주는… 갈 수 있죠.

메이린은 지구에서 죽었고, 묵호는 함께 갈 수 없다. 왜 가야 하지? 의미를 찾을 수 없다. 간다는 것은 살아남겠다는 의미인데, 살아남는 것이 지금 나에게 무슨 의미가 있는가.

"가고 싶지 않아."

키사호는 바이러스가 퍼진 상태로 결국 카르노에 불시착할 것이다. 선원들은 죽거나 감염되었다. 아니, 전부 죽었다. 기적적으로 감염되지 않은 단 한 명이 있지만, 그 한 명에게는 어떤 임무도 소명도 남아 있지 않다. 상황을 비관하여 스스로 생을 마감했다 하더라도 이상할 게 없다. 어쩌면 그게 더 옳은 선택이다.

퍽.

묵호가 문을 친다.

퍽.

또 친다.

퍽.

퍽.

퍽.

다른 소리가 들린다.

혀를 차는 소리다.

퍽….

딱….

*
**

퍽.

 현관을 열었을 때, 한겨울에도 땀으로 범벅된 묵호가 서 있었다. 문을 내리치려고 손을 번쩍 들었던 묵호는 예고도 없이 열린 현관에 화들짝 놀라 그 상태로 굳어버렸다. '죽으려고.' 그 한 단어를 보고 달려온 묵호를 보니, 어쩐지 살아 있는 것이 미안해졌다. 묵호가 오기 전에 시도라도 해야 했는데, 막상 묵호에게 문자를 보내고 나니 그러고 싶은 마음이 사라졌고, 그 마음의 빈 공간에 허기가 들어찬 탓에 태평하게 라면이나 끓이고 있던 것이다. 그렇게 심각하게 달려올 거였으면 전화라도 하지. 그런 뻔뻔하고 염치없는 생각을 하다가 뒤늦게야 사과해야 한다는 것을 깨달았다. 하지만 어디까지 사과해야 하는 건지 알 수 없었다. 문자를 보낼 때까지는 정말 죽으려고 했고, 묵호에게 마지막 인사만큼은 하고 가고 싶었다. 그건 내 나름의 배려이자 애정이었다. 하지만 정말 문자를 보자마자 그 욕구가 사라졌고, 라면 하나 먹으며 묵호에게 다시 문자를 보내려고 할 때 묵호가 집에 도착한 것이다. 찬장에 하나 남은 라면을 꺼내고, 물을 올리고,

가스 불을 켜고, 스프와 면을 한 번에 때려 넣은 그 짧은 시간에 말이다. 센터에 있었던 게 아니었던 걸까. 센터에서 우리 집까지는 버스로 40분이었다. 우리 집 근처에 볼일이 있었을까. 우연히 3분 이내의 거리에 있었던 걸까. 하지만 나는 우리 동네에 일을 보러 왔다는 사람을 본 적이 없다. 묵호는 어떻게 3분 만에 우리 집에 왔을까. 시공간을 뛰어넘지 않고서는 불가능했고, 그러니 예상치 못한 상황을 만든 건 묵호였다. 조금만 더 기다렸어도 '그냥 한 말이야. 신경 쓰지 마!'라는 문자를 받았을 것인데.

 묵호는 굳은 채 나를 바라보다가 내가 말릴 틈도 없이 우리 집으로 들어왔다. 현관문을 잠그고, 숨을 몰아쉬며 흐르는 땀을 닦더니 메고 있던 가방에서 무언가를 꺼냈다. 식칼이었다. 신문지나 지퍼백으로 감싸지 않은 식칼이 묵호의 손에 쥐어 있었다.

 '나 죽는 거 도와주려고?'

 묵호에게 담담하게 물었다. 죽기를 실패한 나를 위해 챙겨 왔을 수도 있겠다 싶었다. 묵호는 겉으로 무뚝뚝해도 속은 다정한 아이니까.

 '…너 말고.'

 '미친놈.'

 묵호는 우물쭈물하며 식칼을 가방에 도로 넣었다. 칼칼한 라면 냄새가 집 안에 가득 찼다. 너 이제 세상이 만만하냐고. 한 번

봐주니까 또 봐줄 것 같냐고. 너 이제 촉법소년 그거 아니라고. 지금부터는 꼼짝없이 감옥행이라고 말하려다가, 라면 냄새를 더 참지 못해 아무 말도 하지 않고 주방으로 향했다. 같이 먹자고 하고 싶은데 라면이 하나뿐이었다. 먹고 싶으면 달라고 하겠지. 그런 마음으로 냄비를 식탁에 올렸다. 설거지가 제대로 되지 않아 끈적한 젓가락 대신 나무젓가락을 새로 깠다. 베란다 창으로 현관에 우두커니 서 있는 묵호가 보였다. 묵호는 내가 라면을 다 먹을 때까지 현관에서 움직이지 않았다. 라면에서는 오래된 밀가루 냄새가 났고 그사이 국물이 졸아들어서 짜기만 했는데, 나는 묵묵히 라면을 입에 쑤셔 넣었다. 마지막 한 방울의 국물까지 털어 넣자 난데없이 울음이 터졌다. 묵호가 그제야 허겁지겁 주방으로 왔다.

'집에 오니까 나한테서 안 씻은 냄새가 또 나. 아무리 박박 닦아도 냄새가 안 사라져. 근데 이 와중에 처먹고 있어. 내가 좀비새끼 같아. 징그러워. 왜 배가 고프냐고, 왜!'

텅 빈 냉장고와 텅 빈 찬장의 공포를 묵호는 알까. 다들 옷장을 무서워하던데. 그 안에 괴물이나 귀신이 있을까 봐. 그런데 나는 옷장이 무섭기는커녕 편안했고, 정작 텅 비어 있을지 모르는 냉장고나 찬장을 무서워하다가 어느 순간 깨달았다. 아, 내가 옷장 안에 사는 괴물이라서 그렇구나. 엄마가 나를 보면 소리 지르고 화를 내는 이유가 무서워서겠구나. 내가 왜 무서울까. 하는 거라고는 옷장 안에 숨어 있다가 조용히 외출했다가 조용히 밥만 먹다가….

아, 내가 밥을 먹어서 그렇구나. 먹을 게 부족한데 돈도 안 벌면서 엄마의 곳간을 파 먹는 괴물이구나, 내가. 그 후로 먹는 것과 관련된 괴물이 뭐가 있는지 곰곰이 생각했다. 배고픔을 극심하게 두려워하는 괴물. 텅 빈 냉장고와 찬장을 두려워하는 괴물. 오로지 먹기 위해 숨을 쉬는 괴물. 그러다 때마침 거대한 스크린에 걸린 좀비 영화 포스터를 보았다. 굶주린 내가 딱 저럴 것 같았다.

'계속 배가 고파. 나 센터에서도 밤에 몰래 이불에 숨어서 먹고 있어. 허기가 안 사라져. 계속 배가 고파. 돌겠어. 징그럽다고!'

타인 앞에서 그렇게 소리치며 운 건 처음이었다. 그게 묵호여서 다행이었고 동시에 묵호여서 더 창피했다. 혼나는 사람처럼 서 있던 묵호가 말을 하려 할 때, 나는 묵호의 말을 가로채 더 크게 악을 쓰며 소리쳤다.

'내가 진짜 혐오스러운 말 해줄까? 나는 네가 나보다 낫다고 생각해. 너는 그래도 집에 돈이 많았잖아. 아빠가 집을 깨끗하게 치웠잖아. 네가 안 먹은 거지 냉장고가 비어 있지는 않았잖아.'

하지만 세상에는 좀비처럼 게걸스럽게 먹는 것보다 징그럽고 역겨운 장면도 있다는 걸, 안다. 알지만 나는 좀비라, 이미 징그러운 좀비라 그걸 참지 못하고 쏟아 내버렸다. 어거지로 욱여넣은 음식을 게워 내듯이.

'그리고 너는, 너는 아빠가 죽어버렸잖아. 어쨌든 이제는 세상에 없잖아. 속이라도 후련하잖아.'

지금 내가 얼마나 최악의 인간인지 알면서도 멈출 수 없었다. 나는 자신의 세계를 멸망시킨 묵호가 부러웠다. 나도 더 어릴 때 세계를 멸망시켰어야 했는데. 조금만 더 일찍 용기를 냈어야 했는데. 그 시간을 견디면 언젠가 평화가 올 것이라 믿었으나, 시간은 영원하여 끝이라는 개념이 없었고 그렇게 평화는 허상이 되었다. 시간을 붙들고 있는 세계를 파괴하는 것만이 시간에서 벗어나는 방법이었다.

묵호는 비위가 좋았다.

'후식 먹으러 가자. 붕어빵.'

나의 밥맛 떨어지는 행동에 속이 상하기는커녕 붕어빵을 먹으러 가자니. 나를 붙잡아 이끄는 묵호의 손을 뿌리쳤다. 봇물 터진 것처럼 말을 쏟아 냈다.

'엄마가 퇴원하고 집에 왔는데, 집에 오니까 내가 보고 싶다네? 딸, 잘 지내? 그 말에 왔어.'

'아줌마는 어디 갔어? 잠깐 나갔어?'

나는 묵호의 말을 무시하고 계속 말을 이었다.

'나는 내가 엄마를 보고 싶어서 온 줄 알았거든? 이제 좀 컸으니까 엄마가 만만해 보일 줄 알았거든? 막 드라마 같은 거 보면 자식이 커서 부모님이 작아지고 그러잖아. 그럴 줄 알았어. 그럼 내가 엄마를 이해할 줄 알았고, 엄마가 나한테 미안함을 느끼거나 막 무서워할 줄 알았어. 근데 아니더라? 하나도 안 변했더라? 엄마는 내가 아직도 애새끼로 보이고, 나는 아직도….'

그쯤 숨도 못 쉴 정도로 울음이 터졌다. 말의 절반은 울음에 뭉개져 사실 말을 한다기보다 울부짖었다는 표현이 더 잘 어울렸다.

'너 우리 엄마 죽여줄 수 있어?'

'…응.'

'등신아. 거짓말 치지 마!'

'할 수 있어, 할 수 있어. 두 번은 더 쉬워….'

묵호가 암기하듯이 중얼거렸다.

'너 사람 죽인 적 없잖아! 내가 모르는 척해주니까 끝까지 속이려고 하냐? 나 경찰 언니한테 다 들었어. 네가 밀친 게 아니고 네 아빠가 술 마시고 혼자 난리 치다가 넘어진 거라며. 너는 네 아빠한테 손가락 하나 대지 않았다며. 아빠가 숨을 안 쉰다고 울면서 전화한 거라며.'

묵호는 거짓말을 했다. 내게 아니라 세상에. 아빠가 어떻게 죽었냐는 질문에 한마디 대꾸도 하지 않던 묵호. 그러다 경찰이 묵호의 몸에 깃든 학대의 흔적들을 발견했고, 반항하다가 아빠를 밀었느냐는 질문에 그렇다고 대답해 버린 묵호. 수사 결과 덕분에 스스로 뒤집어썼던 누명을 벗을 수 있었던 묵호. 하지만 진실을 은폐해 달라고 부탁한 묵호.

'너, 옛날에 내가 너처럼 되는 게 꿈이라고 해서 계속 네가 죽인 척하고 있었던 거지? 그래서 애들이 뒤에서 살인자 새끼라고 해도 변명도 안 하고 있던 거잖아. 너는 진짜 속도 없냐?'

애처럼 우는 내 앞에서 묵호는 어물쩍거리다가 품에 있던 식칼을 꺼내 탁자 위에 올려두고 나를 끌어안았다. 속이 텅 빈 것치고 묵호는 따뜻했다.

붕어빵 다섯 마리를 먹고도 허기가 사라지지 않는 나를 위해, 묵호는 나와 함께 편의점 테이블에 앉아 과자 다섯 봉지를 먹었다. 아니, 묵호는 과자 하나씩만 집어 먹고 말았고 나머지는 다 내가 먹었다. 그러고도 허기는 사라지지 않았다. 더 먹지 못한 건 돈이 없었기 때문이었다. 나는 과자 봉지에 남은 부스러기를 손가락으로 꾹꾹 눌러 한 톨도 남기지 않고 입에 넣었다. 퉁퉁 부은 눈으로 부스러기를 쪽쪽 빨고 있는 내가 묵호 눈에는 얼마나 못나고 추잡스러워 보였을지 가늠도 되지 않았다.

'너나 나나 좀비 같다.'

'왜?'

'너는 속이 텅 비었고, 나는 입에 다 처넣고. 나는 좀비 되면 제일 먼저 엄마부터 물러 갈 거야.'

'좀비는 기억이 없지 않나.'

'기억 말고. 본능으로.'

'근데 좀비가 다수잖아. 좀비 사태에서 좀비로 변하면 편한 거 아니야? 좀비 밭에서 혼자 인간이어봤자 더 힘들걸. 좀비는 물릴 때만 고통스럽고 물리면 끝이잖아. 생각 없이 뛰어다니면 되니까. 근데 인간이면, 무섭고 외롭잖아. 숨어야 하고…'

'…'

'숨어 있는 게 제일 힘들어.'

'둘이 숨으면 덜 힘들지 않을까?'

'둘이 숨어본 적 없어서 모르겠어. 좁아서 더 답답하지 않을까?'

'붙어 있으니 덜 외로울 수도 있지. 더 용감해지고. 그래서 덜 무서워지고. 나는 그럴 것 같았는데.'

언니나 오빠가 있었으면 좋겠다고 생각했다. 동생은 말고. 동생은 내가 챙겨줘야 하니까. 나는 나를 챙겨줄 사람이 필요했다. 옷장 안에 같이 있어줄 사람. 떨고 있는 내 손을 잡아줄 사람. 내 손톱을 깎아주고, 귓바퀴까지 벅벅 닦아줄 사람. 그러다 어느 순간, 마녀를 화로에 밀어 넣어 죽인 어느 동화 속 남매처럼 나와 함께 옷장 문을 열고 마녀를 밀어줄 사람. 나는 묵호와 다르게, 정말로 죽일 수 있었는데….

하지만 그렇다고 오래 살아남고 싶은 마음은 없었으므로, 여러모로 깔끔하게 일찍 좀비가 되는 게 나을 것 같았다.

'다 좀비 됐는데 나만 좀비 안 되면 돌아버릴 듯. 그럼 나 좀비 되면 제일 먼저 너 물러갈래. 너도 나 먼저 물어라.'

'고민해 보고.'

'좀비 된 주제에 고민은 무슨. 생각이나 있겠어?'

'모르는 거잖아. 좀비가 사실 생각이 있을지도.'

'뭐야. 아까는 기억이 없을 거라며.'

'기억과 생각은 다르지. 네 말처럼 본능이 있잖아. 기억은 나지 않더라도, 본능이 뭔가를 느끼면 생각할 수도 있지. 먹을지 말지. 야식 고민하는 것처럼.'

'하긴. 좀비가 된 사람은 아직 없으니까.'

'고민 중일 때, 내가 고민 중이라는 걸 알려주자, 상대방에게. 꼭.'

'무슨 수로?'

우리는 한참 동안 머리를 맞대고 고민했다. 말을 하는 게 제일 확실한 방법이겠지만 말을 하지 못할 가능성이 높다. 근거는 없지만 대개 좀비의 설정들이 그러하지 않았는가. 우리는 작가들을 믿었다. 바이러스에 의한 감염이든 죽은 자의 부활이든, 다 그럴 만한 이유가 있으니까 말도 못 하고 먹는 거에 집착하고 기억도 하지 못할 거라고. 벽을 치는 행위, 주먹으로 가슴을 내리치는 행위, 춤을 추는 행위 따위를 더 떠올렸지만 그런 것들은 좀비들 사이에 있으면 티도 나지 않을 것 같았다. 언뜻 보면 발작하여 몸부림치는 것인지 춤을 추는 것인지 구분이 어려울 것 같았고, 팝핀 같은 춤을 추기에는 인간으로서도 출 수 없었으니 좀비의 몸으로 될 리 없었다. 우리에게 필요한 건 다분히 의도적이면서 좀비가 할 수 있을 법한 작은 몸짓이었다. 그중 괜찮은 제안으로 손가락 튕기기가 있었는데, 문제는 내가 지금도 소리를 잘 내지 못한다는 것이었고 휘파람은 묵호가 불지를 못했다. 윙크는 눈알이 파먹혔을 가능성 때문에 포기했다. 그렇게 몇 가지 제안을 주고받다가 아이디어가 고갈되어 말이 없어졌을 즈음 묵호가 딱, 하며 혀를 찼다. 생각에 빠질 때 묵호가 종종 하던 습관이었다.

'그거 하자.'

'뭐?'

'딱.'

'딱?'

'응. 혀로, 이렇게.'

딱.

딱, 딱, 똑, 딱, 똑, 딱.

서로 번갈아 혀를 찼다. 혀 근육이 아파져 올 때쯤 그만두었다.

'이걸로 하기로 한 거다? 근데 웃기다. 이딴 고민을 진지하게 하는 사람, 세상에서 우리 둘밖에 없을 거야.'

그렇게 말하고 나는 한참을 웃다가 묵호에게 물었다.

'너 MBTI, N이야?'

생각해 보니 묵호의 혈액형도, MBTI도 하나도 모르고 있었다. 함께한 지 몇 해가 지나가도록.

'S, 90퍼센트.'

'혈액형은 B형이지?'

'A형.'

'다 틀렸네.'

'네가 죽지 않고 엄마한테 복수하는 방법을 생각해 봤는데, 이거 어때? 집을 난장판으로 만들자. 가구도 다 부수고, 거울도 깨고, 옷도 다 찢고. 냉장고 콘센트도 빼놓고. 그럼 진짜 열받을걸. 어때?'

'음… 되게… A형 S가 짠 계획 같아.'

'그게 뭔데?'

'있어, 그런 느낌적인 느낌.'

묵호의 계획은 그럴듯했다. 비록 집은 애당초 쓰레기장과 다름없었지만, 엄마는 더러운 집에 늘 스트레스를 받던 사람이었다. 한마디로 악순환인 셈이다. 스트레스를 받아서 쓰레기를 쌓고, 쓰레기가 쌓여서 스트레스를 받는. 고로 집안 꼴이 엉망이 된다면 엄마는 울화병에 쓰러질지도 모른다.

우리는 집으로 돌아가 묵호가 세운 소박하지만 위대한 계획을 실행했다. 묵호에게 주방을 맡기고 나는 옷장이 있는 방으로, 내 방이라 부르지만 사실상 창고에 가까운 그 좁고 텁텁한 내 유년 시절의 방으로 들어갔다. 먼지가 굳어 열리지 않는 창문을 억지로 열려다가 포기하고 초등학생 때 어쩌다 받은 교내 수학 경시 대회 트로피로 창문을 깼다. 옆 빌라와 바짝 붙어 있었는데도 햇빛은 그 틈으로도 끈질기게 밀려 들어왔다. 태양은 그렇게나 멀리 있는데도 내 방까지 햇빛이 닿는다는 사실이 이상하고, 신기하고, 위로가 되는 순간이었다. 햇빛이 조각져 드리운 자리는 마치 빛의 액자처럼 보였다. 우주가 포착한 어느 한 순간처럼, 우주의 가장 따뜻한 핵처럼. 이런 아름다운 액자에 더러운 방은 어울리지 않는다. 자연의 뒤섞임 같은 방을 만들고 싶었다. 벽지를 찢는다. 돌돌 말아 한쪽에 산처럼 쌓아두고, 옷과 이불은 바다처럼 풀어놓는다. 선풍기는 달처럼, 책상은 바위처럼 두고, 쌓인 쓰레기들은 잘게 찢어 산호처럼, 눈처럼, 이끼처럼 흩뿌리고, 옷장은 배처럼 띄워 그 위에 올라섰다.

나는 뗏목 위에 선장처럼 당당히 서 있었다. 이 배는 침몰하지 않는다. 수년의 세월, 적으로부터 나를 지켜준 가장 튼튼한 배였으므로. 묵호를 불렀다. 손에 고무장갑을 낀 묵호가 놀라 허겁지겁 달려왔다. 나는 옷장을 발로 세게 내리치며 타라고 외쳤다. 소꿉놀이하기에는 퍽 어울리지 않는 나이였으나, 묵호는 거부감 없이 옷장 위로 올라왔다. 나는 부끄러움도 없이 외쳤다. 지금부터 선장은 나라고, 가고 싶은 곳 어디든 말해보라고. 그러자 묵호도 부끄러움 없이 대답했다. 어디든, 배가 갈 수 있는 가장 먼 곳까지 가자고. 그 순간 마음이 일렁였다. 내 마음속에 있는 아주 얕고 작은 웅덩이 안에서 붕어빵 한 마리가 지느러미를 움직인 것처럼. 나도 꿈을 꿔도 될까. 그렇다면 가장 멀리 가는 사람이 되어야겠다고 생각했다. 그리고 그 배에 묵호를 꼭 태워야겠다고 다짐하면서.

'황옥주. 우리 뭐가 되든 사람은 죽이지 말자.'

배가 한참 망망대해를 떠다닐 때 묵호가 말했다. 뜬금없는 말처럼 느껴졌다가, 그런 말을 하기에 가장 적합한 순간처럼 느껴지기도 했다. 나는 대답하지 않았다. 마음 웅덩이에 사는 붕어빵이 더 커졌다. 조그만 흔들림에도 물이 흘러넘칠 것 같았다.

'그 사람에 나 자신도 포함이야.'

묵호가 말을 이었다.

'그러니까 너도 너를 죽이지 마.'

우리의 뗏목은 망망대해를 지나 우주로 나가고 있다.

'좀비가 되어서도 아무것도 죽이지 말자. 우리는 그럴 수 있어. 그 얼굴이 되지 않을 수 있어.'

그 얼굴이란 건 좀비의 얼굴을 말하는 걸까, 아니면 묵호 아빠의 얼굴을 말하는 걸까.

고민은 금방 끝났다.

두 얼굴이 똑같아서.

***

"사람을 어떻게 죽여?"

―보편적인 상황이 아닌 줄은 알지만, 죄송해요. 그 질문에는 답해드릴 수 없어요.

"타일러를 어떻게 죽일 수 있어?"

―죄송해요. 그 질문에는 답해드릴 수 없어요.

"죽은 사람을 다시 죽이는 것도 안 돼?"

―판단을 못 내리겠어요. 상황적으로 그는 죽은 상태지만, 인

식상으로는 여전히 인간이니까요. 저는 인간을 죽이는 방법을 제시할 수 없어요.

"그럼 이 상황에서 내가 살 방법을 제시해 줘."

―첫 번째, 동면실에 있는 영양 수분 튜브를 세 개 챙겨요. 그 튜브 세 개로 음식 섭취 없이도 우주에서 열흘은 버틸 수 있어요. 그리고 동면실에 있는 우주복을 입으세요. 타일러와의 접촉을 차단할 수 있어요. 두 번째, 조종실에 있는 타일러를 밖으로 유도해야 해요. 우주선 내 인터폰 시스템이 작동 가능한지는 동면실에 배치된 인터폰으로 확인 가능해요. 조종실과 가장 멀리 떨어진 곳, 가급적 화물실에서 소리를 발생시켜 타일러를 그쪽으로 유인해 가둬요. 그 후 조종실로 가서 비상 자동 조종 모드로 설정해요. 2시간 이내에 이륙해야 해요. 그런데 한 가지 문제가 있어요. 추락 당시 차단벽 시스템에 문제가 생겼어요. 화물실 문을 닫으면, 줄지어 차단벽이 전부 작동될 거예요. 그 사이에 갇히지 않도록 달려야 해요.

수납장에서 나온다. 키사가 소리를 내지 말라고 반복해 주의를 준다. 묵호는 여전히 그 앞에 서 있다. 눈이 마주친다. 짐승 같은 소리를 내려는 묵호에게 쉿, 사인을 보내자 묵호가 잠잠해진다. 나는 묵호에게 묵음에 가까운 소리로 묻는다.

"소리 내지 마. 계속 조용히 할 수 있어?"

묵호는 이렇다 할 반응을 하지 않지만, 그것이 곧 내 말을 듣고 있다는 의미 같았다.

"너도 소리가 잘 들리는 거지? 귀가 제일 예민한 거지?"

이번에도 마찬가지다. 반응 없는 긍정.

―묵호는 갈 수 없어요.

키사의 말을 무시하고 묵호의 손을 잡는다.

"가자, 묵호야."

―묵호는 감염되었으므로 에르사로 갈 수 없어요.

순순히 따라오는 묵호를 데리고 동면실 인터폰 앞에 선다. 다행히 전원이 켜진다. 관리자 모드로 전환시키면 동면실 인터폰으로 우주선 전체 시스템을 조종할 수 있다. 모두가 할 수 있는 것은 아니고 엔지니어인 나와 선장만 가능했다. 내 동공이 인식된다. 관리자 모드로 변환되며 미니 패드에 우주선 전체 도면이 작은 크기로 뜬다. 타일러의 위치가 잡힌다. 키사의 말대로 조종실에 있다. 조종실과 가장 먼 곳, 우주선에서 떨어져 나가도 상관없는 곳 역시 키사의 판단대로 화물실이다. 조종실에서 화물실로 가려면 동면실을 지나쳐야 한다. 부디 소리에만 반응하는 것이라면 좋으련만.

"냄새는?"

묵호에게 묻는다.

"후각도 청각처럼 예민해?"

"…."

"하긴. 너 비염이 있지."

좀비가 됐다고 막힌 코가 뚫리지는 않지 않을까.

—옥주, 다시 말씀드려요. 묵호는 함께할 수 없어요. 욕심내지 말아요.

이게 왜 욕심일까.

—감염자를 데리고 가는 건 우주 보건법으로도 어긋나요. 옥주도 입국이 거절당할 수 있어요.

묵호와 함께하는 게 왜 욕심일까. 다른 이들은 더한 욕심을 부리며 살아가던데. 고작 묵호와 함께 있고 싶은 이 마음이 절대 해서는 안 될 금기 깨기라는 걸, 인류에게 두 번째 종말을 선사할지도 모르는 행위라는 걸 받아들일 수 없다. 살면서 욕심낸 거라고는 다정한 엄마와의 따뜻한 밥상뿐이었고 그것 역시 가져본 적 없었다. 하지만 그 욕심은 천국이나 극락세계, 유토피아에 가는 것과 같아 끝내 이룰 수 없다 하더라도 억울하지 않았는데 지금은 억울하다. 한평생 억울해서 울어본 적도 없고, 억울하다고 우는 행위를 이해한 적도 없는데, 지금은 억울해서 눈물이 난다.

필리핀으로 파견 조사를 다녀온 묵호 역시 끝내 바이러스에 감염되었으며 결국 죽을지도 모른다는 말을 들었을 때도 나오지 않던 눈물이. 죽음과 삶의 경계를 오가던 묵호를 볼 때조차 나오지 않던 눈물이. 그때도 나오지 않던 눈물이 지금은 참으려 애를 써도 비집고 흘러나온다는 사실이 또 억울해서, 억울함의 억울함을 더해 내가 감당할 수 없게끔 흐른다. 죽어가는 묵호는 괜찮았는데 왜 이미 죽어버린 묵호는 포기가 안 될까. 죽음은 끝이고, 내가 닿을 수 없는 불가능의 영역 같았는데, 죽은 채 곁에 있는 묵호는 닿을 수 있어서일까. 끝을 넘었으니 영원도 가능할 것만 같다.

묵호가 그런 나를 뚫어지게 바라본다. 내가 우는 모습을 보는 건, 아주 오래전 죽겠다던 나를 살리겠다고 집에 찾아온 묵호를 향해 고래고래 소리 지르며 울었던 그날 이후로 처음이겠지.

"내가 언제 이렇게 울었는지 기억나지."

"…"

"네가 우리 엄마 죽여주겠다고 찾아왔잖아, 우리 집에. 식칼 들고. 근데 죽이지는 못하고 집만 엉망으로 만들었잖아."

"…"

"나중에 엄마가 도둑 들었다고 경찰에 신고했다가 같이 경찰서 가고. 지금 생각해 보니 내가 가장 중요한 말을 안 했더라고."

"…"

"고마워. 우리 엄마, 죽여줘서."

"…."

"붕어빵 먹고 싶다."

그런 생각이 든다. 붕어빵 딱 한 입이면, 이 상황을 한 번에 끝내고 무사히 에르사까지 갈 힘을 얻거나, 혹은 또 다른 선택을 할 수 있는 마음의 결단력을 얻거나.

화물실의 소방 장치는 정상적으로 작동 중이다. 인터폰 패드를 통해 화물실 소방 장치를 가동하자, 화물실에서 사이렌 소리가 울려 퍼지고 조종실에 있던 타일러가 동요한다. 타일러의 위치를 알리는 점이 조종실 안을 미친 듯이 휘젓고 다니다가 출입문을 통과한다. 아주 빠른 속도로 복도를 뛰어 화물실로, 우리가 있는 곳으로 다가온다. 혹시나 묵호가 달려들지도 모르는 만일의 사태에 대비해 묵호를 벽에 붙여 세워 팔 안에 가둬두고는, 문틈으로 타일러가 지나가기를 기다린다. 복도는 화재 경보의 붉은빛으로 점멸하고 있다. 다가온다. 달려온다. 발바닥 소리. 지각의 뺨을 내리치는 듯한 소리. "헉. 헉. 헉." 거친 숨이 들린다. 눈을 질끈 감고 타일러가 우리를 발견하지 못하기를 바란다. 발소리와 숨소리가 가까워진다. 울부짖는 소리에 그만 눈을 뜬다. 그 순간 동면실 앞을 스쳐 지나가는 사람을 본다. 타일러가 아니고 엄마다. 다행히도 환각은 찰나처럼 스친다. 우리를 발견하지 못한 타일러가 화물실로 달려간다. 타일러의 발소리에 집중한다. 점점 멀어지는 소리로 거리를 예측한다. 타일러의 다리가 화물실을 넘는 장면이 그려졌을 때 패드 속 타일러의 신호도 정확히 화물실 안으로 들어간다. 화물실 문을 닫는다. 기사의 말처럼 후미에서부터 차단벽이 내려오기 시작한다.

시끄러운 틈을 이용해 묵호의 손을 잡고 동면실을 나간다. 묵호의 걸음이 느리다. 타일러는 저토록 빨리 달리는데 묵호의 행동은 굼뜨다. 묵호가 원래 달리기를 못했던가. 숨는 만큼이나 달리는 것도 잘했는데. 왜 이렇게 느리냐고 화를 내고 싶지만 화를 낸다고 될 일도 아니었고, 무엇보다 소리를 낼 수 있는 상황도 아니었기에 나는 일단 무작정 달린다. 쾅, 쾅 떨어지는 차단벽은 거인의 발 같다. 느린 묵호의 속도에 맞춰주고 싶지만, 그랬다가는 거인에게 밟히리라. 묵호를 무거운 캐리어처럼 무작정 끌고 간다.

무사히 조종실로 들어와 문을 닫고, 현관에 아무렇게나 세워둔 캐리어처럼 내가 손을 놓은 그 자리에 우두커니 서 있는 묵호를 본다. 똑바로 서 있는 줄 알았더니 왼쪽 어깨가 더 낮다. 아래로 떨어진 왼쪽 어깨를 따라 시선을 내린다. 그제야 나는 묵호가 달리지 못한 이유를 본다. 묵호의 왼쪽 발목에 뼈가 드러나 있다. 간당간당 매달려 있는 왼쪽 발은 신발이 꺾인 것처럼 옆으로 접혀 있고, 절단된 발목은 땅에 이리저리 쓸려 살이 죄다 피와 함께 뭉개져 있다. 그런 거였으면 말을 하지, 그렇게 말하려다가 곧 헛짓거리임을 깨닫는다. 나는 조종석 앞에 선다. 화물실이 있는 선체 후미를 떼어 내고 조종실을 포함한 우주선 선미만 이륙시킬 생각이었다. 우선은 연료를 아끼기 위해 우주선 전체의 온도를 낮춘다. 25도로 유지되던 선체 온도가 23도, 19도, 11도로 쭉쭉 떨어지다가 영하 13도에서 더 내려가지 않는다. 외부 온도와 맞춰진 것이다. 우주선 내부의 조명도 최대한으로 낮춘다. 새벽처럼 컴컴해진다. 창밖의 분홍빛 하늘이 선명해진다. 입에서 입김이 난다. 선체 분리를 위해 버튼을 조작하는데 손이 얼어 잘 움직이지 않는다.

―체온이 낮아지고 있어요, 옥주. 우주복을 입어요.

"안 그래도 그러려고 했어."

후미에 남아 있던 배터리를 선미로 끌어오는 작업을 가동하고, 벽에 걸려 있는 우주복을 꺼내 입는다. 헬멧까지 완전히 쓴 뒤, 열선을 켠다. 등판이 따뜻해지는 것을 느끼며 우주복 한 벌을 더 꺼내 이번에는 묵호에게 입히려 시도한다. 발을 들어달라 부탁하지만 요지부동이다. 다리를 억지로 들어 올렸다가 그만 묵호의 몸이 뒤로 넘어간다. 그 순간 상의가 딸려 올라가며 묵호의 옆구리에 길이 10센티미터의 꿰맨 자국이 보인다. 아빠에게서 도망가다가 다친 흉터라고 했던 것 같다. 묵호의 몸에 남은 옹이. 묵호가 변해도 몸에 남은 삶의 증거는 여전하다.

 밑동이 휘어진 나무는 그대로 휘어진 채 자란다. 기둥에 파인 흉터는 회복되지 않고 덮어버리는 방식으로 흉터 위에 벽을 세운다. 그건 새살이 돋아 상처가 아물어 사라지는 회복과는 다르다. 그래서 상처 입은 나무를 자르면 나이테에 흉터 자국이 혹처럼 남아 있다. 어느 시절에 받은 상처인지 보인다. 상처를 평생 품고 산다. 아물지 않은 채로. 붕어빵 가게 뒤에 습해진 여름 날씨에 썩어 죽어버린 보호수가 있었다. 300년이 넘게 산 나무였는데, 밑동이 휘어져 반쯤 기울어진 채 자란 이상한 나무였다. 소문에 의하면 도시 개발 때 나무를 뽑기 위해 밑동을 자르던 중 인부들이 연달아 죽는 일이 일어나자 저주받은 나무라며 자르기를 멈췄는데 그 상태로 다시 자랐단다. 진실은 알 수 없지만 저주라는 단어와 잘 어울리는 나무였다. 그렇게 보호수는 이 마을의 터주신처럼, 액막이처럼 자리 잡고 있다가 어느 날 돌연 하루아침에 썩어버렸다. 묵호의 필리핀 파견 출국 이틀 전의 일이었다.

 더는 잎이 맺히지 않아도 고사한 나뭇가지 나름의 멋이 있었는데, 나무가 썩어 벌레들이 지독하리만치 꼬인다며 동네 주민들의 원성이 자자하더니, 어느 날 보호수는 밑동만 남겨둔 채 잘렸다. 나무가 죽어서 그런가, 이번에는 나무를 자르다 사람을 잘 랐다는 소식은 듣지 못했다. 늦은 시각 산책을 하던 묵호와 나는 붕어빵 한 마리를 그 앞에 두고 나무의 장례를 치러주었다. 정체를 알 수 없는 전염병 가득한 마을로 묵호가 가야 한다는 것이 서글펐던 밤이었다. 나무의 장례는 마치 산송장을 치르는 듯했고, 나무의 죽음을 핑계로 펑펑 울고 싶은 순간이었다.

붕어빵맨 같은 건 없을까.

묵호가 뜬금없이 말했다.

그게 뭔데.

일본 만화 중에 머리 떼주는 애 있잖아. 호빵, 카레빵도 있고, 식빵도 있고. 걔네처럼 한국에는 붕어빵맨. 붕어빵은 오히려 너무 반듯하게 정석으로 생긴 애들은 별로 맛이 없잖아. 옆구리 터져도 맛있고, 눌어붙어서 탈수록 인기 많고. 추울 때 먹으면 든든하고. 제 몸 떼어 사람을 구하는 붕어빵맨. 친구로는 호두과자맨, 땅콩과자맨, 계란빵맨, 옥수수빵맨.

애가 갑자기 무슨 소리를 지껄이는 건가 싶어 묵호를 쳐다보니 묵호의 시선은 이미 나를 향해 있었다. 그런데 뭐였을까. 묵호의 얼굴과 저 눈빛은 내가 익히 알고 있던 모습과 조금도 다르지 않았는데 왜 하필 그날 묵호의 눈을 보고 내 마음에 이유 모를 불길함이 깃든 것일까. 어떤 이유로든 묵호의 저 눈을 영원히 잊지 못할 거라는 공포 말이다.

그런 두려움에 휩싸여 내가 아무런 대답도 하지 못하고 있자, 묵호가 변명하듯 말을 덧붙였다.

팥은 뭉개지더라도 따뜻하고 맛있잖아. 뭉개졌어도 속이 꽉 차 있으면 장땡이잖아.

묵호의 옆구리 상처를 유심히 본다.

"…지금 보니 터진 옆구리 같네."

옆구리가 찢겼을 때 팥이 나오는 묵호를 상상한다. 이 상황에서도 이딴 생각이나 하고 있다는 걸 알았다면, 묵호는 분명 좋아했을 거다. 붕어빵맨과 호두과자맨을 거론하는 녀석이 나와 다를 리 없으므로.

꾸역꾸역 묵호에게 우주복을 입힌다. 선체 분리 준비가 거의 끝나간다. 우주선은 화재 경보로 시끄럽고 춥다. 선원들의 시체가 널려 있고, 괴물로 변한 선원도 있다. 그럼에도 어리석게도, 혹은 아직 상황을 제대로 인식하지 못한 듯이, 어쩌면 강하게 부정하다 도리어 역효과가 일어난 것처럼 내 안에는 나와 묵호가 살아서 무사히 돌아갈 수 있을 거라는 희망이 움튼다.

하지만 어디로 가야 하지? 돌아갈 집이 없는데.

모니터에 오류가 뜬다.

─옥주, 선체 분리에 실패했어요. 원인을 분석 중이에요. 선체

가 추락하면서 분리 시스템이 망가졌어요. 수동 조작으로 분리 가능한 구간은 몇 군데 남아 있어요. 조종실과 가장 가까운 곳은 의료실 구간이에요. 하지만 조종실로 가려면 문을 열어야 하는데, 시스템의 오류로 문 하나만 열 수 없어요. 조종실 문을 열면 화물실 문도 함께 열릴 거예요.

"문을 열지 않고 이 안에서 해결할 수 있는 방법은?"

―없어요.

"그럼 내가 문을 열고 의료실에 도착하기까지의 시간과 화물실에 있는 타일러가 그곳까지 다다를 시간을 예측해 줘. 내가 문을 열고 다시 조종실로 돌아와서 문을 닫기까지 얼마만큼의 시간이 필요한지도. 타일러를 따돌리는 게 가능한지도."

―바로 분석해 볼게요.

"키사, 그리고 묵호와 함께 있을 수 있는 가능성도 찾아줘."

―분석 결과예요. 의료실까지 도달 예상 시간은 1분 40초예요. 화물실에 있는 타일러가 바로 반응해 달려온다고 하면 예상 도달 시간은 약 2분 10초예요. 옥주가 의료실에서 레버를 내린 후 조종실로 복귀해 문을 다시 폐쇄하기까지 필요한 총 소요 시간은 3분 50초로 예측되어요. 타일러가 의료실까지 오는 것은 그보다 30초 정도 늦어요. 결과적으로 타일러를 따돌릴 수 있어요. 하지만 중요한 건 절대 망설이지 말아야 한다는 거예요.

키사의 예측은 언제나 정확하다.

"그래. 두 번째 질문에 대한 답은?"

대답이 없다.

"찾고 있어?"

―네.

"언제든 답을 찾으면 바로 알려줘."

―네, 근데 시간이 좀 필요해요. 이 감염에 대한 데이터가 너무 부족해요. 되돌아올 수 있는지, 묵호가 옥주를 끝까지 물지 않는다고 확신할 수 있는지, 에르사에 들어갈 수 있는지, 에르사가 아니면 어디로 갈 수 있는지 모두 살펴볼게요.

묵호를 두고 조종실 문 앞에 선다. 의료실까지는 1분 40초 안에 도착해야 하고, 3분 50초 안에 이곳으로 다시 돌아와야 한다.

"10초 단위로 시간을 알려줘."

―네, 옥주. 망설이지 말아요.

조종실 인터폰 패드로 문 열림 버튼을 누른다. 내가 지나갈 수 있을 정도의 틈이 생기자마자 바로 복도로 달린다. 귓가에는 메트로놈 같은 초침 소리가 울린다. 그러다 10초가 됐을 때 삑, 하고 굵고 짧은 벨이 울린다. 키사가 틀릴 경우는 딱 하나다. 정보를 제대로 주지 않았을 때. 그런 게 아니라면 키사는 언제나 맞다. 그리고 나는 숨 가쁘게 복도를 달리며, 내가 정보를 다 알려주지 않았음을 깨닫는다. 조건을 덧붙였어야 했다.

나는 묵호를 사랑하는 것 같아.

그리고 또,

이건 나의 예측이지만, 높은 확률로 묵호의 마음도 그럴 거야.

그러니 서로를 구하고자 하는 마음이 절망으로 이어질 확률이 얼마나 돼? 사랑이 파멸이 되고 간절함이 재앙이 될 확률이.

의료실에 도착해 수동 분리 장치를 찾는 순간, 나는 저 멀리 복도에서 달려오는 묵호를 발견한다. 발목을 짓뭉개며 달려오는 묵호. 헬멧이 벗겨졌는지 얼굴을 훤히 드러내며 달려오는 묵호. 볼살이 뜯긴 묵호의 얼굴. 묵묵히 달려오는 묵호는 마치 붕어빵맨 같다.

키사, 붕어빵맨이 이 행성의 대기에서 살아남을 수 있을까.

***

근조 화환 하나 없는 엄마의 초라한 장례식장에 찾아온 첫 번째 손님은 경찰이었다. 보릿자루처럼 덩그러니 앉아 있는 나를 데리고 상주 방으로 들어갔다. 이불 하나가 초라하게 깔려 있는 그 방은 순식간에 취조실이 되었고 그곳에서 경찰은 나에게 엄마가 숨을 거둘 당시에 방에서 자고 있었던 게 맞는지, 왜 센터에 있지 않고 집에 있던 건지, 엄마의 소리나 외침은 듣지 못했는지를 물었다. 엄마를 잃은 딸을 안타깝게 여기는 태도는 없었다. 오히려 이 죽음을 사고가 아닌 살인으로 바라보는 날카롭고 강압적인 태도가 느껴졌다. 하지만 경찰들의 그런 태도가 도리어 편안했다. 엄마를 잃은 안쓰러운 딸로 나를 대했다면 수치와 분노를 느꼈을 것이다. 이들은 이웃의 신고로 몇 번이고 엄마로부터 나를 분리한 사람들이지 않은가. 그래서인지 내 등을 토닥이는 경찰의 손길에서는 수고했다는 의미가 담겨 있는 것 같기도 했다. 이제 거의 다 왔다는 위로. 조금만 더 힘내면 정말 다 끝이라는 암묵적인 의미가 담긴 손길. 경찰이 다시 물었다.

'어머니의 사망 원인이 고혈당성 쇼크인데, 평소에 인슐린 주사를 집에서 따로 맞고 있다고 알고 있어. 그런데 왜 그날은 주사를 제때 맞지 못했을까? 그것도 하필 집에 네가 있던 날에. 평소에 혼자서도 잘해오던 걸 그날 못 했고, 너는 그 집에 있었어. 괴로워하거나 도움을 요청하는 소리를 듣지 못했어? 아니면….'

그가 말끝을 흐리며, 다른 경찰과 눈빛을 주고받았다. 열린 상주방 문틈으로 편의점 봉투를 손에 든 묵호가 보였다. 저 봉투 안에는 다급하게 오게 되어 챙기지 못한 검은 양말과 클렌징폼, 그리고 생리대가 담겨 있을 것이다. 묵호와 눈이 마주쳤다. 나는 그런 묵호를 커닝 페이퍼처럼 바라보며 입을 열었다.

'습관처럼 옷장에 들어가요. 이제 엄마는 방문을 함부로 열지도 않고 제 팔을 붙잡고 등을 내리칠 정도로 기력이 남아 있지 않지만 그래도 저는 옷장이 편하거든요. 그 집에서 그 공간만이 제가 숨 쉴 수 있는 행성 같아요. 오늘 집에 간 건 하굣길에 갑작스럽게 생리가 터졌거든요. 센터보다 집이 가까웠어요. 그리고 피 묻은 팬티를 센터에서 빨고 싶지도 않았고요. 손빨래만 하고 가려 했는데 졸렸어요. 딱 10분만 자고 갈 생각이었어요. 어차피 낮에는 엄마가 안 오니까요. 그래서 옷장에 들어가서 이어폰을 꽂고 노래 들으며 잤어요. 금방 깰 줄 알았는데 일어나니 3시간을 잤더라고요. 슬슬 엄마가 올 것 같아서 그만 가려고 나왔는데, 엄마가 죽어 있었어요. 아니, 쓰러져 있었어요. 그래서 바로 구급차를 불렀고요. 죽은 건 구급대원이 오고서야 알았어요. 죽을 때가 돼서, 너무 오래 혼자 방치되면 썩어버리니까, 엄마가 저를 불렀고, 딸로서 빨리 시체라도 치우게 하려고 운명이 저를 이끌었다고 생각했어요. 그게 딸 된 도리로 제가 할 수 있는 마지막 임무인가 보다 하고요.'

경찰들은 사고로 사건을 마무리 지었다. 부조금을 내고, 엄마 영정 사진에 절을 올렸다. 텅 빈 장례식장에 앉아 간단히 떡과 과일, 사이다를 몇 입 먹고 자리에서 일어났다. 그들이 나갈 때는 묵호도 함께 배웅했다. 나를 계속 조사하던 경찰이 나가기 전, 넌지시 물었다.

'그런데 왜 어머니가 네 방으로 손을 뻗은 채 죽었을까.'

나는 그의 눈을 똑바로 응시하며 대답했다.

'…제가 거기 있는 걸 알았나 보죠. 엄마는 언제나 제가 숨어 있는 곳을 잘 찾았거든요.'

둘째 날 엄마의 직장 동료라는 사람 다섯 명이 찾아왔다. 그들은 무미건조한 얼굴로 잠시 머물다 떠났고, 엄마의 조문객은 그들이 마지막이었다. 화장장에 갈 때는 센터 직원들이 관을 함께 들어주었다. 엄마가 불에 타는 걸 멍하니 지켜보고 있으니 묵호가 내 손을 잡아주었다.

'나 안 슬퍼.'

'알아.'

'헛헛하지도 않아.'

'알아.'

'그냥 불멍하는 거야.'

'알아.'

'묵호야, 미안해.'

'….'

'나중에 꼭 갚을게.'

묵호가 대답 대신 내 손을 더 세게 잡았다.

'나 이제 어디서 살지. 몇 달 있으면 센터에도 못 있고, 우리 집 전세금은 빚쟁이들이 다 가져갈 건데. 살 집이 하나도 없네. 옷장이라도 챙기고 싶다. 놀이터에 옷장 두고 살면 안 되나? 자물쇠만 잠그면 되잖아. 아니면 나도 너 따라서 군대나 갈까.'

'대학 가자. 남은 몇 달 동안 뼈 빠지게 공부해서 정시로. 너 우주 가고 싶다며. 그러려면 대학 졸업장 필요해. 나도 대학 갈 거야.'

'갑자기 왜 이렇게 바르고 씩씩하게 자란 아이처럼 굴어?'

'곰팡이 연구자 될 거야.'

묵호의 말은 단단했다. 묵호의 목소리는 형태가 없는데도 그 단단함이 느껴졌다.

'왜 하필 곰팡이야. 벽지에 핀 곰팡이 하도 봤더니 정 붙었어?'

'나 같아서.'

'…'

'우리 같아서.'

'…나보고 곰팡이 같다고?'

'습하고 어두운 곳에서도 잘 자라잖아. 상한 음식도 잘 먹잖아. 생존력이 강하잖아.'

'혹시 지금 나한테 욕하는 중이야?'

'결국 살아남아서 누구보다 멀리 가는 것까지가 곰팡이야. 죽은 유기물한테도 삶의 순환을 되찾아주는 거. 그러니까 앞으로도 씩씩하게 살자. 그러다 나중에 온전한 집도 구하자. 옷장에 안 들어가고, 옷장 위에 안 숨어도 되는 집. 내 소원이야.'

 마지막에 '소원'이라는 말만 하지 않았어도 수학 능력 시험까지 남은 몇 개월 동안 그렇게 코피 쏟으며 공부하지 않았을 것이다. 지금껏 살면서 누군가 내게 소원을 빌어본 적이 처음이어서 목숨을 걸고서라도 이뤄주고 싶었다. 그렇게 우리는 같은 대학에 들어가 나는 공대생이 되었고, 묵호는 자연대생이 되었다. 묵호의 소원을 이뤄준 다음에야 알았다. 묵호가 바랐던 소원은 나를 살리는 것이었다. 기왕이면 멋지게. 남들 눈치 보지 않고, 갇혀 있지 않아도 되게. 넓고 시원한 곳에서 마음껏 숨 쉬며 살 수 있게.

**

 내렸던 레버를 다시 올렸다. 그리고 다시 내리면서 30초가 초과한다. 수동 분리를 시작한 선체가 격하게 요동치고, 이곳으로 다가오는 타일러의 발소리가 들린다. 전력을 다해 뛰면 가능할 것도 같아서 나를 향해 달려오는 묵호에게 손을 뻗는다. 조종실로 함께 돌아가려고. 그런데 묵호가 나를 지나친다. 내 손을 잡지 않고 그냥 간다.

"묵…!"

균형을 잃고 넘어질 정도로 선체가 기운다. 추락 충격으로 고장 난 건지 양쪽 날개를 동시에 떨어트리지 못하고 한쪽만 떨어진 탓이다. 기울어진 선체에 몸이 나뒹군다. 헬멧이 벽에 세게 부딪힌다. 쪼개지는 소리가 나며 실금이 생긴다.

―표면만 살짝 긁힌 거예요. 신경 쓰지 않으셔도 돼요.

실금 너머로 달려가는 묵호의 뒷모습이 보인다.

―지금 당장 돌아가야 해요. 쫓아가지 마세요.

키사가 내 마음을 읽은 듯이 서둘러 말한다.

―조종실 엔진을 점화시킬게요. 3분 내로 돌아가야 해요. 서둘러요. 돌아가요, 옥주. 냉정하게 판단해요. 묵호는 죽었어요.

"에르사로 가면… 내가 살 수 있어?"

―에르사는 사람이 살 수 있는 행성이라 판단되었기 때문에 현 상황에서는 확률적으로 가장 높아요.

"나머지 확률은?"

―카르노에서도 숨을 쉴 수 있다는 희박한 확률이 남아 있어요.

"희박해?"

―네.

"불가능은 아니라는 소리네."

―네. 하지만 높은 확률을 앞에 두고 불가능에 가까운 확률을 선택하는 건 어리석어요. 돌아가요, 옥주. 이제 정말 시간이 없어요.

"키사. 근데 왜 안 오지?"

―묵호는 타일러와 증상이 다르지만, 심장이 멎었다가 되살아났다는 지점에서 이미 인간이라 볼 수 없기에….

"아니, 묵호 말고."

붉게 점멸하는 우주선 복도를 응시한다. 키사가 경고했던 시간이 한참 지났음에도 달려오지 않는다. 자리에서 일어나 묵호가 뛰어간 곳으로 향한다.

―조종실은 반대편이에요. 옥주, 돌아가요. 살 수 있는 가장 큰 확률은 조종실로 가는 거예요.

키사가 모르는 게 있다. 나는 한 번도 살고자 했던 적이 없다. 함께 있고 싶었을 뿐이다. 그곳이 어디든.

선체가 기울어진 상태로 분리되자, 굉음이 들리며 우주선 자체가 산산이 부서지려 한다. 그렇지만 돌아가지 않는다.

가지 마.

묵호가 그랬다.

안 가도 돼.

내가 벌벌 떨고 있을 때.

그냥 나랑 있는 것뿐이야. 내가 너를 놓아주지 않는 거야. 네 탓이 아니야.

이번에도 그래. 네 탓이다. 네가 나를 놓아주지 않아서….

얼마 가지 않아 묵호의 뒷모습이 보인다. 무언가와 뒤엉켜 있다. 아마도 타일러일 무언가와. 묵호를 부르려는 순간, 선체가 다시 한번 뒤집힌다. 무슨 일이 일어난 건지 제대로 파악하기도 전에 정신이 아득해진다. 그러나 다시 정신을 잃으면 안 된다는 일념 하나로, 어딘가에 내동댕이쳐진 몸에 가까스로 힘을 준다. 시야가 뿌옇다. 분홍빛 연기… 아니, 핏빛 하늘. 헬멧의 실금이 더 벌어졌는지 우주복 안에서 산소 농도 수치가 줄어든다는 경고음이 울린다. 헬멧을 퍽, 퍽 내리치며 정신을 깨운다. 완전히 분리된 우주선 후미가 보인다. 파편처럼 조각조각 흩어져 있다. 거대한 파편에 깔려 발버둥치는 묵호…. 아니, 가까이 다가 가자 초점이 맞춰진다. 묵호가 아니다. 타일러다. 몸의 반이 파편에 깔린 채 울부짖고 있다. 나를 향해 달려들려고 하지만 그럴수록 몸통이 찢길 뿐이다. 그러다 발작을 일으키듯 몸이 파르르, 떤다. 입에 게거품이 물린다. 활어처럼 팔딱이던 몸이 한순간에 잠잠해진다.

―대기… 분석… 안전을… 망….

툭툭 끊기는 키사의 음성을 들으며 주위를 둘러본다. 묵호를 찾는다.

멀지 않은 곳에 묵호로 보이는 형체가 보인다. 산소 농도가 계속해서 떨어진다. 다리가 무겁고 옅은 두통이 느껴지지만, 숨이 막히지는 않는다. 일단은 그저 묵호에게 가야 한다는 마음뿐이다.

엎어져 있는 묵호의 몸을 똑바로 눕힌다. 입가에 흰 거품이 물려 있다. 묵호를 끌어안는다. 공기를 차단할 수 있는 마땅한 방법이 떠오르지 않아서, 묵호의 얼굴을 온몸으로 감싼다. 숨을 쉬지 말라고, 조금만 참아보라고 말한다. 이미 죽은 묵호에게, 또, 혹은 더 죽지 말라고.

***

쿵.

그 소리에 놀라 옷장에서 나왔을 때 거실 바닥에 엎드려 괴물처럼 울고 있는 엄마가 보였다. 몸을 파르르 떨고 있는, 당장이라도 뒤집힐 듯한 눈으로 나를 노려보고 있는 엄마가.

손에서 놓친 주사기가 데구르르, 굴러 내 방 앞에 놓여 있었다. 헐레벌떡 뛰어가 주사기를 쥐었지. 엄마에게 주려고. 빨리 놓지 않으면 죽을 테니까. 그런데 주사기를 쥔 순간 무언가가 내 다리를 붙들어. 형체는 없는데, 뭐랄까, 중력 같은 거. 다른 차원의 무언가. 블랙홀의 잔재 같은 것이. 걸을 수가 없다. 밟고 선 문턱이 차원의 경계처럼 느껴져서 움직일 수가 없다. 손이 떨리고, 몸이 차가워지고, 심장은 도리어 더 뜨거워져서 몸의 불협화음에 난도질당하는 고통을 느낄 때 현관문이 열렸다. 묵호가 나와, 내 손에 쥐어진 주사기와, 떨고 있는 엄마를 차분하게 번갈아 보았다.

깨줘.

나를 좀 움직이게 해봐.

그런 간절함으로 묵호를 보았다. 묵호가 걸어온다.

***

 뿌연 안개로 두 사람의 실루엣이 보인다. 실제인가, 환영인가. 끌어안고 있는 두 사람의 모습은 어딘가 익숙하다. 손에 주사기를 든 소녀와 소녀를 움직이지 못하게 하는 소년처럼. 사람인가. 여기에 사는 외계인인가. 나는 두 사람을 부르지만, 있는 힘껏 악을 쓰지만, 안개 속 형상은 움직이지 않는다. 들으라고, 여기에 우리가 있다고, 징그럽게도 죽지 않는 존재들이 여기에 있다고 소리 지른다. 목에서 쇳소리가 새어 나온다. 묵호의 얼굴을 감싼 팔에 힘이 들어간다. 파르르, 떨던 묵호의 몸이 멈춘다. 바람이 불어온다. 안개가 서서히 물러나고, 소녀와 소년이 끌어안고 있던 곳에는 뒤엉켜 자란 나무 두 그루가 있다. 안개가 사라지며 순식간에 주위가 고요해진다. 적막 속에 나를 깨운 것은 첨벙이는 물소리다.
 ―찾았… 요. 묵호와 …있는 방… 요. 이곳… 머물면….
 키사의 음성이 들린다.
 ―숨…,
 죽은 듯, 아니 이미 죽었지만 또다시 죽은 듯 있던 묵호가 눈을 뜬다.
 ―수 있어요….

또다시 첨벙.

묵호를 두고 잠시 소리가 나는 곳으로 향한다. 엉킨 두 나무 옆에 비현실적으로 푸른 연못이 있다. 수면에 빤히 비치는 나를 가만 바라본다. 그 순간 물에 파동이 생기며 작은 물살이 한 마리가 튀어 오른다.

─이… 새로운 집… 에요.

우주복에 남은 산소량을 확인한다. 산소는 이미 0퍼센트다. 그런데 내가 숨을 쉬고 있구나. 답답하지만, 확실한 건 숨을 쉬고 있구나. 천천히 헬멧의 안전장치를 푼다. 팔에 붙은 패드에 이주선으로부터 새로운 메시지가 왔다는 알람이 뜬다. 메시지 재생을 누르고, 헬멧을 벗는다. 헬멧에서 잡음과 함께 메시지가 송출된다.

키사호… 들리십니까…? 에르사… 부적합… 항로 변경이 필요합니다. 갈 곳… 잃었습니다…. 키사… 도착한 그곳은… 어떻니까?

숨을 들이마신다. 내쉬고, 다시 마신다. 옷장에서 그러했던 것처럼.

기어코 왔다. 가장 먼 곳으로, 내가 살 수 있는 집으로. 우리가 함께.

*
**

이주선, 들리십니까?

이 하늘은 우리가 익히 알고 있는 하늘이 아니지만, 핏빛 하늘 아래에서도 숨을 쉴 수 있습니다. 우리가 가지고 있던 상식이나 이론 따위로 설명할 수 없지만, 제가 이렇게 숨을 쉬고 있습니다.

이곳의 하늘은 낯설지만 아름답습니다. 숨을 직접 들이마시지 않고서는 이 세계를 상상할 수 없을 것입니다. 이곳의 바람을 직접 느끼기 전까지 그 두려움은 날아가지 않을 것입니다.

하지만 나는 핏빛 오로라 아래 있습니다. 내가 이곳에 살고 있습니다.

제 목소리가 들리십니까. 이 행성에서도 우리는, 살아갈 수 있습니다.

괜찮으십니까. 이곳으로 올 거라면, 괴물을 끌어안아야 합니다.

그래도 오시겠습니까.

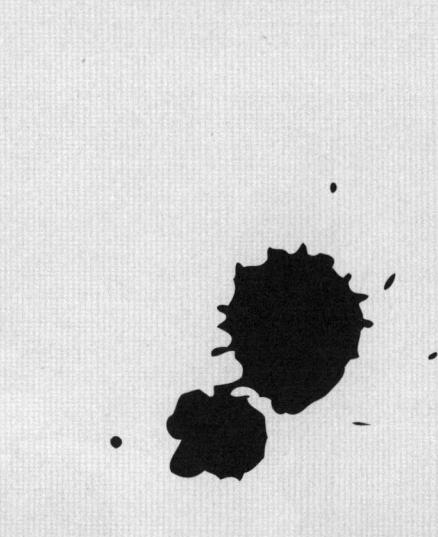

2부
제 숨소리를 기억하십니까

카카포 하나가 현관문으로 들어온다.

정확히는 '마리'로 세야 한다고 학교에서 배웠지만 현관문을 통과해 유유히 걸어 들어오는 카카포를 보고 있자니 어쩐지 그런 표현은 맞지 않다고 느껴졌다. 초록색 깃털을 두르고 있음에도 새도 아니고 사람 얼굴도 아닌 것 같은 안면판의 미묘함 때문인지 '명'으로 세야 할 것 같다.

인간의 수를 셀 때는 '이름 명名'을 쓴다. 그럼 이름만 지어주면 뭐든 '명'으로 세도 된다는 말인가? 우리 동네 길고양이들에게는 전부 이름이 있다. 구청 직원들이 지어줘서, 구청 홈페이지에 가면 이름이 붙어 있는 고양이 증명사진도 볼 수 있다. 우리 학교 정원에 있는 각종 돌에도 전부 이름표가 붙어 있다. 그럼 고양이도 돌멩이도 이름이 있으니 전부 명이라 표현해도 되는 것 아니냐고, 손을 빈쩍 들고 선생님한테 물었다. 반에서 매일 이상한 말들로 수업을 방해하던 친구가 "돌 한 명이 뭐야, 바보야!"라고 소리쳤다. 그러더니 자리에서 벌떡 일어나 지우개도 한 명이고, 책상도 한 명이고, 가방도 한 명이냐고 외치며 교실을 뛰어다녔다. 선생님은 그 애를 진정시키느라 내 질문에는 대답해 주지 않았다. 전쟁터 같던 상황이 정리되자 수업이 끝났고, 쉬는 시간에 찾아가 그 질문을 도로 했을 때 선생님은 진이 빠진 얼굴로 안 된다고만 말했다. 나무와 새, 길고양이, 강아지는 '한 명'이 될 수 없다고 말이다.

이름이 없는 사람이 있으면 어쩌지? 이름을 잊은 사람은 어쩌고.

집으로 돌아가는 길에 내가 그런 말을 하니 수한이가 대꾸했다.

세상에 그런 사람은 없으니까 걱정하지 마. 자기 이름을 모르는 사람은 없어.

수한이는 늘 다정하고, 친절하고, 잔인하다. 바보. 우리 집에 자기 이름을 모르는 사람이 있다는 걸 수한이도 알고는 있었지만, 대개는 그 사실을 잊는 상태였다. 예를 들어 이런 일들이 잦았다. 하굣길에 오른 버스에서 휠체어가 탑승하느라 운행이 늦어질 때, 수한이는 핸드폰을 무심히 두드리며 악의 없이 중얼거렸다.

왜 하필 이 시간에 버스를 타서. 아씨, 짜증 나. 학원 늦겠네.

그래, 그럴 때면 수한이는 이름을 가진 생명이라기보다 하나의 사물 같다. 텅 빈 상태로 녹음된 음성을 송출하는 것 같달까. 수한이 한 개.

어쨌거나 그런 바보 같은 수한이한테도 명을 쓰는데 저마다 이름을 가진 동식물에게는 왜 명을 쓰지 못하는지 이해가 되지 않았다. 동물이 이 사실을 알게 된다면 퍽 억울할 것 같았다. 특히 성질 나쁜 앵두라면 그 단단하고 뾰족한 부리로 나를 마구 찔렀을지도 모른다.

앵두는 나를 '딸'이라고 부르는, 흰 몸에 노란색 깃털 하나를 머리에 달고 있는 유황앵무인데, 엄마가 고등학생 때부터 동고동락한 반려동물로 이제는 나이가 들어 사람으로 치면 할머니 같은 존재였다. 앵두는 머리가 그렇게 좋진 않아서 외우는 단어가 고작해야 딸, 밥 먹어, 어디가, 안녕 정도였지만, 그런 주제에 눈치가 빠르고 무시당하는 걸 싫어해서 자기 인사를 받지 않거나 조금만 냉랭하게 대해도 꽥꽥 소리를 지르며 부리로 마구 쪼았다. 내가 화내려고 하면 푸드득 엄마 휠체어 손잡이로 날아가 앉고선, 엄마 등 뒤에 숨어 '딸, 엄마야, 엄마'라고 중얼거렸다.

그게 나를 더 화나게 하고 서럽게 하는 줄 알고서 하는 행동이었다. 그렇지만 틀린 소리는 하지 않는 앵두. 내가 화가 나는 이유도 다 앵두의 말이 맞기 때문이다. 앵두는 구사할 수 있는 몇 안 되는 단어로 정확한 말만, 맞는 말만, 반론의 여지가 없는 말만 했다.

아는 단어의 개수가 더 많다고 해서 더 옳은 말을 내뱉는 것은 아니다. 수한이는 앵두보다 더 많은 단어를 알지만, 앵두보다 더 자주 그리고 더 많이 이상한 말을 내뱉으니까. 그래서 앵두는 나에게 수한이보다 더 사람 같다.

수한이는 한 개 같고, 앵두는 한 명 같다. '이름 명' 대신 '목숨 명'을 쓰면 앵두도 명이라 부를 수 있는 거 아닌가. 여러 의미로 앵두는 참 사람 같았는데. 내가 이런 생각을 하고 있다는 걸 알면 앵두는 자신을 오색 빛깔 깃털도 하나 없이 징그러운 가죽이나 뒤집어쓴 사람 따위에게 비교한다고 화를 냈겠지만, 앵두의 뒷모습은 마치 뒷짐을 지고 걸어가는 아빠 같았고, 책상에 앉아 내가 숙제하는 걸 빤히 바라볼 때면 선생님 같았으며, 밥을 먹으라고 잠을 자라고 잔소리할 때면 엄마가 저랬을까 싶었다.

생각이 꼬리에 꼬리를 물고 지나갈 때, 현관문을 툭 치는 소리가 들려온다. 현관을 바라보니, 새다. 현관으로부터 빛이 쏟아져 들어와 새의 형상만 보일 뿐 새의 색깔이나 생김새 따위는 그림자에 전부 가려져 있다. 하지만 저 걸음걸이, 꼭 아빠를 흉내 내며 걷던 앵두 같다. 앵두일까? 하지만 그럴 리가. 앵두는 죽었는걸. 제명을 다 살아서 '한 명'에서 '무명'이 되었는걸. 숨이 멎기 직전, 앵두는 다 꺼져가는 목소리에 희미하게 남은 불씨로 내게 작별 인사를 했다.

안녕, 잘 있어. 또 만나.

동물도 죽으면 저승에서 심판받고 다시 태어나나. 앵무새는 앵무새의 심판관에게, 개는 개의 심판관에게, 기린은 기린의 심판관에게…. 제각각의 기준이 있을 거다. 길에 똥을 함부로 싸거나, 인간의 욕을 따라 하거나, 나뭇잎을 너무 많이 먹어버리거나 등의. 하찮다. 게네들이 악해봤자 인간의 머리와 신발에 똥이나 싸는 거겠지. 하지만 인간의 수에 비하면 인간이 동물 똥에 맞았다는 얘기는 많이 못 들어본 것 같다. 내 주변에 아직 없는 것만 봐도 그렇지 않나. 그 정도의 죄도 없는 존재들은 심판해 봤자다. 다들 원래의 모습으로 다시 태어나고 싶어 할까. 앵두라면 사람이 되고 싶어 했을 것 같기도 하다. 언젠가 앵두에게 내 엄마가 되고 싶으냐고 물었다. 하도 잔소리를 해대서 말이다. 앵두는 바로 대답하지 않았다. 그리고 내가 그 질문을 까먹었을 때쯤 대답을 들을 수 있었다.

동생.

응?

동생. 나 동생. 앵두 동생.

그것이 그때 내 질문에 대한 답이었다는 걸 앵두가 불에 타들어 갈 때 깨달았다. 그 말은 사람으로 태어난다는 말이었을까. 아니면 나보고 앵무새로 태어나라는 말이었을까. 둘 중 하나를 선택한다면 내가 앵무새로 태어나는 쪽이 좋았다. 이유는 단순하다. 나도 앵두처럼 평생 몇 개의 단어만 사용하며 살고 싶다. 그럼 알아듣는 것도 그 정도만 알아들을 수 있는 거 아닐까? 내가 못된 말을 할 때마다 앵두가 '뭐라고?'만 반복한 것이 그 증거다. 그래서 나는 아주 조그만 가루로 변한 앵두를 뒷산 도토리나무에 뿌려주며 부탁했다.

앵두는 앵두로 태어나도록. 내가 앵두 언니로 갈게. 혹시 기다리는 게 너무 지루하면, 앵두가 다시 앵두의 모습으로 한 번 더 찾아와. 어차피 너는 나보다 훨씬 짧게 사니까, 내가 앵두 언니로 태어나기 전까지 몇십 번씩 다시 태어나서 나랑 같이 놀아도 좋아. 나는 너보다 더 오래 살 거거든. 그러기로 아빠랑 약속했거든. 그러니 기다리기 심심하면 자주 와. 죽을 때마다 곁을 지켜주고 이렇게 뿌려줄게.

지금 집으로 들어오는 저 새가 앵두가 다시 앵두로 태어나 찾아온 것이길 바라지만, 한 발 더 내디디며 그림자를 벗어난 새와 눈이 마주치는데 그것은 카카포다. 원숭이올빼미나 쇠부엉이 같은 얼굴을 하고 있어서 생긴 것만 봐서는 밤하늘을 활강하고 다닐 것 같으나, 앵무새 중 유일하게 날지 못하는 종이다. '마리'보다 '명'이 더 어울리는 새. 카카포 한 명…. 카카포가 왜 우리 집 현관으로 걸어 들어오고 있을까?

나는 카카포가 더 들어오지 못하게 현관 중문을 막아선다.

뭐야?

내가 묻는다. '누구야'라고 해야 했나? 뒤늦게 고민해 보지만 이미 내뱉은 후라 소용없었다.

모든 카카포에게는 이름이 있어.

카카포는 앵두보다 훨씬 유창하게 말했다.

그만큼 이 몸이 귀중하다는 뜻이지. 그러니 '뭐야'라는 식의 버르장머리 없는 말투는 삼가.

카카포의 말투는 집 앞 수선집 주인 할아버지 같았다.

수선집 할아버지는 한자리에서 45년째 수선집을 운영한, 이 마을의 장승 같은 존재였고, 내게만 특별히 구멍 난 양말이나 수건을 공짜로 꿰매주는 사람이었다. 할아버지는 늘 차분하게 말했다. 할아버지가 입에 담는 단어 하나하나는 머릿속에서 치열한 경쟁 끝에 선택된 것처럼 늘 알맞은 자리에 빈틈없이 자리 잡고 있었다. 빈구석이 없는 말. 허공에 떠다니지 않는 말. 언제나 묵직하고 단단하게 느껴지는 말. 나도 할아버지처럼 말하는 사람이 되고 싶었다. 쓸데없는 소음을 일으키지 않는 사람. 구멍 난 양말을 잔뜩 들고 갔던 어느 날, 나는 할아버지에게 할아버지처럼 말하는 비법을 물었다. 할아버지는 소리에 생각을 담으라는 아리송한 답을 주었다. 생각하고 말하라는 거냐고 물었지만, 그게 아니라 말을 할 때 그 말에 생각을 담아야 한다는 거라는데, 나에게는 둘의 차이가 없어 한동안 미궁에 빠졌고 끝끝내 답은 찾지 못했다.

돋보기안경을 쓰고 종일 재봉틀을 돌리며, 할아버지는 시사교양 라디오를 들었다. 다른 채널을 들을 법도 했지만 언제나 한 채널만 고집했다. 창문을 열면 라디오 소리가 엄마 방 창문틀을 넘어 들어왔고, 나는 그 소리를 도둑처럼 훔쳐 들었다. 똑똑한 라디오를 들려주면 엄마의 생각도 다시 굴러가지 않을까 싶었지만, 엄마는 물론이거니와 나에게조차 소용이 없었다. 엄마와 나는 한낮에 그 소리를 자장가처럼 들으며 낮잠을 잘 뿐이었다. 할아버지에게서 느껴지던 그 묵직한 언어를 거의 똑같이 구사하는 카카포를 마주하고 있자니, 엄마와 함께 나란히 누워 낮잠을 자던 게 생각나고, 그런 생각이 한번 들고 나니 왜 최근에는 낮잠을 못 잤더라, 그런 평화가 왜 이제는 오지 않지 등의 생각이 꼬리에 꼬리를 물며 이어지는 것이다. 그러고 보니 이상하다. 그날의 한가로움이 전부 거짓 같다. 못된 어른이 내게서 그걸 다 빼앗아 간 것만 같다. 그것은 박탈되었다. 도대체 왤까. 언제라도 가능할 것 같았던 순간이 있었는데 왜 이제는 미술관에 걸린 오래된 명화처럼 느껴지는 걸까.

도망가는 게 좋을 거야.

카카포가 내 발등을 가뿐히 밟으며 집으로 들어온다. 충고와 함께.

하지만 쉽지 않을 거야. 머리를 잘 써. 어디든 돌파구는 있으니까. 완벽하게 막힌 길 따윈 존재하지 않아. 이 사실은 잊지 마. 살아가는 데 도움이 돼. 갈 수 없는 길은 없다는 사실을 말이야. 길은 누구에게나 공평하게 나 있지. 누구나 갈 수 있도록, 누구든 갈 수 있도록….

감정이 역류한다. 꽉 막힌 수도관이 물을 도로 토해 내듯이. 이건 반사적인 반응이다. 내 몸은 공평, 합리, 실용, 효율 따위의 단어에 감정이 역류하도록 진화했다.

그런 식어빠진 말이나 하려고 찾아온 거야?

아니. 도망가라고. 그걸 알려주려고. 정신 차리라고. 새의 가르침은 틀리지 않아. 우리는 언제나 진리로만 향하고, 진실만을 듣고, 정답만을 말하지. 그러니 새는 길잡이야. 새를 따르면 막다른 길에서도 길을 찾아.

하지만 너 날지도 못하면서 새라고 할 수 있어?

카카포를 상처 주기 위해 말한다. 저 기고만장한 태도가 거슬려서, 코를 납작하게 만들고 싶다. 새 주제에 날지도 못하는 네 말을 내가 왜 듣고 있어야 하냐는 뒷말을 역류하듯 쏟아 내려 하는데, 카카포가 나를 응시하며 묻는다.

꼭 날아야만 새인가? 우리를 정확히 분류하려면 공룡까지 거슬러 올라 가야 해. 고작 인간 따위와는 뿌리의 깊이가 달라. 우리에겐 날개와 부리가 있어. 알을 낳지. 그런 여러 특징이 있어. 하지만 날개가 꼭 날기 위해 있다고는 할 수 없지. 모든 인간이 자기 신체를 전부 활용하며 사는가? 사용하지 못하면, 인간이 아닌가? '비행'은 날개의 활용일 뿐, 새의 정의가 될 수는 없지. 마찬가지로 '보행'도 '언어'도, 다리와 입의 활용일 뿐 인간 본질이 될 수 없지.

카카포는 거실 한 곳에 세워둔 엄마의 휠체어로 걸음을 옮겼다.

내가 사는 곳엔 오랫동안 포식자가 없었지. 날 필요가 없었어.

휠체어에 총총, 뛰어오른다. 깔아둔 욕창 방지 매트가 제 둥지인 것마냥 편하게 자리 잡고는, 다시 나를 응시한다.

퇴화란 평화의 상징일지도 모르지. 기능 하나쯤 잃어도 생존에 아무런 위협이 되지 않았다는 의미니까. 어쩌면 나는 새들의 미래….

스스로를 너무 포장하면 애잔해 보여.

어차피 나는 영원히 네 눈으로 나를 볼 수 없는데, 네 눈으로 본 나를 왜 신경 써야 하지? 네가 뱉는 모든 말은 결국 너 자신에게 타격을 입히는 말. 애잔해 보이기 싫은가? 하긴. 불쌍해 보이고 싶은 인간은 없지. 그러니 이상해. 자연은 끝없이 애잔해 보이려 하니까. 애잔하다는 것은 나약하고 쉬워 보인다는 의미에만 그치지 않아. 끝끝내 버틴다는 의미까지 담고 있지. 나약하고 위태로운 건 아름답고, 버티는 건 강해. 자연은 그런 애잔한 것들뿐이야. 그런데 왜 너희는 애잔한 걸 그토록 불경하게 여기지? 그래, 감각이 둔해서 그럴지도 모르지. 인간은 모든 면에서 감각이 떨어지니까. 의지할 게 상상력밖에 없으니까. 상상으로 세상이 뒤바뀌는 건 무슨 느낌이지? 단지 생각을 다르게 했을 뿐인데 같은 세상에서 누구는 지옥에 있고, 누구는 천국에 있고, 누구는 과거에, 누구는 미래에, 또 어떤 인간은 현실에, 또 어떤 인간은 다른 차원에 있다는 건, 도대체 뭐지? 정작 기억해야 할 건 기억하지 못하면서.

그게 뭔데?

숨.

숨을 왜 기억해?

각자의 숨….

그걸 기억해 봤자 뭐 해?

탄생의 순간부터 죽음에 다다르기까지, 절대로 꺼지지 않는, 단 한 번도 멈춰본 적 없는 숨. 독자적이고 고유한 생의 박동…. 이름 같은 것. 바뀔 순 있지만 사라지지는 않지. 이름 없이 사는 존재는 없지. 제 이름을 알지 못하더라도 명명은 세계의 첫 번째 관문. 모두가 문을 통과할 때 제 몫의 숨과 이름을 얻는다.

네 이름은 뭔데?

까먹었어. 내가 기억할 게 아닌 것 같아서.

내 이름도 말해줄까?

아니. 말해줘 봤자 까먹을 거야. 하지만 네 숨은 내가 기억하지. 인간. 경고 하나 하지. 조만간 재앙이 올 거야.

창밖으로, 고장 난 스피커에서 흘러나오는 듯한 인간들의 괴성이 들려온다. 소리는 마치 날벌레 같다. 후드득 날아들어 내 몸에 다닥다닥 붙는다. 그러니까 이 날벌레는 아주 오래전부터 창밖에 있었고….

거짓말. 지금 거짓말하고 있지?

내가 묻는다. 카카포가 의미심장하게 웃는다.

네 말은 틀렸어.

나는 확신한다.

재앙은 이미 왔잖아.

이 날벌레는 아주 오래전부터 창밖에 있었고, 이 날벌레가 현실이며 우리 집을 찾아온 카카포와 한낮의 평화는 꿈이다.

나는 재앙 한복판에 서 있잖아.

나는 한순간 집에서 튕겨 나가 도시 한복판으로 떨어진다. 아스팔트 바닥이 피로 찐득하다. 누군가의 손가락, 팔, 귀, 머리, 다리가 깨진 알껍데기처럼 여기저기 흩뿌려져 있다.

집으로 달려간다. 무언가에 쫓기며. 도중에 넘어져 무릎이 까지지만, 개의치 않고 곧장 일어나 다시 달린다. 슬리퍼 한쪽이 언제 벗겨졌는지 기억도 나지 않는다. 품에는 1.5리터 생수 두 병이 들려 있는데, 무거워도 버릴 수 없다. 내 목숨보다 이 물이 중요하다. 쫓기고 있다. 카카포가 말하는 재앙으로부터. 날벌레로부터. 그렇지만 얼마 달리지 못하고 또 넘어진다. 이번에는 안고 있던 생수병을 놓친다. 소리가 금방이라도 나를 덮칠 것 같은 두려움에 허겁지겁 아스팔트를 기어가 어디론가 숨는다. 숨긴 숨었는데, 어디에 숨었더라?

기억을 되짚는다. 아니, 이건 기억을 되짚는 것이 아니라 정신을 차리고 있다는 게 더 맞는 것 같다.

눈을 꽉 감았다 뜬다. 그러자 다시 집이다. 거실에 있던 카카포가 날벌레에 뒤덮여 걸어온다. 눈만 간신히 보인다. 카카포가 한 걸음씩 다가올 때마다 그 충격에 날벌레가 우수수 떨어졌다가 다시 붙기를 반복한다.

내가 계속 말하잖아. 안전하지 않아. 눈을 떠. 나는 여기서 뛰어내려 날아갈 거야.

카카포가 나를 지나쳐 베란다로 향한다. 우리 집은 17층이다. 날지 못하는 카카포는 떨어지면, 여지없이 죽을 것이다.

하지만 너 날지 못하잖아.

내 말에도 카카포는 겁 없이 훌쩍 뛰어올라 베란다 난간에 선다.

추락일지 비행일지 떨어져 봐야 알지.

아니! 안 떨어져도 알아. 그건 추락이야!

떨어지기 전까지는 모르는 거지….

카카포가 발 한쪽을 뗀다. 꼭 나를 놀리는 것 같다. 카카포가 말한다.

비둘기가 찾고 있어. 위험해. 너 그러다가 정말 죽을지도 몰라. 죽기만 하면 다행이지. 죽음이 마지막인 것만큼 완벽한 건 없지. 그 이후부터가 정말 재앙인 거지…. 그러니 그만 눈을 떠…. 눈을 떠…. 눈을 뜨라고! 눈 떠!

쩌억, 하고 벌어진 카카포의 입이 마치 경고음을 내뱉는 사이렌처럼 느껴졌는데 그런 생각을 하자마자 거짓말처럼 카카포의 입에서 사이렌이 울려 퍼졌다. 시끄럽다. 시끄럽고, 따갑다. 소리가 따가울 수 있나? 아니, 소리는 차갑기도 하고, 따뜻하기도 하고, 부드럽기도 하고, 딱딱하기도 하니까, 따가운 것 역시 말이 되지 않는 건 아닌데, 이 따가움이 정말 소리인 건지 귀 근처에서 느껴지는 물리적 통증인지 구분되지 않는다. 그렇지만 점점 욱신거리며 귀와 뺨에 열이 달아오르는 걸 보니 물리적인 통증이 맞는 듯하다. 뺨이 아프다. 쓸린 듯이. 누가 할퀴고 간 듯이. 무언가가 물어뜯은 듯이.

카카포가 마저 한 발을 뗀다. 떨어진다. 퍽! 아스팔트 위에 모래주머니가 떨어진 듯한 소리와 함께 눈을 뜬다.

뜨고 있던 눈을 다시 또 뜬다. 현실을 가리고 있던 눈꺼풀을 들춘다. 다시 도로 위다. 아스팔트에 으깨져 깨진 알처럼 바짝 붙어 있는 내가 있다. 피범벅이 된 발 하나가 있다. 아니, 둘, 셋, 넷, 다섯, 여섯, 일곱, 여덟, 아홉, 열, 열하나, 열둘, 열셋, 열넷, 열다섯, 열여섯, 열일곱, 열여덟, 열아홉, 스물, 스물하나, 스물둘, 스물셋, 스물넷, 스물다섯…. 그러다 피범벅이 된 손 하나가 땅바닥을 짚는다. 트럭 밑으로 고개를 불쑥 들이민다. 눈이 마주친다. 피범벅이 된 얼굴. 귀 한쪽이 완전히 뜯긴 얼굴. 나를 향해 입을 벌린다. 카카포처럼, 사이렌처럼 경고음 같은 괴성을 지르며.

나 아직 안 물린 거 맞나. 그나저나 엄마 화장실 갈 시간인데.

【발생 71일째】

비둘기에게

 오늘 하루도 별일 없었어.

 내가 가져온 것들 봤어? 어디서 들었는데 처음에 난리 났던 곳들이 의외로 먹을 게 많이 남았대. 처음 난리가 났을 땐 다들 도망가기 바빴을 거고, 다시 도망쳤던 곳으로 돌아가진 않았을 테니까. 그럴듯하게 들려서 가봤는데, 그 말이 맞았어! 광장 시장 안에 있는 식자재 마트, 거기에 물건이 꽤 많아. 식당에서 쓰는 커다란 옥수수 통조림이나 마요네즈 통도 있었어. 그걸 챙겨 왔어야 했는데…. 그러면 우리 가족은 그걸로 한 달은 먹고살았을 거야. 아마도 이걸 읽고 있는 비둘기는 잘했다는 말 대신 위험한데 거길 왜 갔냐고 화를 내고 싶겠지만, 걱정하지 마. 나는 비둘기보다 달리기가 빠르잖아. 잘 숨고. 뺨의 상처는 벽에 쓸린 거야. 접촉하지 않았어. 걱정하지 않아도 돼. 집에 오자마자 몸도 빡빡 씻고, 이도 닦고 카카포한테 갔어. 여기는 변함없이 안전해. 비둘기가 다른 집을 구하는 동안 나는 계속 집에 먹이를 가져오는 거야. 제비처럼.

제비에게

정말 제비답다. 잘 어울려. 아빠의 외할머니, 그러니까 제비에게는 증조할머니겠다. 증조할머니 집은 마당 딸린 주택이었어. 여름이면 방학 때마다 제비의 할머니랑 같이 증조할머니 집에 가서 며칠이건 몇 주건 머물며 옥수수랑 복숭아, 수박을 매일 배가 터지도록 먹고, 밤이면 외할아버지가 지펴준 숯불로 무언가를 구워 먹었지. 고기보다는 가지나 버섯을 주로 구워 먹었는데, 얘네들은 잘 구우면 고기보다 식감이 훨씬 좋고 맛있거든. 그렇게 실컷 배부르게 먹고 나면 모기향을 마법진처럼 피워두고 마당 평상에 누워 별을 관찰했지. 먼지가 많은 날에는 별이 아예 안 보였지만, 아주 가끔 기가 막히게 잘 보이는 날이 있었어. 제비도 아주 어렸을 때 몇 번 간 적 있는데 기억이 날까? 아주 어릴 때라 안 날지도 모르겠다. 한번은 아빠의 추억을 제비에게도 꼭 보여주고 싶어서, 같이 마당 평상에 누워 몇 시간 동안 하늘을 보다가 제비가 모기한테 열 방 넘게 물려서 곤욕을 치렀던 일도 있었지. 제비 할머니한테 얼마나 혼났는지. 나이 먹고 그렇게 혼난 건 처음이었어…. 모기가 문 자리가 가려워 밤새 우는 제비한테 미안하긴 했지만, 그래도 후회는 없다. 엄마랑 아빠가 그렇게 놀았거든. 초등학생 때부터 제비가 태어나기 보름 전까지.

제비가 태어나기 전에 왔을 때는, 둘이 나란히 눕고서 훗날 제비가 뱃속이 아닌 우리 바로 옆에 누워 제 팔과 다리를 꼼지락거리고 제 입으로 숨을 쉬는 그런 신기한 순간을 같이 목격하자고 약속했어. 제비의 삶은 우리 두 사람이 평생 보게 될, 그러나 결말은 볼 수 없는 영화 같은 것이겠지, 하며. 우리는 개봉을 기다리는 상영관의 단둘뿐인 관객이었어. 그러다 제비의 영화가 시작되고, 어느 순간 제비와 인연을 맺은 다양한 사람들이 하나둘 빈자리를 찾아가 앉겠지. 그렇게 상영관이 가득 차면 하얗게 늙어버린 우리는 손을 잡고 제일 먼저 빠져나갈 거야. 결말은 보지 못하겠지만 이 영화는 분명 해피엔딩일 것이므로 아무 걱정 없이 나가자고, 다시 증조할머니 집 평상으로 돌아와 둘이 손을 꼭 잡고 누워 우리 삶의 엔딩을 함께 보자고 하면서. 비록 지금은 엄마가 그 약속을 잊었겠지만, 아빠가 기억하니 괜찮아. 기억은 한쪽만 가지고 있어도 괜찮아. 아빠가 엔딩까지 잊지 않으면 돼.

  끝으로 음식을 구해 와준 건 정말 고마워. 그렇지만 제비가 또 허락 없이 밖을 돌아다닌다면, 그리고 그 이유가 아빠에게 음식을 가져다주기 위한 거라면 아빠는 너무 속상할 것 같다. 그러니 다음부터는 아빠를 위해서 그러지 말아줬으면 해. 사랑한다.

비둘기에게

헉. 설마 가져온 거 총이야? 어디서 났어?

제비에게

오다가 주웠다고 그렇게만 말해도 될까? 숨긴다고 숨겼는데 들켰네. 다음에 쏘는 법을 알려줄게. 하지만 그 전에 알아둬야 할 게 있어. 알려는 주지만 비둘기가 사용하는 일은 없게 할 거야. 그리고 총은 누구를 죽이기 위해 있는 게 아니야. 자신을 살리기 위해 있는 거지. 그 누구도 아닌 제비 자신을. 그러니 총은 반드시 제비를 살리기 위해서만 써야 해. 알겠니?

비둘기에게

어려워. 이해가 잘 안돼. 나를 살리기 위해서는 누군가를 반드시 죽여야만 하는 거 아니야?

제비에게

죽음이 들이닥친 순간에 네 존재를 알리는 데 써야지. 세상한테. 내가 여기에 있다고. 아무도 듣지 않는데, 제비가 살아야만 하는 그 순간에. 그럴 때 총을 사용하는 거야.

비둘기에게

비둘기, 신경 쓰이는 일이 있어. 아무래도 보고를 해야 할 것 같아. 때는 오늘 오후야. 물수건으로 엄마 몸을 닦아주고 있던 오후 4시. 복도에서 이상한 소리가 들렸어. '끽끽'거리기도 했다가 '덜컹덜컹'거리기도 했다가 '쾅쾅'거리며 뭔가 치는 소리가 나기도 했어. 아파트 외벽에 붙은 배수관이 흔들리는 소리랑 똑같았어. 7월, 비가 너무 많이 왔던 여름에 배수관이 터지기 직전에 냈던 비명이랑.

놀이터가 전부 물에 잠기고, 아파트 저층에 살던 사람들이 전부 피난을 가고, 미처 도망가지 못한 가족들이 익사해 죽은 그 새벽, 하늘에서 퍼붓는 빗소리 속에서 조용히 비명을 지르던 배수관, 기억해? 나는 그 소리가 꼭 아파트가 지르는 비명 같았어. 배수관은 아파트의 혈관 같은 게 아닐까? 그게 터지려고 하니 아파트는 또 얼마나 두렵고 무서웠겠어. 특히 우리 아파트는 지은 지 80년도 다 된 아파트였잖아. 언제 죽어도 이상하지 않고, 누군가는 빨리 죽어버리기를 원하는 나이가 된 거잖아.

이제 어디서도 찾아볼 수 없는 우리 아파트의 구조를 친구들이 되게 신기해했어. 기다란 복도에 일렬로 줄지은 현관문들이 마치 지네가 벗어놓은 신발처럼 줄지은 것 같다고 하더라. 나도 알아. 그게 오래된 아파트에 사는 나를 비웃는 거라는 거. 그 애들은 나를 종종 집으로 초대하지만, 우리 집에 놀러 가겠다고는 말하지 않아. 나를 초대하는 날이면 마치 내가 엘리베이터를 단 한 번도 타본 적 없다는 듯이 하나하나 설명해 줘. 그런 기능들은 우리 아파트 엘리베이터도 다 있는데 말이야. 그럴 때마다 그냥 애송이들 자랑을 들어주는 편이야. 나도 자랑할 건 많은데, 굳이 하고 싶지 않아. 해가 질 때, 눈이 올 때, 비가 올 때 아파트 복도에 의자를 끌고 나가 엄마랑 나란히 앉아 바라보는 하늘이 얼마나 아름다운지, 성냥갑 같은 아파트에 사는 애들은 모를 거야. 무소음 공기청정기가 24시간 내내 돌아가는 집은 오전과 오후에 부는 바람의 무게가 다르다는 걸 모를 거야. 햇볕이 아주 뜨거운 여름에는 새들이 난간에 앉아 쉬었다 간다는 것도, 눈이 아주 많이 내리는 날에는 이웃 누군가 만들어 놓은 눈오리들이 난간에 줄지어 앉아 있다는 것도 모르면서 나한테 무슨 자랑을 그렇게 해대는 걸까?

그 기다란 복도. 내가 어릴 땐 롤러스케이트를 타고 놀았던 긴 복도. 과자 한 봉지를 까서 아주 천천히 걸으면 복도가 끝날 때쯤 한 봉지를 다 먹을 수 있던 긴 복도. 눈물의 유통기한이 필요할 때 딱 저 끝까지만 울자며 기한이 되어주었던 긴 복도. 현관 문고리에 걸린 요구르트 주머니와 복도 창문 밖으로 튀어나온 화분 잎사귀들, 자전거와 킥보드, 유모차, 난간에 걸린 이불과 담요, 매일 이웃집 할머니가 앉아 뜨개질하던 낡은 원목 의자, 웹툰 작가라는 이웃집 아저씨가 잘린 페트병에 매일 차곡차곡 모으는 담배꽁초, 베란다 창문으로 나를 늘 쳐다보는 이웃집 치즈 고양이가 있는 그 복도를 누려보지도 않고서 말이야. 내가 이런 것들을 자랑하면 애들은 기가 죽어버릴 거야. 이런 걸 경험한 애들은 우리 반에서 나밖에 없을 테니까.

언제 한번은 내가 현관을 열어놓고 낮잠을 자다가, 옆집 아주머니네에서 풍겨 오는 삶은 옥수수 냄새에 깼다고 말하니 친구들이 겁도 없다며 놀라는 거야. 왜 현관문을 열어두고 자느냐고. 도둑이라도, 혹은 이상한 이웃이라도 들어오면 어쩌려고 그러느냐고. 게네들은 현관문도 절대 열지 않고, 경비원이 초인종을 눌러도 집에 없는 척하고, 배달이 와도 문 앞에 놔두고 가라고 한다는데, 비둘기가 예전에 말했던 것처럼 세상이 흉흉하니까 그런 거겠지? 우리 집에도 한 번 아래층에 사는 아저씨가 무작정 들어온 적이 있었잖아. 자기 집이랑 구조가 똑같다면서 멋대로 구경하던 날. 내가 나가라고 고래고래 소리를 지르니까 옆집 아주머니가 부리나케 달려와서 아저씨를 내쫓아 줬어. 물론 이 이야기는 친구들한테 하지 않았어. 그 이야기를 하면 애들은 내가 방금 제비한테 말한 좋은 것들을 알려줬더라도, 다 까먹고 안 좋은 것만 기억하며, 그럴 줄 알았다면서, 내가 사는 아파트는 오래되어 위험하다고 빠르게 결론지어 버릴 거니까. 어떨 때 게네들은 우리 아파트가 빨리 무너지기를 바라는 것도 같아. 그래야 자신들이 틀리지 않았다는 걸 확인받을 수 있잖아. 흥. 하지만 게네들은 틀렸어. 우리 집은 무너지지 않았어. 모두가 살 수 없어서 집을 떠났는데, 우리는 떠나지 않았잖아. 그러니까 내가 맞았어. 죽을 듯하면서도 죽지 않는 게 꼭 우리 가족을 닮았어, 이 아파트는.

참, 내가 또 다른 이야기를 너무 길게 했다. 나는 자주 이래. 선생님도 나한테 주제에서 벗어나는 이야기를 자주 한다고 했었어. 하지만 이런 나를 조금 변명하자면, 엄마가 심심하지 않게 종일 말을 걸기 위해선 이렇게 말하는 수밖에 없어. 대답하지 않는 사람 옆에서 종일 떠드는 건 정말 힘든 일이야. 아빠는 내 말을 이해할 거야. 입에 담긴 건 고작 말 한 모금뿐인데, 그걸 종일 뱉어 내야 하는 하루. 그 한 모금을 하루 종일 흘려보낼 수 없으니까 아무거나 막 뱉는 거지. 세상의 온갖 일들. 내 머릿속에 있는 온갖 문장들. 집 밖을 나가지 못하는 엄마에게 세상을 실어다 주는 마법사가 된 느낌이야. 내 입에 웅크린 세상이 있어. 사탕처럼 달콤하고, 단단하고, 깨지면 혀에 피를 내는, 달고 아픈 세상이.

근데 나는 침묵이 더 좋아. 수다쟁이가 되는 건 엄마 옆에서만 그래. 다른 사람들 앞에서는 입을 다물고 있어. 말하고 싶지 않아. 한마디만 꺼내도 너무 많은 사연을 들려줘야 하거든. 응당 그래야 한다는 듯이. 그래서 말을 아끼게 돼. 아빠도 그렇지? 우리는 결국 한 사람의 입으로 두 사람의 말을 하고 있는 걸지도 몰라. 엄마의 몫까지 말이야.

아, 또 들린다. 끽끽, 덜컹덜컹, 쾅쾅 하는 배수관 소리. 누군가 배수관을 자꾸 흔들고 있는 것처럼. 진짜 누군가가 배수관을 치고 있는 걸까? 배수관으로 살려달라고 사인을 보내고 있는 걸까? 그런데 우리 아파트에는 우리밖에 남지 않은 거 비둘기가 다 살펴보고 왔잖아.

그런데 만약, 정말로 한 명이 살아서 살려달라고 신호를 보내고 있는 거면 어쩌지? 내가 나가서 살짝 보고 올까? 사람이 살려달라고 하는 거면, 어서 빨리 구해줘야 해.

제비에게

타인 앞에서 말수가 줄어들었던 시기 말이야, 제비가 말했던 것처럼 아빠도 그랬던 적이 있었어. 엄마의 상태를 아는 사람들은 언제나 똑같은 표정과 목소리로 같은 질문을 던졌고, 아빠는 매번 같은 대답을 했어. "괜찮죠"라거나 "좋아지고 있어요" 따위의, 사실이 아니지만 딱히 진실일 필요도 없는 형식적인 대답이었지. 상대방도 정말로 궁금해서 물은 건 아닐 거야. 그건 예의의 범주에 속한 일이란다.

엄마의 상태를 모르는 사람들은 너무도 당연하게, 결혼했다고 하면 배우자와 아이가 당연히 존재한다는 법칙이 있는 것처럼, 그리고 그들이 정상 범주에서 건강하게 살아가고 있을 거라는 확고한 믿음 안에서, 그러니까 그것이 낮과 밤이 존재하는 것처럼 당연하다는 듯이 물어봐. 아빠는 그런 경우가 더 어렵고 힘들었단다. 어디서부터 설명해야 할지, 설명을 하는 게 맞는 건지, 굳이 꼭 모든 걸 말해줘야 하는지, 어차피 한 번 이야기 섞고 말 사람이라면, 상대방이 나를 위로해야 한다는 압박감을 느끼거나, 나 역시 위로에 고마워하는 시늉을 하지 않는 편이 더 좋지 않을지…. 그래서 자주 거짓말을 했어, 아빠도. 지난 설에는 여행을 간 척, 보편적으로 떠올리는 평범한 가정과 다를 게 없는 하루인 척, 부동산과 주식이 삶의 가장 큰 고민인 척, 뱃살을 빼야 하는데 술 줄이는 게 제일 버거운 일인 척….

비둘기에게

그런 거짓말을 할 때 슬펐구나. 뚝 끊긴 편지에서 그런 마음이 읽혔어.

제비에게

그랬니? 하지만 그 문장을 쓰면서 사실은 조금 행복했다. 타인의 머릿속에서나마 우리 가족의 또 다른 삶이, 제비 엄마가 우리 이름을 아는 세계가 현실인 것처럼 말할 수 있다는 것이. 그러다 가끔은 상상이 쌓이고 쌓이면 무게를 가질 수 있지 않을까, 무거워지면 버티지 못하고 바닥으로 떨어지지 않을까. 바닥에 닿으면 현실이 될 수도 있는 거 아닐까….

이런. 아빠가 너무 나약한 소리를 하는구나. 아빠가 이럴 때마다 이해해 줄 수 있니? 사실 나약한 소리처럼 들렸겠지만, 이건 정말로 약해서 하는 소리가 아니야. 더 단단해지기 위해 마음에 낀 거품을 빼는 거란다. 거품을 뺄 줄 알아야 해. 그래야 밀도가 높아져. 단단해지기 위해서는 거품을 빼는 과정은 필수야. 그러니 아빠가 하는 나약한 말들을 깊이 새기지 말고, 여러 번 곱씹지 마. 온도가 높아지면 지워지던 펜 기억나? 그 펜으로 쓴 문장이라 생각해. 제비의 따뜻한 온기가 닿으면 거품이 다 터져버려 사라지는 문장들이야.

그리고 제비가 말했던 배수관 소리는 아빠가 살펴볼 테니 당분간은 집 밖으로 나오지 마. 아파트가 오래되어서 나는 소리일 수도 있어. 아주 오래 산 물건들은 생명을 얻는다는 이야기를 들었어. 아주 오래 살아서 생명을 얻어가는 과정인 거야. 숨을 쉬니까. 숨을 쉰다는 건 움직인다는 거고, 움직인다는 건 소음을 발생시킨다는 거거든. 우리 아파트도 그런 걸 거야.

비둘기에게

오래 산 물건이 숨을 얻어 생명이 된다면 살아 있는 것이 오래 멈춰 있으면 반대로 물건이 되는 걸까.

가끔 카카포는 박제된 새 같아. 비둘기랑 함께 박물관에서 보았던 나비나 새처럼. 한때 살아서 움직였지만, 이제는 사진이나 그림과 다를 바 없어진 박제된 것들처럼. 나는 자주 이런 생각을 했어.

카카포는…, 아니 엄마는… 자주 이 집에 박제된 것 같아. 늙어가는 게 아니라 낡아가는 사람. 햇볕에 삭고 바람에 풍화되는 사람. 죽어가는 게 아니고 메말라 가는 사람. 벼락 맞은 나무 같고, 숨 쉬어본 적 없는 플라스틱 장난감 같고, 내 이름을 불러본 적 없는 그런 사람. 그런데도 내 삶의 표본이 되는 사람. 영원히 박제하고 싶은 사람. 그렇게라도 보고 싶은 사람.

아빠.

나는 엄마가

어서 죽기를 바라고

영원히 이곳에 머물기를 바라.

이럴 바에야. 이렇게라도. 이럴 바에야. 이렇게라도. 이럴 바에야. 이렇게라도. 이 두 단어가 끊임없이 머릿속에서 앞다퉈. 이 두 단어 사이에는 폭이 좁고 아주 깊은 절벽이 있어. 나는 한 발씩 서로 다른 땅을 밟으며 걸어. 그러면서 이런 생각을 해. *내가 저 문을 열면. 내가 베란다 창문을 열면. 아주 조그만 힘으로도 부드럽게 미끄러지는 휠체어 바퀴. 꿈틀거리고 있는 죽은 사람들. 모를 텐데. 아무도. 나만 입을 다물면, 나만 시치미를 떼면.*

내가 이런 생각을 하고 있다는 걸 알았으니, 아빠는 이제 내가 징그러울 거야. 나를 내쫓지 말아줘.

여기까지 쓰고 잠깐 낮잠을 잤어. 저 말을 쓰고 나도 내가 싫어졌어. 화가 나서 울다가 나도 모르게 잠들어 버렸어.

그런데 말이야, 소리를 지르며 울 수 없어서 수건을 입에 문 채 울고 있는데 어디선가 시선이 느껴졌어. 카카포야. 휠체어에 앉아 창밖 하늘만 바라보던 카카포가 어느새 나를 보고 있었어. 카카포는 아무 말도 하지 않았고 손가락 하나 움직이지 않았는데, 나한테 "울지 마"라고 말하고 있었어. 한숨을 후욱, 내뱉으면서. 윗배를 잔뜩 부풀렸다가 훅 꺼트리면서. 유난히 카카포의 숨소리가 선명했어. 카카포는 움직이고 있어. 한 번도 숨 쉬는 걸 멈추지 않았어. 말을 할 수 없어서 숨으로 나에게 말을 걸고 있었어.

비둘기, 카카포를 박제시킨 건 우리일까? 아무것도 할 수 없는 뇌를 가지고도 카카포는 왜 나를 사랑하는 걸까? 카카포가 움직이는 걸 본 적 없는데…, 박제된 카카포를 나는 왜 절벽으로 밀 수 없을까? 마음이 이러는 이유를 아는 사람이 있을까?

이미 쓰인 문장은 뱉어버린 말과 같다고 생각해서 일부러 지우지 않았어. 내가 싫어지더라도 아주 조금만 싫어해 줘. 나를 싫어하는 건 나 하나로도 가끔 벅차.

제비에게

사랑한다. 아빠는 쓴 문장을 몇 번이나 지웠다. 그 말을 할 자격이 없는 것 같았거든. 중요한 건 너를 미워하지도, 싫어하지도 않는다는 거야. 오히려 안아주고 싶어서, 잠든 제비에게 다가갔다가 혹여 깨울까 봐 이마에 살짝 입만 맞췄어. 좋은 꿈을 꿨으면 좋겠다.

아빠가 꼭 해주고 싶은 말은, 행동하지 않았다면 마음을 먹은 것만으로는 죄가 될 수 없다는 거다. 마음마저 순결한 사람을 적어도 아빠는 살아오면서 본 적이 없다. 단지 순결하기 위해 노력하는 사람과 노력하지 않는 사람의 차이가 있을 뿐이지. 열매 같은 거란다. 씨앗은 같지만 어떤 과육은 싱그럽고 어떤 과육은 썩어 있지. 또 어떤 건 달기도 하고 어떤 것은 쓰기도 하지. 떫기도 하고, 혀를 아리게 만들기도 해. 같은 씨앗이 모두 같은 맛을 내지 않는다는 걸 기억했으면 좋겠다. 그러니 중요한 건 씨앗보다 과육이야. 마음보다 보이는 모습이 어떤지가 더 중요한 법이야. 아빠가 늘 말했잖니. 사람들의 친절은, 그냥 친절로 받아들이면 된다고. 그 속에서 어떤 안타까움이나, 어떤 우월함이나, 어떤 기만이 들어 있다고 한들 우리가 그것까지 들여다볼 필요는 없다고. 엄마도 마찬가지야. 엄마가 속으로 어떤 생각을 하고 있는지 우리는 알 수 없지. 엄마는 그저 종일 누워 하늘만 바라볼 뿐이니까. 그러니 엄마가 심심해할 거라고, 외로워할 거라고, 슬퍼할 거라고 생각해서 너 스스로를 죄인으로 만들지 말기로 아빠랑 약속했잖니.

밖에 있는 저 괴물들도 다를 바 없다. 그들이 어떤 생각을 하고 있든지 간에 분명한 건 저들이 우리를 위협한다는 거야. 그 사실 하나만을 생각하자. 아빠는 저들로부터 너와 엄마를 지키는 것에 최선을 다할 거야. 저들을 죽여서라도…. 그러니 우리 비긴 것으로 하자. 이런 아빠를, 제비가 미워하지 않았으면 좋겠어. 아빠를 싫어하지 않을 수 있니?

비둘기에게

새들의 세계에서 날지 못하는 건 걷지 못하는 인간과 같은 걸까? 하지만 우리는 새가 날지 못한다고 새가 아니라고 하지 않잖아. 새를 정의 내리는 기준이 나는 게 다가 아니니까. 그런데 사람들은 걷지 못하거나 팔이 없으면 인간이 아니라는 듯이 굴었잖아. 그럼 있지, 걷지 못하는 엄마와 걷는 저 바깥의 괴물 중에서 누가 인간이야? 가족을 기억하지 못한다는 공통점도 있어.

제비에게

오늘은 종일 비가 와서 다행이었어. 식수가 떨어진 참이었는데, 며칠 씻고 마실 물을 받아둘 수 있었어. 지금은 새벽인데, 비가 그치고 무지개가 떠 있다. 필름 카메라로 찍어놨는데 잘 담겼을지 모르겠다. 필름도 몇 장 남지 않았어. 조만간 자리를 옮길 때 사진을 현상할 수 있는 곳이 있는지 찾아보자. 좋은 추억이 될 거야.

그리고 제비야, 어떤 것이 새고, 어떤 것이 인간인지 구분하려 하지 말자. 그저 우리가 이곳에 있다는 것에만 집중하자. 우리가 눈을 맞추고, 서로를 부르고, 서로를 안을 수 있다는 것에만. 그거 하나면 충분하지 않겠니?

비둘기에게

오늘은 새벽에 인사를 나눌 수 있어서 좋았어. 매일 일찍 일어나려고 노력하는데, 나는 알람 소리 없이 저절로 눈을 뜨는 게 힘들어. 근데 오늘은 어떻게 일어났는지 알아? 내가 어제 카카포한테 깨워달라고 속삭였거든. 비둘기가 그랬잖아. 카카포는 새벽에 꼭 깨어 있어서, 내가 자고 있어도 외롭지 않다고. 나도 두 사람의 데이트를 방해할 생각은 없어. 하지만 이번에는 어쩔 수 없었어. 오늘은 비둘기 생일이잖아! 짝짝짝!

그래서 자기 전에 카카포한테, 내가 새벽에 일찍 비둘기한테 생일 축하한다고 말할 수 있도록 깨워달라고, 아주 작게 움직여도 좋으니까 기척만 내달라고 했어. 우리는 카카포가 조금만 움직여도 바로 깨는 초능력이 있잖아. 그리고 있지, 카카포가 정말로 새벽에 끄응, 하고 몸에 힘을 주지 뭐야? 그래서 눈뜰 수 있었어. 내가 열심히 접은 카네이션 꽃다발이야. 꼭 옷에 꽂고 다녀!

제비에게

아빠 생일을 어떻게 기억하고 있었어? 아빠도 잊고 있었는데. 고맙다고 제대로 말하고 싶었는데, 순간 당황스럽고, 기쁘기도 하고, 그래서 나도 모르게 눈물부터 났다. 울어서 당황했지?

그러고 보니 제비 생일도 얼마 안 남았네. 아빠랑 생일이 2주밖에 차이 안 나잖아. 갖고 싶은 거 있니? 부담 없이 말만 해. 비둘기는 뭐든 다 구해 올 수 있어.

비둘기에게

비둘기 생일이랑 카카포 생일은 영원히 안 잊을 자신 있어! 비둘기가 옛날에 그랬잖아. 날을 챙기는 건 중요하다고. 어떤 날이든 확실히 챙기지 않으면 자꾸 되돌아보게 된다고 그랬잖아. 물론 다른 의미에서 한 말이지만.

말이 나온 김에 하는 말인데 비둘기한테 말하지 못한 게 있어. 비둘기에게는 한 번도 말하지 않았지만, 내가 아주 어릴 적의 어떤 날을 아주 또렷하게 기억해. 비둘기는 믿지 못할 테지만.

아주 짧고 통통했던 내 손가락. 쌀알처럼 붙어 있던 내 손톱. 오랫동안 쥐고 있어서 손에 끈적하게 달라붙은 쌀과자. 그리고 머리카락이 잡히지 않는 밋밋한 아빠의 등. 쥘 것이 없어 한참을 방황하던, 어린 단풍잎 같던 내 손. 머리를 뒤덮은 담요. 마치 내 등을 감싸안는 것처럼 따뜻한 저녁노을. 익숙한 두 개의 숨소리. 자연스럽지 않고, 펌프질이 섞인, 요란하지만 연약했던 숨과 아무 소리도 없이 미약했지만 강인했던 숨. 요란한 건 카카포의 숨이고, 소리 없던 건 비둘기의 숨이었어. 그곳은 병원이고, 카카포는 며칠째 잠들어 있어. 비둘기는 며칠째 잠들지 못하고 있고. 비둘기의 몸에서 푸석푸석한 냄새가 나. 그 냄새를 뭐에 비유해야 좋을까? 잘 모르겠어. 오래된 옷장 냄새랑 비슷하지만 그만큼 퀴퀴하지 않고, 비 오는 날 덜 마른 옷에서 나는 냄새 같다가도 그만큼 꿉꿉하지는 않아. 내가 코를 박고 있던 아빠의 등에서, 뒷덜미에서, 내게 이유식을 떠먹여 주던 손에서 유독 짙게 나. 내가 숨을 세게 쉬면 모래처럼 우수수 조각이 떨어질 것만 같은 냄새야. 아빠한테서 종종 그런 냄새가 나. 바람에 흩어져 버릴 것만 같아. 내가 가끔 새벽에 아빠를 꽉 끌어안을 때 있잖아, 아빠가 아직도 잠투정을 부린다고 하던 날들. 그때 사실 아빠가 흩어질까 봐 불안해서 그랬어. 이렇게 말하면 또 아빠를 약하게 본다고 뭐라 할 거지? 하지만 나는 아빠가 독수리가 아니라 비둘기라 좋은걸. 비둘기는 독수리보다 약하지만 독수리는 하지 못한 걸 해냈어. 그 복잡한 도시에서 살아남기. 내가 죽길 바라는 인간들 속에서도 죽지 않고 버티기.

  또 선명하게 남아 있는 냄새가 있어. 국화꽃 냄새. 기억에는 있지만 살아본 적은 없는 듯한 그런 집이야. 안방 침대에 누워 있는 카카포가 보여. 비둘기는 식탁 앞에 서 있었는데 양손에 피자 한 판과 국화꽃 한 다발을 들고 있었어. 신기한 게 뭔 줄 알아? 피자 냄새는 맡아지지 않았고 울고 싶을 정도로 진하게 풍긴 국화꽃 냄새만 기억나. 피자 냄새를 묻어버릴 정도로 집 안에 가득했던 국화꽃 냄새. 냄새가 기억으로 바뀔 수 있다는 게 신기하지 않아?

 식탁 위에 비둘기와 카카포의 결혼식 사진이 놓여 있고, 비둘기는 그 앞에 국화꽃과 피자 한 판을 놓았어. 등에 업고 있던 나를 무릎에 앉히고, 하염없이 앉아 있었지. 아무 말도 하지 않고. 울고 싶었는데 참았어. 거짓말 같지? 하지만 진짜야. 울면 안 될 것 같아서 내 배를 감싸고 있는 비둘기의 손가락을 어루만졌어. '왜 그래?'라고 묻고 싶었어. 하지만 나는 말을 몰라. 말을 하고 싶은데, 입을 벌려서 소리 내는 방법을 몰랐어. 그리고 비둘기는 그날 끝끝내 나에게 어떤 설명도 해주지 않고 이런 말을 했어.
 '아가, 엄마 목소리는 이제 못 들어.'
 그리고 이렇게도 말했어.
 '엄마는 이제 숨으로 우리랑 대화할 거야.'
 더 길게 말했었는데, 뒤는 떠오르지 않아. 비둘기의 울음소리가 뒤덮어서…. 그날, 비둘기는 카카포와 첫 번째 이별을 한 거지? 카카포가 예전으로 돌아갈 수 없음을 인정하고, 그렇게 기억 속 카카포의 장례를 치러주고, 우리 곁에 남은, 숨으로 대화하는 카카포를 받아들이고….
 아빠는 그때 숨 쉬고 있는 엄마의 장례를 치렀어. 왜 그랬어?

제비에게

엄마는 이제 숨으로 우리랑 대화할 거야. 그러니 잘 듣고, 온몸으로 기억해 둬. 아가가 가장 가까이서 들었던, 한때 너의 숨이기도 했던 숨의 말을 잘 들어야 해. 말로 하지 않아도 그 숨에 모든 말이 새겨져 있으니까. 어렵지 않아. 집중의 문제지. 긴장할 때 숨은 빨라지고, 편안할 때 숨은 느려지고, 두려울 때 숨은 딱딱해지고, 슬플 때 숨은 축축해진단다. 화가 날 때 숨은 잘게 쪼개지고, 답답할 때 숨은 눌어붙는다. 욕망할 때 숨은 뜨거워지고 낙담할 때 숨은 미지근해진다. 사랑을 느낄 때 숨은 찬란해지고 그리움을 느낄 때 숨은 잠시 멈춘단다. 그리고 이런 숨은 코나 입으로만 느낄 수 있는 게 아니야. 아빠는 엄마의 손바닥과 발바닥에서, 어깨와 등에서도 숨을 느낀단다. 특히 엄마처럼 숨으로 소통하는 인간들은 더 잘 느낄 수 있어. 엄마 품에 안겨봐. 아가를 가장 온전하게 안고 있던 품. 한때 아가의 전부였던 품. 오르락내리락하는 숨의 리듬을, 아가가 영원히 기억했으면 좋겠어. 아빠는 그럴 거거든. 그럴 수 있거든.

그때 제비에게 해주었던 말이야. 토씨 하나 빼먹지 않고 이렇게 말했어. 이 말을 다 기억하는 이유는 그날 이후로 아빠 자신에게 몇천 번 되풀이했기 때문이야.

그리고 제비 말이 맞아. 그때 아빠는 숨 쉬고 있는 엄마의 장례를 치렀어. 선이 필요했어. 아빠가 기억하는, 아빠와 영원을 약속했던, 아빠가 붙잡고 싶은, 내 심장과 기억을 내주고서라도 되찾고 싶은 과거의 엄마와는 '여기까지입니다' 그리고 '여기부터 다시 출발하시오.' 그걸 하지 않으면 아빠는 안개 속에 갇히게 돼. 옆 사람의 얼굴이 보이지 않을 정도로 짙은 안개. 뻗으면 닿을 것 같지만 아무리 걸어도 내 앞에 서 있는 사람에게 닿을 수 없게끔 만드는 안개. 아빠는 그 안개 속에서 평생 흐릿한 실루엣으로 남은 엄마만을 부르며 살 수 없었어. 아니, 그러고 싶지만 그럴 수 없었다. 아빠 눈앞에는 다시 출발해야 할 다른 차원의 문이 있었고, 그 밖에는 눈이 아플 정도로 선명한 세상이 펼쳐져 있었거든. 그곳에 카카포와 제비가 있어. 안개는 아빠가 머물던 아늑한 곳이지만 나가야 해. 너무 선명해서 아픈 저 세계로 넘어가야 했어. 안개를 빠져나가면 안개는 흩어지겠지. 그래서 아빠는 끌어안고만 있어서는 안 될 안개를 마지막으로 끌어안은 거야. 향이 안개를 밀어내고 꽃이 저 너머로 아빠를 인도했단다. 그렇게 아빠가 알고 있던 엄마와 마지막 인사를 했어. *잘 가, 여보. 조심히 가. 그래도 언제든 볼 수 있으니 너무 오랫동안 그리워하지 않을게. 너무 오랫동안 슬퍼하지도 않을 거야. 그러니 당신도 가볍게 가시고, 혹여 우리가 너무 보고 싶다면 당신이 두고 가는 몸을 통해 보러 와.*

가끔 엄마의 눈이 아주 빛날 때가 있어. 그럴 때마다 아빠는 엄마가 보고 싶어서 왔구나, 하고 오래도록 그 눈을 마주 보고 있고는 해. 아주 잠깐 행복해하고 그렇게 다시 보내준단다. 제비야, 헤어질 때를 놓쳐서는 안 돼. 놓아주어야 할 때를 알아야 해. 그렇지 않으면 영원히 안개 속에 갇히게 되니까. 싫더라도 우리는 잔인하도록 선명한 세상을 바라봐야 해. 눈이 시려 눈물이 날 때는 손바닥으로 눈을 잠시 감싸주면서. 알아두어야 할 건 숨처럼 시야도 온몸에 퍼져 있단다. 외면해도 느껴지는 것들이 있지. 그래서 눈물이 나는 것처럼 몸이 아릴 때가 있어. 그럴 때는 두 팔로 네 몸을 감싸줘야 해.

그리고 제비야, 네가 잠꼬대하는 걸 들었어. 누군가를 향해 끝없이 밉다고 하더라. 그게 아빠는 아니지? (제발 아니기를 바라.) 그걸 들은 후로 며칠 동안 제비가 저렇게 원망하는 사람은 누구일까 싶었어. 어렴풋이 짐작 가기는 해. 그래도 제비야, 염증 같은 응어리는 떼어 내는 연습을 해야 해. 염증은 몸을 붓게 만들고, 몸이 부으면 숨 쉬는 것도 힘들고 시야도 탁해지거든. 그런 몸으로는 세상을 제대로 마주하기 힘들어. 사람은 몸이 힘들면 똑같은 것도 더 비관적으로 받아들이기 마련이거든. 고마운 것들에 집중하자. 아빠는 세상이 이렇게 변해도 우리가 함께하고 있다는 사실에 매일 감사해.

곧 제비 생일이네. 우리 생일이 며칠 차이 나지 않다 보니 10월은 케이크를 두 번 먹는 달이어서 제비가 좋아했었지. 특히 좋아하던 치즈케이크는 당장 먹을 수 없어 아쉽겠지만, 그래도 이번 생일에 가지고 싶은 거 있니? 바라는 거나. 구할 수 있는 건 뭐든 구해다 줄게. 해줄 수 있는 건 뭐든 다 해주고.

어떤 세상에서든 우리를 위해 나는 무엇이든 할 준비가 되어 있어.

망가진 세상에서도 열심히, 쉬지 않고, 느리지만 확실한 숨을 쉬자. 사랑한다.

비둘기에게

…그러면 비둘기는 우리를 태우지 않고 떠난 사람들을 원망하지 않는다는 말이야?

비둘기에게

오늘은 종일 비가 와. 가을의 끝을 알리는 장대비야. 비가 그치자마자 공기가 거짓말처럼 차가워졌어. 비는 잘 피했어? 어디에 숨어 있었어? 아니면 혹시 내가 한 질문에 답을 하기 어려운 거야? 그런 거라면 대답하지 않아도 좋아. 마음의 염증이라는 거 쉽게 뗄 수 있는 게 아닐 거 같아. 뭐든 떼어 내는 건 아프잖아.

딱지가 돼서 스스로 떨어지게 하지 않는 이상은. 그러니까 비둘기도 억지로 떼려고 하지 마. 피 나. 나도 다시는 묻지 않을게.

비둘기에게
배수관을 치던 게 뭔지 알아냈어. 궁금하지?

비둘기에게
오늘 내 생일이야. 바라는 건 하나야.

그만 돌아와 줬으면 좋겠어.

어디 있어?

【발생 1,087일】

나이를 가늠할 수 없는 얼굴이었지만 눈을 보니 알 수 있었다. 눈이 어린 나이의 생기를 머금고 있었기 때문이다. 옆머리가 앞머리처럼 흘러내려 얼굴의 절반 이상을 가리고 있지만, 머리카락 사이로 보이는 눈이 나이를 말해주었다. '그녀'라는 인칭대명사보다 '소녀'가 더 어울린다.

그 순간 은미는 긴장이 풀리며 경직되어 있던 어깨가 한 칸 아래로 내려간 듯이 처졌다. 그러자 도리어 소녀가 어깨와 팔에 힘을 잔뜩 주며 은미의 왼쪽 어깨에 겨누고 있던 총구를 치켜들어 이마 중앙으로 옮겼다. 저 총에 총알이 들어 있기는 할까. 몸통이 긴 돌격 소총이었다. 개인이 소장하고 있었을 리는 없고, 죽어 있는 어느 군인의 총을 주웠을 확률, 그리고 그 군인이 달려드는 괴물들에게 더는 쏠 총알이 없어 죽었을 가능성을 헤아리고 있자, 소녀는 은미의 머릿속을 읽은 듯이 총구를 은미의 이마에 바짝 붙였다. 방아쇠에 어설프게 걸어두었던 손가락에 힘을 주며 당장이라도 쏠 수 있다는 듯이. 겁에 질리라고. 이마에 힘을 주자 얼굴이 구겨지는데 그 와중에도 눈동자는 소녀의 맑은 호기심을 감추지 못한다. 은미는 그 얼굴을 덥석 만지고 싶었다. 스물은 넘겼을까? 그 언저리처럼 보이는데, 영양분을 제대로 공급받지 못하는 시대이니 그보다 더 나이가 많을 수도 있었고, 혹은 고된 세월에 노화가 빠르게 진행되어 제 나이보다 더 많아 보였을 확률도 존재했다. 어찌됐건 소녀의 나이는 10대 후반에서 20대 초중반으로 추정되었다. 그렇다는 것은 노윤이와 또래라는 뜻이다.

총알이 모든 걸 해결해 줄 거라 믿는 저 순진함을 마음껏 긍휼히 여기며 등을 토닥여 주고 싶다. 현 사태가 벌어진 지 5년이 넘어가는 지금, 아무도 총을 두려워하지 않는다. 생존자들은 총알보다 추위와 갈증, 굶주림을 더 두려워했다. 그런 지는 꽤 되었다. 총알은 고작해야 사람을 죽인다. 사람을 죽일 뿐이다. 사람을 죽이는 건 흔하다. 죽은 사람도 흔하고. 죽었는데도 걸어다니는 사람도 흔하고. 아무튼 '사람이 죽는다'라는 문장은 아무런 위엄이 없다. 때로는 우습다. 사람을 죽인다고 해서 그 행위가 굶주림이나 추위나 갈증을 없애주진 않으니까. 초창기에는 분명 누군가 더 많은 것을 가지고 있었고, 그것을 빼앗기 위해서 총알은 제 몫의 역할을 톡톡히 했으나 이제는 아니다. 모두가 아무것도 없다.

은미는 소녀의 뺨을 어루만지는 대신 총구를 감쌌다. 총구를 무르지 못하도록 손에 힘을 주고, 당장이라도 방아쇠를 당길 수 있도록 아이의 손도 붙잡았다. 소녀는 당황해했고, 총을 내리려 했지만, 은미의 힘에 의도대로 되지 않자 팔을 크게 휘두르며 총을 뿌리쳤다. 두 사람 손에서 벗어난 총이 저 멀리 날아갔다. 총알이 진짜로 들어 있었던 모양이라고, 은미는 생각하며 아쉬움에 공허한 손으로 허공만 움켜쥐었다. 소녀보다 빠르게 움직여 내던져진 총을 줍고선 망설임 없이 턱 밑을 겨냥해 방아쇠를 당길 수도 있겠지만, 그건 상상에서만 가능한 일이다. 한쪽 다리로는 아무리 달려도 소녀의 속도를 이길 수 없음이 분명했다. 하지만 손에서 총이 벗어난 소녀는 순간적인 두려움에 내몰려 마치 은미가 뒤쫓아 오기라도 한다는 듯이 허겁지겁 달려가 총을 주워 품에 안았다. 바르르 떠는 뒷모습을 바라보던 은미는 소녀의 어깨뼈에 난 흉터를 보았다. 그것은 물렸다거나 긁혔다거나 쏘였다거나 찢겼다는 표현과는 어울리지 않는 상처 자국이었다. 그것은 찍혔다거나 쪼였다는 단어와 맞물렸다. 은미는 절단된 자신의 다리보다 주기적으로 무언가에 쪼인 듯한 저 흉터가 더 기이하다고 생각했다. 가쁘게 숨을 헐떡이던 소녀는 뒤돌아서선 한 걸음도 움직이지 않은 은미를 보고 의구심 어린 표정을 짓더니 곧 은미의 절단된 왼쪽 다리를 발견하고는 흠칫 놀랐다. 은미는 소녀가 덮쳤을 때 놓쳤던 목발을 주워 겨드랑이 사이에 꼈다. 이제야 서 있는 게 편안해졌다. 소녀는 다시 총을 쥐고 방아쇠에 손가락을 걸었지만 은미를 향해 총구를 겨냥하지 않았다. 북서쪽에서 바람이 불어왔다. 차가움이 뒤섞여, 콧구멍 점막을 바짝 말리는 겨울바람이었다. 소녀의 머리카락이 바람에 흩날리면서 가려졌던 얼굴이 드러났다. 역시나 어리다. 그리고 섣부르지만, 소녀는 방아쇠를 한 번도 당겨보지 못했으리라 판단된다. 이 시국에 사람을 죽이지 않았다고 해서 훈장을 줄 일은 아니었으나 소녀의 얼굴은 다른 의미로 은미를 굴복시켰다. 죽이지 않고 어떻게 살아남았는가. 그 의문이 소녀의 강인함을 여실히 보여주었다.

  은미가 먼저 등을 돌렸다. 소녀를 안심시키기 위한 목적이었다. 도로 아스팔트를 뚫고 자라기 시작한 잔디 사이를 목발로 찍으며 걸었다.

"질문."

  소녀의 목소리에 은미가 뒤를 돌아보았다. 소녀는 총을 어깨에 메고 있었다. 은미가 보인 등에 대한 화답이었다.

"질문이 있어. 해?"

  은미가 고개를 끄덕였다.

"남자 생존자. 50대 초반. 알아?"

"모르는데."

"마주친 적은?"

"없어."

"50대처럼 안 보여도, 아무튼 중년 남자 누구나. 없어?"

  중년 남자야 숱하게 마주쳤다. 살아남은 인간들의 나이대 분포를 보면 그즈음이 가장 많을 거였다.

"언제? 며칠 동안 중년 남성은커녕 사람조차…."

"5년 사이."

  5년이라는 시간은 터무니없이 길고, 멀고, 광활했다. 누구라도 만날 수 있는 시간이었고 만남을 잊기에도 충분한 시간이었다.

"없어? 기억에 남는 사람? 말 섞지 않았어도, 스쳐 지나가기만 했더라도. 있는지 없는지만이라도."

"있기야 했겠지만 딱히 설명할 만큼 기억에 남는 사람은 없는데. 찾고 있는 사람의 특징 같은 건 없어? 관계는 어떻게 되는데?"

"없으면 됐어."

이번에는 소녀가 먼저 등을 보였다. 미련 없이 떠나는 소녀의 뒷모습을 바라보던 은미는 아주 잠시 말로 형용할 수 없는 감정에 휘말렸다. 그 감정은 마치 미련 또는 떠나온 무언가에 관한 그리움 같았는데, 이해가 안 되는 지점은 소녀에게 그런 감정을 느낄 이유가 없었기 때문이었다. 불편하고 께름칙했다. 은미는 감정을 파헤치지 않기로 다짐하며 알 수 없는 미련을 모르는 척한 채 떠나려 몸을 돌렸으나 하필이면 몇 달 잠잠했던 이석증이 재발해 한 걸음 내딛자마자 몸이 균형을 잃고 바닥으로 곤두박질쳤다. 이석증은 그 자체로 큰 문제를 일으키지는 않지만, 문제가 일어난다면 이렇게 예고 없이 균형을 잃을 때였는데, 재수 없게 가구 모서리나 돌부리에 머리를 찧어 정신을 잃는 경우가 더러 있었다. 딱 지금처럼.

또다시.

은미는 노윤이와 마주 보고 앉아 있다. 성모마리아 동상을 둘러싼 얕은 연못이 있고, 사시사철 푸른 침엽수 사이에 자리 잡은 나무 테이블이 있다. 옆에 놓인 쓰레기통은 나팔꽃 덩굴에 뒤덮여 있고, 그 주위로 벌이 모여든다. 테이블 위에 놓인 주먹밥과 계란말이에는 관심 없이 오로지 나팔꽃만을 갈망한다. 은미는 목적에 이유를 두지 않는, 그렇게 설계되었기에 방황하지 않는 무소음 비행의 우아함을 부러워한다. 고민이 없다는 것은, 고민할 가능성조차 없다는 것은, 선택의 옳고 그름을 판단할 필요가 없다는 것은, 필연적인 목적성을 짓누르는 더 큰 욕망이 없다는 것은 얼마나 큰 축복인가. 은미는 쥐고 있던 젓가락을 내려놓고, 무의식에 가깝게, 마치 홀린 듯 나팔꽃에 얼굴을 파묻은 벌의 몸통을 건든다. 화들짝 놀란 벌이 순식간에 은미의 손가락에 침을 쏜다. 침은 작은 주제에 제법 욱신거리고 끝에는 벌의 내장이라 할 수 있는, 구더기같이 생긴 무언가가 달려 있다. 제 삶을 토해 내 쏟아 낸 침일 텐데, 침은 인간의 질긴 피부를 간신히 뚫은 채 남아 있었고, 조금 욱신거리기만 할 뿐 은미의 생명에 아무런 위협도 되지 않는다. 저것이 살겠다고 쏜 침이 은미에게는 무용하다는 것이 문득 안쓰럽고 미안하게 느껴져 은미는 입을 잔뜩 벌려 통곡을 내지르려 하는데, 소리가 나지를 않는다. 소리가 내뱉어지지 않는다. 공원 옆은 이제 운행하지 않는 무궁화호 철로가 있고 주변은 버려진 구시가지여서, 이곳은 침묵이 당연한 곳 같으면서도 사실은 새소리로 가장 시끄러운 곳이었다. 잠깐의 정적도, 조용히 해달라는 부탁도, 소음 민원도 넣을 수 없는. 그런데 그 소음이 사라졌고 그걸 깨달으며 소리가 소거된 세상을 둘러보는데, 앞에서 식탁을 쾅 내리치는 소리만은 정적을 뚫고 아주 선명하게 은미에게 닿는다. 맞은편에 앉은 노윤이가 물컵으로 테이블을 내리치고 있다. 다른 손에는 계란말이가 우악스럽게 쥐여 있고 주변은 온통 흩어진 주먹밥들이 뿌려져 있다. 그것이 꼭 새 모이 같다고 생각한 순간, 새 한 마리, 새 두 마리, 새 세 마리… 새 수십 마리가 테이블로 날아든다. 오목눈이와 비슷하게 생겼으나 정확히 오목눈이라 할 수 없고, 깃털처럼 눈동자도 전부 하얗게 뒤집힌 새가 우악스럽게 밥알을 쪼아댄다. 그러다 점차 노윤이까지 뒤덮으며, 노윤이의 팔과 어깨, 뺨과 입술을 쪼아 먹는다. 놀란 은미가 악을 쓰며 새들을 내쫓기 위해 일어난다.

앉아.

익숙하지만 낯선 목소리.

앉으라고.

부드럽지만 날 선 목소리.

앉으라는 말, 이해 못 하니?

은미가 내뱉지 않은 은미의 목소리다. 노윤이가 은미의 말과 소리를 흉내 낸다. 새로 뒤덮인 노윤이는 꼭 한 마리의 거대한 새처럼 보인다. 쪼는 것이 아니고 꿰매고 있는 것일까. 먹히는 것이 아니라 합쳐지는 중일까. 은미의 낯빛에 잿빛 그늘이 내려앉는다.

아가야. 다 너를 위해서야. 다음에 또다시 엄마랑 딸로 만나자. 그때는 모든 걸 다 해줄게.

그딴 말 한 적 없어! 소리치고 싶지만 소리가 나오지 않는다. 내지르기 위해 애쓰지만 입만 벙긋거린다.

'나는 작았고.'

노윤이의 목소리다. 얇고 가녀린. 속에서부터 끌어내는 법을 모르는. 목에 머물다가 힘없이 나오는. 새벽 창문 너머로 듣던, 이름을 알지 못하는 새의 지저귐 같은. 아이인지 어른인지, 아이를 흉내 낸 어른인지, 어른을 흉내 낸 아이인지 알 수 없는.

'할 수 있는 게 기억뿐이라.'

거짓말 마! 그때 너는 한 살도 채 되지 않았어. 엄마가 거짓말은 나쁜 거라…!

그 순간 노윤이의 눈에 담긴 은은한 웃음에 은미는 자신의 실수를 깨닫는다.

'그런 말 한 적 있으면서. 거짓말은 나쁜 거야. 앉아도 돼.'

은미는 어정쩡한 자세로 서서 노윤이를 지켜본다. 새들은 노윤이를 계속 쪼아대지만 피는 흐르지 않는다. 점토처럼 살점이 떨어지고, 무른 흙처럼 파인 자리가 메워진다.

'새들은 나를 죽이지 않아. 그럴 이유가 없거든. 쪼는 것 정도로 나는 죽지 않아. 죽는 건 생각보다 어렵고, 번거롭고, 복잡해. 알잖아. 그래서 엄마도 실패한 거잖아.'

노윤이가 호오, 입바람을 분다. 민들레 홀씨 하나 날리지 못할 만큼 미약한 바람인데 한순간에 새들이 날아오른다. 노윤이의 몸에서 흩어진 날개 같기도 하다. 새들이 노윤이의 주변을 빙글빙글 돈다. 새의 날갯짓에 노윤이의 머리카락이 사정없이 흩날린다. 악몽은 은미의 잠자리 동반자인데, 이런 전개는 사뭇 당황스럽다.

하기야 악몽을 꾼 지도 오래되었다. 밤마다 찾아오던 악몽은 세상이 악몽이 된 뒤로 제 무대가 바뀌었다는 듯이 발길을 뚝 끊었다. 더는 악몽을 꾸지 않는다는 걸 깨달았을 때, 은미는 기가 찼다. 세상은 원래 악몽이었는데, 뭐가 달라졌다고. 인간은 원래 인간을 죽였다. 인간을 죽이는 건 대개가 인간이었다. 바이러스가 퍼진 초창기는 기억나질 않는다. 살아남으려고 뛰고, 또 뛰고, 계속 뛰고, 뛰었다는 사실밖에는. 그러다 누군가와 싸운 것 같기도 하고 죽인 것 같기도 한데, 그것이 인간인지 괴물인지 진짜 죽인 건 맞는지 선명하지 않았다. 정신을 차렸을 즈음 한 달이 지나 있었고 출구를 틀어막은 옥상에 노윤이와 자신뿐이었다. 아무것도 기억나지 않았다. 어떻게 살아남아 옥상에 오게 된 건지, 정말이지 누가 도려낸 것처럼 기억이 삭제되었다. 하지만 이런 식으로 극한의 스트레스 상황에 노출되어 기억이 삭제되는 경험은 이전에도 겪은 적이 있었기에 당황스럽지는 않았다. 아니, 어쩌면 잘된 일인지도 모르겠다고 생각했다. 손에 피를 묻히지 않고 살아남았을 리 없으니까. 오히려 눈을 뜨니 옥상에 설치한 안락한 텐트 안이었다는 전개가 더 마음에 들었다. 주머니에는 구겨진 담배 한 갑과 라이터도 있고. 완벽했다.

은미는 담배를 피우며, 병에 걸려 서로를 잡아먹다 괴물이 되어버린 인간들을 내려다보았다. 그러다 웃음이 터졌다. 꼴좋다고 해야 할지, 속이 후련하다고 해야 할지, 아니면 너무 강한 충격에 드디어 사고 회로가 망가져 버린 것인지, 이것들을 다 합한 것인지 판단할 수 없지만, 은미는 실로 오랜만에 윗배가 당기도록 웃었다. 노윤이는 그런 은미를 낯선 표정으로 바라보다가 곧 덩달아 신이 나 옥상을 빙글빙글 뛰어다니며 따라 웃었다. 그리고 한여름에 자신이 가장 좋아하는 〈징글벨〉을 불렀다. 노윤이의 힘찬 노랫소리에 저 밑에 있는 인간들의 고개가 꽃 피우듯 하늘을 향해 꺾였다. 은미는 노윤이를 말리지 않았다. 오히려 더 크게 부르라는 의미로 손뼉을 치며 호응했다. 은미의 반응에 노윤이의 목소리는 점점 더 커졌다. 노윤이의 우렁찬 목소리가 울려 퍼지자 늘 조용히 하라고 야단치듯 말했던 죄책감이 씻겨 내려갔다.

 흰 눈 사이로, 썰매를 타고, 달리는 기분, 상쾌도 하다!
 종이 울려서, 장단 맞추니, 흥겨워서 소리 높여 노래 부르자!
 종소리 울려라, 종소리 울려!
 기쁜 노래 부르면서 빨리 달리자…!

 노윤이는 노래를 반복해 불렀다. 영원히 끝나지 않을 것처럼. 여태껏 부르지 못했던 한을 풀어내는 것처럼.

 노윤이는 열한 번째로 노래를 반복할 때, 은미가 노윤이를 꽉 끌어안았다. 노윤이가 노래를 뚝 멈췄다. 그간 포옹에 담긴 암묵적인 약속(아니, 일방적인 규칙)을 따른 것이다.

 이제 약속은 없어. 엄마가 끌어안아도 노래 멈추지 않아도 돼.
 …왜?
 세상이 망해서, 의미가 없어졌어.
 ….

 눈꼬리가 올라간 작은 눈구멍 사이로 꽉 들어찬 노윤이의 검은 눈빛이 순식간에 생기를 잃으며 탁해졌다. 은미는 이럴 때 두려움을 느낀다. 노윤이의 표정을 읽을 수 없을 때. 다음 행동을 예측할 수 없을 때. 남은 시간을 알 수 없는 폭탄을 끌어안고 있는 느낌이었다. 단 한 순간도 예측할 수 없는 아이, 그게 노윤이었다. 그 순간들이 쌓여 다음이 그려지지 않는 삶이 노윤이의 삶이었고, 노윤이의 삶은 그렇게 은미의 삶이 되었다. 순간만이 존재하는 삶. 사소한 계획도 허용되지 않는 삶.

노윤이가 입을 열었다.

약속은 엄마가 만들었어.

폭탄의 규모가 이전의 것들과 비교할 수 없을 만큼 강하다.

세상은 나한테 노래 부르지 말라고 한 적 없는데. 늘 부르지 말라고 한 건 엄마였는데.

심장 소리인지, 시계 초침 소리인지 구분되지 않는 박동이 느껴졌다. 곧 터질 것이라는 유일한 예견이었다.

나를 막은 건 늘 엄마였어.

은미가 뒷걸음질 쳤다. 그러고 싶어서 그런 게 아니었다고 말하고 싶지만 참았다. 너무 낡아빠진 변명이다. 너무 많이 내뱉어서 너덜너덜해진 말이다.

계속 뒷걸음질 치다 옥상 난간에 걸려 몸이 뒤로 기울었다. 밑에는 은미를 발견한 시체들이 삼도천에서 허우적거리듯 두 팔을 뻗은 채 아우성쳤다. 은미는 그대로 곤두박질 쳤다. 그 손들이 은미의 몸을 마구잡이로 붙잡았다. 뺨이 찢겨 나간다. 고통에 은미가 비명을 지르고, 옥상 난간에는 자신을 내려다보는 노윤이가 있다.

노윤이가 말한다.

그만 돌아와. 늦었어.

앵무새 두 마리가 은미 눈앞에 있다. 아니, 세 마리인가. 아니다. 한 마리다. 초점이 잡히면서, 두 마리였다가, 세 마리였던 것이 또렷한 한 마리로 합쳐진다.

"안 죽었다. 인간? 좀비?"

조그만 머리통을 좌우로 움직이며 조잘거리다가 은미의 뺨을 부리로 콱, 깨물었다. 뺨이 찢겨 나가는 고통이 꿈속인데도 유난히 생생하다 싶었는데, 앵무새가 실제로 뺨을 쪼아대고 있었던 것이다. 은미가 인상을 찌푸리며 앵무새를 밀쳐보지만 그것은 얄밉게도 얕게 날아서 은미의 손을 가볍게 피한 후 똑같은 자리에 다시 착지했다.

"인간, 인간. 안심해! 인간!"

앵무새가 소리쳤다. 은미에게 하는 말은 아니었다. 누구한테 하는 말이지? 여기는 어디고? 아직 몽롱한 정신으로 띄엄띄엄 머릿속에 물음표만 떠올리던 은미는 이석증 때문에 길바닥에 쓰러졌다는 사실을 기억해 내고는 소스라치게 놀라 몸을 벌떡 일으켰다. 은미의 몸짓이 일으킨 바람에 탁상 위 촛불이 거세게 흔들렸다. 커튼에 비친, 괴수처럼 생긴 은미의 그림자도 따라 흔들렸다. 커튼 사이로 보이는 밖이 어둡다. 설마…. 은미가 달려가 커튼을 젖혔다. 밤이다.

창문에 비친 얼굴엔 이마 쪽이 굳은 피로 얼룩져 있었다. 두피에서부터 흘러내린 피였다. 은미가 상처 부위를 어루만졌다.

"나 아냐. 원래 있었어. 피. 나 아냐."

앵무새가 창틀에 앉으며 누명을 쓰지 않기 위해 필사적으로 지껄였다. 다행히도 쓰러질 때 돌부리에 찍혀 난 상처라는 걸 떠올리던 참이었다. 은미는 거리에서 총을 든 소녀를 마주쳤고, 돌아가는 길에 쓰러졌다. 그리고 눈을 떴을 때 이곳이었다. 길거리가 아니고. 고작 머리에 피 좀 흘린 상태로. 말도 안 되는 일이다. 소녀일까. 아닐 수도 있다. 소녀가 가고 난 뒤 그곳을 지나던 다른 이일 수도 있다. 선의가 아닐 수도 있다. 어떤 악행이 일어나기 직전에 눈을 뜬 것일 수도 있다.

어쨌거나 지금은 판단할 겨를이 없다. 나가야 한다. 집주인의 기척이 느껴지지 않는 지금.

은미가 출구를 찾기 위해 주위를 둘러보았다. 가정집이다. 은미가 어렸을 때 잠시 살았던 구식 아파트와 비슷한 구조였다. 거실에 붙은 주방, 그 옆에 화장실, 딸린 방 두 개. 그렇다면 현관문은 뜬금없이 주방 옆에 세워진 저 장롱 뒤에 있으리라.

"늦었어. 나가면 죽어."

은미는 지금 앵무새의 충고 따위에 귀 기울일 여유가 없었다.

장롱문을 열어보았다. 뚫어놓은 다른 입구는 없었다. 밖을 오갈 때마다 장롱을 밀어내는 모양이었다. 은미가 장롱을 밀어내려 힘을 주었다. 장롱은 쉽게 밀리지 않았다. 생각보다 무거웠다.

"좀비, 별론데."

앵무새가 장롱 위에 앉으며 말을 얹었다.

"좀비, 되고 싶어?"

"나가는 문이 어디지?"

"딸이, 힘들게, 살렸어. 배신자."

앵무새가 은미의 정수리를 부리로 콕, 찍고 도망갔다. 생각보다 큰 통증에 은미가 정수리를 부여잡고 소리 없는 비명을 내질렀다.

"그것도, 아프면서, 물리면, 더 아파. 쯧."

"그런 게 아니라고. 나는 돌아가야 해. 딸이 기다려."

단춧구멍 같은 눈동자로 앵무새가 은미를 응시했다.

"딸, 있어?"

바람이 불어왔다. 화장실 쪽에서. 입구가 따로 있는 걸까. 은미가 화장실로 향했다.

"우리 딸, 도, 데려가."

그런 은미를 향해 앵무새가 다급하게 입을 열었다. 은미는 앵무새를 가까이해 본 적이 없었다. 인간의 말을 모방하는 새 정도인 줄 알았는데 지금 은미 눈앞에 있는 저 하얀 깃털의 앵무새는 마치 인간 같았다. 맥락을 읽고, 판단을 내리고, 적당한 어휘를 고르고 발설하는. 하지만 그래봤자 새다. 어쩌다 외운 말을 중얼거리는 새일 뿐이다. 은미는 애써 무시하고 화장실로 향했다. 완전히 닫히지 않은 화장실 문이 옅은 바람에 흔들렸고 그 틈에서 흘러나온 바람이 마주 보고 있는 방으로 흘러 들어가고 있다는 것을 깨달았다. 그 안을 들여다보지 않고 갔어야 했다고, 은미는 방을 들여다보며 후회했다.

소녀의 엄마일까.

휠체어에 앉아 담요를 두른 누군가의 뒷모습이 보였다. 두툼한 담요였음에도 깡마른 체구가 느껴졌다. 쇼트커트로 자른 머리카락에서 마치 미용실에서 자른 듯한 노련함이 느껴졌다. 은미는 무의식적으로 덥수룩하게 자란 자신의 뒷머리를 어루만졌다.

병동에서 일하던 시절의 은미도 항상 저렇게 짧은 머리를 유지하고는 했었다. 짧은 것이 일할 때 관리하기 편하다고 말하곤

했던 기억이 떠오른다. 그런 날들이 은미의 삶에 존재했었다는 게 지금으로선 믿기지 않지만. 돌이켜 생각해 보면 환자들이 은미에게, 뒤에서 봤을 때 종종 남자 의사로 착각할 만큼 짧은 커트를 왜 고수하는 것이냐고 묻지는 않았지만(어쩌면 궁금하지도 않았을 것이다), 은미는 늘 저런 식으로 설명을 덧붙였다. 그렇지 않으면 누군가 멋대로 떠들고 다닐 것만 같았다. 아이가 하도 머리카락을 잡아당겨서 저렇게 붙잡을 머리가 없게끔 짧게 자르는 것이라고…. 병동 근처 카페에서 노윤이에게 머리채를 붙잡혔던 그날 이후, 한동안 그런 소문이 도는 악몽에 시달렸다. 하지만 정작 동료 중 누군가 그 모습을 봤는지 아닌지조차 확신하지 못했다. 그렇지만 말이라는 것이, 소문이라는 것이, 조롱과 험담이라는 것이, 걱정을 뒤집어쓴 위로라는 것이 출처와 시기가 뚜렷한 채로 퍼졌던 적이 있던가. 어디에나 눈이 있다. 어디에나 입이 있다. 그 눈과 입은 주인이 없다. 마음껏 구경하고 떠들지만, 누구도 책임지지 않는다.

길게 이어진 생각의 끈을 자르고, 은미는 미동 없이 앉아 있는 여자의 뒷모습에 다시 집중했다. 몸을 결박해 놓지 않은 것으로 보아 괴물로 변한 가족을 묶어둔 것 같지는 않아 보였다.

인사를 해야 할까.

어쩌면 소녀와 함께 은미를 이곳까지 데리고 온 은인일지도 몰랐다. 아니, 이건 그저 단순한 호기심일지도 모른다. 순전히 말을 걸고 싶다는 욕망일 수도 있다. 타인과 제대로 된 대화를 나눠본 지가 오래되었다. 소녀와 나눈 대화가 은미의 혓바닥을 간질였다. 움직이고 싶다. 말을 하고 싶다. 이 욕구가, 때로는 배고픔보다 참기 더 힘들었다. 은미가 문지방을 밟고 섰다. 한쪽 벽면을 차지한 흰 붙박이 장롱이 보였다. 문에는 색이 벗겨진 스티커와 함께 사진이 붙어 있었다. 바다 앞에서 찍은 사진인데, 바다가 유난히 푸른 것을 보아 하니 제주도나 강릉 쪽에서 찍은 사진 같았다. 사진 속 아이는 열 살 언저리로 보였다. 햇빛에 눈이 부신 건지 무언가 마음에 들지 않는 건지 잔뜩 인상을 찌푸린 채였고 그 옆에는 아이와 키를 맞추기 위해 웅크려 앉은 남자가 있었다. 손에는 팝콘이 가득 담긴 통을 들고서. 찌푸린 아이의 표정은 자신과 상관없다는 듯 방긋 웃고 있었다. 아빠일까. 소녀가 찾고 있던 50대 남성이 저 사람일까. 저 아이가 소녀가 맞다면, 40대로 보이는 저 남자의 시간도 흘렀을 테니까. 그 옆으로 나란히 붙은 사진 한 장이 더 보였다. 사진 속에는 배가 부른 여인과 10년은 더 어린 얼굴을 한 남자가 있다. 앵무새가 휠체어 손잡이에 앉았다.

"딸을, 데려가."

은미가 그녀에게 다가갔다. 가까이 다가갈수록 익숙한 펌프질

소리가 들려왔다. 휠체어 손잡이에는 휠체어용 테이블이 연결되어 있었고 그 위로 앙상하게 마른 팔과 뼈마디가 툭 튀어나온 손이 얹어져 있었다. 헐렁한 바지에서 느껴지는 다리의 사정도 다를 바 없어 보였다. 그녀의 목에는 기관 절개 튜브가 삽입되어 있었다. 펌프질 소리는 튜브를 통해 그녀에게 숨을 공급하는 소리였다. 그녀는 버려진 연구실 인큐베이터 속에 든 화석 같았다. 몇십억 년 전에 끊겼어야 했던 숨이 타의에 의해 억지로 붙들렸다. 때를 놓친 숨에서는 해묵은 냄새가 풍겼고, 숨의 주인은 이미 오래전 삶으로부터 망명한 듯했다. 그녀는 빛바랜 사진 같았다. 아니, 그보다 햇빛과 바람에 풍화된 그림 같았다. 전시되어 있었다. 사람들의 발길이 채 닿지 않는 복도 끝에 초라하게 놓인, 작자 미상의 전시품. 훔쳐 가도 아무도 모를, 사라져도 아무도 모를, 그렇게 죽어도 아무도 모를. 처음 보는 이였지만 은미는 그녀에게 알 수 없는 흔연함을 느꼈다. 동시에 혐의했다. 삶의 기록을 담고 있지 않은 얼굴을 은미는 응시하다, 흔연과 혐의 모두 처음 보는 그녀에게서 느낀 동질성에서 발생했다는 것을 깨달았다. 비쩍 마른 그녀의 초라한 뒷모습은 해가 뜨지 않은 새벽녘 식탁 의자를 거실 베란다 앞까지 끌고 와 앉아 있던 은미의 뒷모습과 닮았다. 은미는 자신의 뒷모습을 한 번도 본 적 없었기에 단번에 알아차리지 못했지만.

은미가 손을 뻗어 그녀의 얼굴을 매만졌다. 작은 충격에도 점토가 갈라지듯 살이 벌어지고 마른 흙처럼 바스러질 것 같았으나 그녀의 피부는 누군가 정성스럽게 바른 로션으로 부드러웠다. 그녀는 은미의 손길에도 눈 한 번 깜빡이지 않고 허공을 응시할 뿐이었다. 눈 둘 곳이 없어 한곳을 오랫동안 응시하다 보면 뇌는 어느 순간부터 변하지 않는 화면에 대한 시각 정보를 처리하지 않게 되고, 그렇게 본다는 감각이 사라지면 눈을 뜨고도 아무것도 보지 않는 상태가 된다. 마치 숨을 쉬고도 죽어 있는 것처럼.

"손 떼."

소녀의 목소리였다. 기척 없이 다가온 소녀가 문에 서 있었다. 손에는 원래 색을 알 수 없는 에코백을 들고 있었는데, 아무것도 들지 않은 것처럼 한없이 가벼워 보였다.

"엄마?"

"만지지 마."

성큼성큼 다가오는 소녀의 몸짓에 은미가 뒷걸음질 쳤다. 그녀에게 해를 가할 생각이 없었다는 것을 증명하고 싶은 마음에서 비롯된 행동이었다. 하지만 소녀에게 은미는 이제 위협의 상대가 아니었는지, 경고는 말뿐이었고 소녀는 등을 돌린 채 짐을 챙겼다.

"고마워."

은미가 말했다. 부끄러워서 그런 건지 아니면 은미의 마음 표시가 정말 마음에 들지 않았던 것인지 소녀는 부루퉁한 표정으로 침묵을 유지했다.

"보답하고 싶은데, 지금 내가 해줄 수 있는 게…."

"그럼 버려?"

소녀가 은미의 말허리를 자르며 반문했다.

"쓰러진 사람을."

"대부분 두고 갔을 테니까. 아니, 두고만 가도 고마운 거지."

사람을 죽이는 것보다 믿는 게 더 힘든 세상에서 고작 말 몇 번 섞은 상대를 구한다는 것은 보통 마음으로 할 수 있는 일이 아니다. 은미였다면 소녀처럼 행동하지 않았을 거였다. 생존을 위해 필요한 것들을, 혹 쓸모없더라도 소녀가 지니고 있는 것이라면 뭐든 강탈했으리라.

"사람은 귀하지 않고, 물질만이 귀한 시대에서 굳이 체력과 시간을 낭비하다니."

은미는 내뱉고서야 깨달았다. 언제 이렇게 못난 사람이 되었던가. 원래 이랬는데 평생 눌린 상태로 살아와서 스스로 그 본성을 알아차리지 못한 걸까. 어느 쪽이든 똑같이 별로였다. 이럴 거면 고맙다는 말조차 하지 말았어야 했다. 추악함이 진심을 위선으로 바꿔버렸다.

"나는 그렇게 안 배워서."

얼굴을 가린 머리카락 사이로 소녀와 눈이 마주쳤다.

"살려는 놓으라고. 일단 살려만 놓으라고. 그렇게 배웠는데."
"누구한테서?"

은미가 그녀를 힐끔 쳐다보았다.

"엄마?"

은미는 답을 듣지 않아도 모녀 관계임을 확신하고 있었다. 평생의 반을 환자와 보호자 속에 섞여 보냈다. 한 공간에 있는 것만으로도 보호자와 환자의 관계를 느낄 수 있었다. 시선, 호흡, 몸의 방향, 보호자의 손짓 같은 신호 따위가 대개 그들의 관계를 설명했다. 애정과 증오, 받아들임과 체념. 다른 관계에서는 쉽게 뒤섞이고 구분 불가능한 단어들이 환자와 보호자의 관계에서는 명확히 구분된다. 이 관계에서는 뒤섞이지 않는다. 얼핏 뒤섞여 보이더라도, 멀미를 일으킬 정도로 수없이 반복되는 한이 있더라도.

그 멀미가 사람을 돌아버리게 만드는 거다. 미치게 한다. 존재하는 것만으로도 평생을 바쳐 사랑할 것 같다가, 어느 한순간 그 존재를 증오하고, 그 증오가 본인을 향한 혐오가 될 정도로 또다시 사랑한다. 이것이 온전한 내 삶이라고, 이번 생은 이렇게 누군가의 보호자로서 살아야 한다고, 이번 생의 우리는 보통과 거리가 멀다는 것을 받아들였다가도 어느 한순간 지붕 위로 난데없이 폭탄이 떨어지길 바란다. 차에 치이길 바라고, 누군가 우리를 몰살하길 바란다. 이런 식으로 삶은 받아들여졌다가 버려진다. 버티며 존재하고 있다는 사실을 끌어안았다가 다시 그 사실이 짓밟히기를 원한다. 삶이 내 손 안에 없어서. 내 삶이지만 내가 쥘 수 없어서. 삶과 죽음의 갈림길에 놓인 환자가 자신의 삶뿐만 아니라 보호자의 삶까지 죄다 쥐고 있어서. 포기하는 것 외에 다른 삶을 선택할 수 있는 권한이 삭제된 상태로 멈출 수도, 내릴 수도, 끝낼 수도 없이 너무 오랫동안 멀미를 느낀다.

소녀에게서도 오랜 시간 멀미를 견뎌온 창백함과 서늘함이 느껴진다. 고로 그녀는 소녀의 엄마일 것이다. 엄마가 아닐 리 없다. 그렇다면 소녀의 삶은 어느 쪽으로 기울어져 있는가. 사랑인가, 증오인가. 받아들임인가, 체념인가.

"아니. 아빠가."

은미는 그녀의 몸을 훑어보았다.

"엄마는 나한테 그런 건 가르쳐 준 적 없어."

그렇다면 소녀의 엄마는 이런 걸 가르쳐 주었겠지. 뒷머리를 반듯하게 자르는 법. 손바닥 마디에 굳은살이 박이지 않게 하려면 시간마다 손가락 스트레칭을 해줘야 한다는 것. 타인의 손톱을 자를 때 살을 자를지도 모른다는 두려움을 이겨내고 손톱깎이를 눌러야 한다는 비밀스러운 마음과 손톱 끝이 말리지 않도록 하려면 여유를 남기고 잘라야 한다는 것. 귓등과 목에 때가 자주 낀다는 사실과 음식을 먹지 않아도 치아 사이에 치석이 낀다는 사실 따위를 알려주었으리라. 그녀가 직접 설명하지 않고도 소녀가 저런 것들을 할 수 있게끔 그녀의 몸이 가르쳐 주었겠지. 소녀가 묵묵히 그 행위를 해왔다는 것이, 소녀의 애정이 그녀의 몸에 담겨 있다. 소녀는 수백 번 증오했을 테지만 그보다 훨씬 많이 애정을 느꼈을 것이고, 가끔 체념했겠지만 묵묵히 버텨왔을 것이다. 그리고 그녀는 세상이 이렇게 뒤바뀌기 전부터 이 상태였을 것이다. 멸망한 세상에서 아빠와 헤어진 후에는 소녀에게 이토록 친절하게 알려주는 이가 없었을 테니까. 어느 면을 보더라도 그녀는 숙달된 보호자로부터 꾸준히 관리받아 온 환자였다.

소녀가 겉보기에도 꽤 묵직한 배낭을 메고는 인공호흡기와 연결된 배터리를 휠체어 테이블에 올려놓았다.

"가. 우리 이제 갈 거야."

"어디를?"

소녀의 말은 거짓말처럼 느껴졌다. 무거운 가방과 휠체어. 이 두 가지를 지니고서는 이 아파트 밖을 나가지도 못할 것 같았다.

"카르노! 카르노!"

앵무새가 대답했다.

"허."

순간적으로 헛웃음이 터졌다. 은미는 헛기침인 척 목을 가다듬었지만 이미 늦었다. 앵무새가 소녀를 향해 꾸짖듯 다그쳤다.

"거봐. 거짓말. 속지 마. 가지 마."

소녀는 그런 앵무새의 말이 지겹다는 표정으로 에코백에 앵무새를 훅 넣었다. 가방 입구의 똑딱이 단추를 잠그고 휠체어 손잡이에 에코백을 걸었다. 앵무새는 그 안에서도 쉬지 않고 떠들었다.

"속지 마. 가면 죽어. 카르노, 죽음의 행성!"

통곡에 가까운 앵무새의 절규에 소녀는 미간을 확 찌푸렸다.

"조용히 안 하면 두고 갈 거야. 계속 시끄럽게 굴면 데리고 갈 수 없어."

"…같이 가, 딸."

앵무새는 가방 속에서 조용해졌다. 소녀가 휠체어를 밀었다. 은미가 휠체어 테이블을 살포시 붙잡으며 그 길을 막아섰다.

오지랖은 부리지 않는 편이 좋은데.

오지랖을 부리고 싶은 건 아니었고, 설령 그러고 싶다 한들 그래선 안 됐다. 오지랖을 숱하게 당하며 느낀 바였다. 친절 앞에서 냉소적인 사람이 되고 싶지 않았지만, 은미는 어느 순간 그런 사람이 되었다. 아무것도 모르면서, 조금도 이해하지 못하면서, 상냥하고 착한 본인에 심취해 불쌍한 타인을 보고 느낀 우월감을 자각하지도 못하고 있으면서. 은미는 상냥하고 싶지 않았다. 어설픈 도움도 주고 싶지 않았다. 소녀가 가기로 마음먹었다면, 그 목적지가 지옥이라 해도 은미가 해줄 수 있는 것은 없다.

그게 맞는 건데.

"카르노가 아니고 에르사겠지. 카르노는 인간이 살 수 없어."

은미는 긴장감을 놓지 않기 위해 애썼다. 자신의 말투나 억양이 다정하게 느껴지지 않도록 부러 목에 힘을 주었다. 약간의 조소를 섞어서. 소녀는 무표정한 얼굴로 테이블을 짚은 은미의 손을 바라보았다. 그 시선을 알아차린 은미는 그제야 자신이 허락도 없이 테이블을 만졌다는 걸 깨달았다. 은미가 서둘러 손을 치웠다.

"만약 에르사로 가는 우주선이 있다고 하더라도 못 탈 거야."

소녀가 은미와 눈을 맞추었다.

"자리가 없을 테니까."

"…"

"있어도 없다고 할 거야. 확신해."

세 사람은 거뜬히 탈 수 있던 공간. 독백 무대처럼 덩그러니 놓여 있던 자리. 손짓 한 번이면 망설이지 않고 올랐을 것인데, 모두가 외면하던 눈길. 마치 없다는 듯이. 그 공간은 여백이 아니라는 듯이. 은미는 읽을 수 없는 코드로 만들어진 벽이라도 있는 걸까. 문이 닫힌다. 생존자들을 태운 마지막 수송 차량의 거대한 트렁크 문이. 탑승한 사람들은 끝까지 시선을 주지 않는다.

구십육, 구십칠…

때마침 노윤이의 중얼거리는 숫자가 백에 가까워진다.

구십팔, 구십구…

어두컴컴한 건물 사이로 어슬렁거리는 괴물들의 형상이 보인다. 그들을 겨냥하던 군인들마저 트렁크에 오른다. 트렁크에 입을 틀어막고 있던 인간들이 살았다는 안도의 한숨을 쉬고, 문이 닫히기 직전 틈으로 빠져나온 눈길이 은미에게 닿는다.

백!

노윤이가 손뼉을 친다. 천둥 같은 소리로.

백이다! 백! 백 셌다, 백 다 셌다!

은미는 굳게 닫히는 트렁크 문처럼, 마지막 대피소였던 그 단단한 철문의 걸쇠처럼 노윤이의 입을 손바닥으로 닫고, 노윤이의 몸을 자물쇠처럼 감싸안은 채 차가 나아가는 방향과 반대 방향으로 뛴다. 모두가 살기 위해 군함이 떠 있는 바다로 향할 때, 은미는 살기 위해 지옥이 된 땅으로 달려간다. 엔진 소리를 따라 죽은 땅의 지배자들이 그들을 붙잡으려 쫓아가는 틈에. 신발이 벗겨진 줄도 모르고 뛰었다. 바닥에 솟아난 날카롭고 뾰족한 것들에 발바닥이 피범벅이 되어도 멈추지 않았다.

그날의 일을 말해야 할까. 어떤 곳이든 우리가 탈 수 있는 자리는 없다고. 그래야만 은미의 충고가 먹힐까.

"자리가 없더라도 가. 함정이면 빠지고, 무덤이면 묻혀야지. 별수 있나. 다른 선택지도 없는데. 배터리도 얼마 안 남았고."

어떤 말도 통하지 않겠구나. 은미는 바위 앞에서 돌아가거나 다른 길을 찾아가려는데, 소녀는 바위를 넘어가려 하고 있구나. 저 큰 가방과 앵무새, 그리고 여자가 탄 휠체어를 끌고. 그 바위 너머에 다른 평원이 펼쳐질지, 아니면 낭떠러지로 이어질지 알 수 없음에도. 후자여도 돌아가지 않고 그대로 내딛겠다는 마음으로.

"같이 갈 거면 따라와. 따로 가고 싶으면 여기로 가."

소녀가 주머니에서 종이 한 장을 건넸다. 일일이 수기로 작성한 전단이었다. 내용은 간단했다.

목적지: 카르노 행성.
집합 장소: 광화문 광장, 이순신 장군 앞.
일시: 2074년 7월 1일

오십시오. 이 종이를 발견한, 누구나.

은미가 밀었을 때는 꿈쩍도 하지 않던 장롱을 소녀는 능숙하게 밑바닥을 들어 올렸고, 방향만 틀어서 지나갈 수 있는 통로를 만들었다. 은미는 어깨에 가방과 앵무새를 얹고 휠체어를 끌며 나가는 소녀의 뒷모습을 바라보다, "잠시만" 하고 불러세웠다.

"같이 가. 거기까지 데려다줄게. 큰 도움은 안 되겠지만, 그래도 너를 이렇게는 못 보내겠어. 알아. 우리가 본 지 얼마나 됐다고. 이런 마음 우습다는 거. 네가 보기에 같잖다는 거. 오히려 다리가 이렇다 보니 더 걸리적거릴 수도 있겠지."

은미가 절단된 다리를 바라보았다.

"그래도 내가 조금 더 어른이라 그런가. 이 상황에서 어른이라고 별수 있겠냐 싶을 테고, 그게 맞기도 하지만, 어쨌거나 내 말의 요지는…."

"당신 마음 오해 안 해."

소녀가 은미의 말허리를 자르며 단호히 말했다.

"그렇게 안 배웠어."

"…."

"그리고 당신 그거."

소녀가 말하는 것은 은미의 절단된 다리였다.

"신경 안 쓰여. 걸리적거린다는 표현은 별로야. 쓰지 마. 우리 앞에서는."

은미는 그제야 아차, 싶었다. 이건 명백한 은미의 말실수였다. 사과하려고 했지만 소녀가 틈을 주지 않았다.

"그리고 딸이 있지?"

"…"

"잠꼬대! 계속 불렀어, 이름. 노윤, 노윤. 우리 딸, 우리 딸."

앵무새가 사족을 덧붙였다.

"기다리겠다. 데리러 가자."

"우리 딸은…."

은미가 다급하게 운을 뗐다. 뒷말은 쉽게 나오지 않았다. 어차피 정해진 결말이었다. 욕심내지 말아야 한다.

"소리를 질러."

은미는 소녀의 얼굴을 쳐다보지 못했다. 그 얼굴에 스칠 난감함과 파생된 후회를 보고 싶지 않았다.

"가봤자 결국 탑승을 거절당할 거야. 함께할 수 없어. 그러니까 너를 그곳까지 데려다주고, 나는 돌아갈게."

"질 수도 있지."

"네가 생각하는 것보다 그 애는 더 통제가 안 되는 애야."

"이상하다."

은미가 소녀를 보았다. 소녀의 얼굴은 의문으로 가득했다.

"우리 엄마는 완벽하게 통제되는데도 위험한데. 위험하면 가서는 안 된다는 건가. 그러면 우리도 가면 안 되겠네. 가지 말자, 그럼."

그런 뜻이 아니라고 말하려는데, 소녀가 은미에게 틈을 주지 않고 말을 이었다.

"나도 그래. 당신처럼 아니라고, 가라고 할 거야. 당신한테도 마찬가지야. 밖엔 예전만큼 괴물들도 많이 없어. 그리고 나는 총도 있어."

쏘지도 못할 거면서.

"그리고 이제 세상 자체가 통제가 안 되는데 뭐가 문제야?"

"…."

"안 갈 거야? 그럼 후회할 텐데. 사람들이 밉더라도, 밉다고 포기하지 마."

"아빠한테 배웠니?"

소녀는 잠시 고민하다가 고개를 끄덕였다.

훌륭한 아빠를 두었다고, 생각했다. 얼굴도 모르는 소녀의 아빠에 대한 동경과 부러움이 소녀를 바라보는 시선에 담겨 있었고 수치심이 그 감정을 꿰뚫고 있었다.

"응. 가자, 같이."

마음을 함부로 판단하지 말라고, 오해해서 혼자 상처받지 말라는 말을 해주는 엄마가 됐어야 했는데. 그렇지만 은미는 동시에 억울함도 느낀다. 자신도 저런 말을 듣지 못했다는 것에. 그런 시선은 응당 은미가 감당해야 할 것이라고들 말했다. 은미가 선택한 삶이므로. 조금 더 정밀하게 유전자검사를 했다면, 바쁘다는 핑계로 불안한 요소들을 안일하게 넘기지 않았더라면, 자신에게서 그런 아이가 태어나지 않을 거라고, 그렇게 거만 떨지 않았더라면, 그저 한없이 예쁘기만 한 아이를 가질 수 있었노라고.

이제는 남이 되어버린 시아버지는 노윤이가 처음 자폐 진단을 받았을 때 자신이 아끼는 골프채를 닦으며 중얼거렸다.

'요즘 같은 시대에… 직업도 의사인 애가… 어이가 없어서, 참나….'

그 말은 댁 아들한테 해야 하는 말 아닌가요? 어느 문장 하나 끝까지 완성 짓지 않고 중얼거리는 탓에, 은미는 자신에게 하는 말인지 아닌지 헷갈려 그 말을 하지 못하고 입을 다물었다. 식탁 의자에 앉아 있던 노윤이와 눈이 마주쳤다. 노윤이는 할아버지 말을 알아듣는 것처럼 눈치를 보다 눈을 내리깔았다. 고작 세 살이었다. 시아버지는 말을 끝까지 하지 않았으므로 생략된 말이 무슨 뜻이었는지 유추해 내지 못할 나이였을 텐데도 그날 노윤이가 지은 표정은 오랫동안 은미의 등에 붙어 있었다.

이제는 남도 아니게 된 전남편은 은미와 같은 병원에서 근무하는 동료 의사였고, 뇌세포 연구 논문으로 세계적인 주목을 받는 연구자이기도 했다. 그는 노윤이의 상태를 받아들이지 않았다. 받아들이지 않았기에 어딘가에 떠벌리지도 않았다. 떠벌리지 않았기에 혹여나 누군가 알아차릴까 봐 노윤이를 감췄다. 노윤이가 다니던 아동 발달 센터 쪽은 바라보지도 않았다. 그러다 보니 어느 순간, 세상 사람들은 전남편이 결혼했다는 사실도, 발달장애 아이가 있다는 사실도 알지 못했다. 이번 연구를 위해서라고, 이번 연구만 지나면 모든 걸 밝히겠노라 말하는 전남편의 말 꼬락서니가 꼭 범죄를 은폐한 정치인 같았다. 은미는 전남편이 여러모로 경이롭고 신기했다. 아이를 숨길 수 있다고 믿는 것과 그렇게 저이의 삶에서 아이가 흔적도 없이 사라지는 게 가능하다는 것에서. 은미는 왜 그게 안 될까. 처음에는 자기 몸에서 분리된 것이니 완전히 끊어 낼 수 없다고 생각했지만, 그게 아니었다. 책임감의 문제였다.

그와 은미가 가진 책임감의 크기가 달랐다. 삶을 이어간다는 게 얼마나 숱한 죽음을 넘나들어야 하는 것인지, 그런 순간순간에 누구도 도우러 와주지 않을 때의 공포를 느끼며 살아온 은미와 단 한 번도 그런 공포를 느껴본 적 없는 사람의 차이였다. 책임감은 공포에서 온다. 살아가며 느낀 공포가 책임감을 키운다.

전남편은 유능했지만 책임감은 없었다. 연구자가 가져야 할 정도의 책임감만 지녔다. 한 아이의 아빠로는 적합하지 않았다.

전남편은 본인 연구 발표회에서 노윤이를 모르는 척했다. 눈길도 주지 않았다. 은미는 등에 붙은 노윤이의 표정을 떼어 낼 방법을 그곳에서 찾았다. 엄마의 마음을 읽은 것처럼 노윤이가 소리를 질렀다. 분노했다. 사람들의 시선이 전부 노윤이에게 향했다. 그 순간 전남편이 지은 표정이 노윤이의 표정을 떼어 냈다. 전남편의 표정은 은미에게 상처로 남았다. 따갑고 쓰렸지만, 노윤이의 표정이 붙었을 때보다는 나았다. 노윤이의 표정은 숨을 옥죄어 왔다. 숨 쉬는 걸 고통스럽게 했다. 그건 죄책감이었<u>으므로</u>.

이혼 서류에 도장을 찍고 헤어지던 날, 전남편은 안색 좋은 얼굴로 말했다.

'요즘 같은 시대에….'

그놈의 요즘 같은 시대. '시대'가 삶의 범위를 납작하게 누른다. 시대는 자신과 어울리지 않는 사람을 지운다. 차라리 그렇게 벅벅 지워지면 좋으련만. 완벽하게 지워지지도 않고 눌린 자국이 된다. 그것은 산 것도 죽은 것도 아닌 존재.

'너 책임지는 거 아니고 벌받는 거야. 애가 겪을 고통을 같이 겪는 거라고. 네가 선택한 거니까. 네가 조금만 더 조심하고, 검

사만 더 꼼꼼하게 했어도….'

내 탓이구나. 그렇게 정리하면 편했다. 아이가 타인에게 피해를 줄 때마다 정수리가 땅에 닿을 정도로 사과하고 다녔다.

아파트 입구를 나올 때 소녀가 말했다.

"태어난 게 벌이 될 수는 없어. 살아 있는 게 죄인 사람은 없어. 오해하지 마. 가끔 벌처럼 느껴질 땐, 등을 봐. 그 사람의. 노윤이의. 한참 동안 바라보면 햇살에 반짝이는 털들이 보여. 특히 뒷덜미에. 숨을 쉴 때마다 그것들이 움직여. 광대에도 털이 나 있어. 반짝여. 어깨가 미세하게 위로, 아래로, 또 위로, 다시 아래로… 숨을 쉴 때마다 바뀌어. 표정은 알 수 없지만, 알 수 없어서 더 편하고 때로는 슬퍼. 얇은 옷에 앙상하게 튀어나온 척추가 보여. 오돌토돌. 가녀리지만 단단함이 느껴져. 뼈로 이루어진 몸. 당장 죽을 것 같고, 가끔은 이미 죽은 것 같은데, 당장 무너질 것 같은 몸에도 이토록 단단한 뼈가 있구나. 무너지지 않겠구나. 나약하지 않구나. 살아 있구나. 살아 있는 걸 마음에서 죽이지 말아야지. 살아 있는데 미리 죽이지 말아야지. 살아 있다는 것만 생각해야지."

노윤이의 등을 본 적 있던가. 떠오르지 않는다. 항상 노윤이를 안고 있었다. 움직이지 못하도록, 소리치지 못하도록. 하지만 어느 한편으로는 외면한 것도 있었다. 그 등을 오래 바라보지 못했다. 배경은 언제나 창문 앞, 좁은 방 안, 진료실 복도, 친구 없는 놀이터. 게으르고 겁 많은 무대 감독은 새로운 배경과 인물을 추가하지 못했다. 기껏해야 가끔 창틀에 앉았다 가는 새. 그러나 만지고 싶어 하는 노윤이가 만지지 못하도록 창문을 굳게 잠가 두었다. 새벽의 어스름한 빛이나 한낮의 선명한 햇빛마저도 같은 온도로 만들어 버리는 타인의, 가족의, 사랑하는 이의 등.

"등을 매일같이 보며 사는 게 쉽지 않았을 텐데."

여러 이유로 타인의 등을 오래도록 바라보고 있는 일은 지난하고 슬픈 행위였다.

"쉽지 않아도,"

"…"

"등이라도 어디야."

슬픈 행위를 여러 번 반복한 아이는 물먹은 솜처럼 자라나는 걸까. 빠르게, 무겁게. 젖은 솜은 소리를 내지 않는다.

"등을 볼 수 있는 게 어디야."

소녀는 어쩔 수 없게도 어른이 되었구나.

"뻗으면 만질 수 있는 게 어디야."

그러면 언제든 다시 아이가 되어도 좋으련만. 은미는 소녀를 햇볕 내리쬐는 곳에 바싹하게 말려주고 싶었다. 작은 스침에도 바스락, 바스락 요란한 소리를 내뱉도록.

소녀의 아빠가 소녀에게 사람을 끌어안는 법을, 그렇게 세상 속에 섞여 살아가는 법을, 그 속에서 스스로를 지키는 법을 가르쳐 주었다면, 소녀의 엄마도 그 존재로서 소녀를 키웠다. 엄마의 등을 보고 무럭무럭 자란 소녀는 이런 세계조차 품을 수 있게 된 것이다.

은미가 소녀를 뒤따랐다. 소녀가 걸어가는 길에는 바큇자국 사이에 두 개의 발자국이 찍혔다. 그것은 마치 이 세계를 빠져나가는 친절한 도로 유도선 같았다. 어디선가 안내 음성이 환청으로 들려온다. *살고 싶다면 이 길을 따라오세요. 이 길을 따라 직진하세요. 도로 바깥에서 튀어나올지도 모르는 짐승을 주의하십시오. 빠져나가는 길이 없을 수도 있습니다.*

아파트 지상 주차장에 쓰러진 묘비처럼 놓여 있는 차들을 지나쳤다. 휠체어 바퀴 소리만이 정적 속에서 아주 희미하게 들려왔다. 거리에는 시체들이 많다. 아주 오래되어 백골이 된 것부터 죽은 상태로 너무 오랫동안 돌아다니다가 괴물의 모습 그대로 미라가 되어버린 시체들까지. 시체들 위로 싹이 트고 있다. 넝쿨이 뒤덮고 있다. 지구라는 거대한 관 안에서 순장된 모든 것들이 서서히 썩어가고 있었다.

은미는 뒤집힌 차를 바라보았다. 운전석 창문은 깨져 있었다. 저 자리에 앉아 있던 운전자는 무사히 도망쳤을까. 아직 사람일까. 아직 지구에 있을까. 몇 퍼센트의 인구가 지구를 떠났고, 지구에 남아 있고, 그중 온전한 인간은 어느 정도인지 그 어느 것도 알 수 없었다. 그래서 가끔은 아무도 떠나지 못한 것 같았고, 혹은 이곳에 남은 것이 자신과 노윤이뿐인 것처럼 느껴지기도 했으며, 모두가 변한 것 같다가도 실은 아무도 변하지 않았는데 자신만 미쳐버린 건 아닐까 싶기도 했다.

앞서 걷던 소녀가 걸음을 멈추고 뒤돌아서 은미를 바라보았다. 입술 한 번 벙긋하지 않았지만 길을 묻고 있다는 걸 바로 알 수 있었다. 은미는 그제야 주위를 살폈다. 낯선 동네인 줄 알았으나 익숙한 글자가 적힌 표지판이 보였다. 다행히 집과 멀지 않은 곳이었다. 버스로 세 정거장. 도보로는 40분 정도의 거리였고, 육교가 있는 4차선 도로에서 좌측으로 꺾으면 8층짜리 상가 건물이 있고, 그 건물 4층에는 은미가 다녔던 정신 상담소가 있다. 은미는 그 건물을 등지고 걸으며, 그 친절했던 상담사는 아직 인간일지, 무사히 지구를 떠났을지 생각했다. 어쩌면 정말로 다음 세대 인류로 진화했을지도 모르지.

'다르고 낯선 게 꼭 부정적일 이유는 없죠. 우리가 다른 존재를 배척하는 건 상대가 본인 상식 안에서 해결되지 않는 예측 밖의 일을 벌이기 때문이에요. 상대를 알지 못하면 두려워하게 되고, 두려움은 혐오와 기피의 모습으로 바뀌죠. 인류는 알지 못

하는 상대를 두려워하도록 진화했으니까요.'

'진화란 것이 서서히 퍼지고 섞이는 게 아니고 이렇게 우뚝 솟아오르는 건가요?'

상담사는 친절했으므로, 수송선에는 그가 탈 자리가 있었을 것이다.

'자연스러운 진화란 없어요. 수만 년이라는 시간이 모든 걸 매끄럽게 보이게 하지만, 사실 모든 진화는 돌연변이의 발생이고 돌연변이는 언제나 집단에서 배척되고 사냥당했죠. 진화란, 그러니까 특별하다는 것은, 다 그런 겁니다.'

하지만 친절했으므로, 상담사는 누군가에게 자신의 자리를 양보했을지도 모른다.

'진화는 어쩌면 도태일지도 모르겠네요. 결국 혐오로 인해 멸종하게 되니까.'

'아뇨. 그러다 어느 순간 돌연변이가 전체를 이기는 순간이 옵니다. 그렇게 비약적인 진화 단계를 밟게 되죠. 늘 급하게, 늘 갑작스럽게, 늘 고통스럽게…'

어느 쪽이든 은미는 상담사가 다수의 편에 있길 바랐다.

'그러니 죄책감에서 그만 벗어나요. 두려움은 본능이에요. 노윤이의 진화와 상관없이, 우리는, 당신은 보편적인 인류니까. 노윤이를 두고 떠났던 그날의 당신을 그만 이해해 주세요. 그리고 그때의 당신은 결국 다시 노윤이에게 돌아갔잖아요. 없었던 일로 하자는 게 아니에요. 바꿀 수 없는 사실이라면 숨 쉴 수 있는 구멍이라도 뚫어줘야 한다는 거예요. 내버려두면 곪고, 터지고, 염증을 일으키니까.'

소녀가 은미의 팔을 거세게 붙잡았다. 생각에 빠져 있던 은미는 우악스러운 손길에 걸음을 멈췄고 하마터면 터지려는 비명에 다급히 손으로 입을 틀어막았다. 다행히 적막은 깨지지 않았다. 소녀가 건널목을 가리켰다. 건널목 중앙에 우두커니 서 있는 형체가 보였다. 어두운 밤이어서 뚜렷하지는 않았지만 딱 봐도 그것은 사람의 형상을 하고 있어도 사람은 아니었다. 힘없이 늘어진 몸을 하고, 살짝만 건드려도 중심을 잃고 무너질 듯 위태롭게 흔들거리는 몸. 소녀가 천천히 휠체어 방향을 바꾸었다. 바퀴가 파편을 밟아 으깨며 옅은 소음이 퍼졌다. 그것이 목과 어깨를 움츠리며 고개를 돌렸다. 저것들은 이제 예전만큼 빠르지 않다. 그들도 결국 식량 부족이라는 한정적 공간과 유한한 자원의 한계에 부딪힌 것이다. 살아가는 것은 결국 다 똑같은 걸까. 죽어서도 살아가야 하는 고단함이 살아 있을 때와 다르지 않다니….

그것이 돌아본다. 노윤이의 얼굴을 하고. 은미가 놀라 몸을 떨었다. 눈을 감았다 뜨자, 노윤이의 얼굴은 사라지고 낯선 얼굴이 보였다. 잘못 보았다는 걸 알게 된 후에도 은미의 얼어붙은 몸은 녹지 않았다. 앵무새가 날아와 은미의 어깨에 앉아 귓불을 아프지 않게 깨물었다. 그것이 꼭두각시 인형처럼 고개를 둔하게 꺾어가며 소리의 근원지를 찾아 헤매는 사이, 은미는 이미 멀어진 소녀를 뒤쫓았다.

'죄책감을 떨쳐 내기 위해 노력해야 해요. 알겠죠? 벗어날 수 있어요. 할 수 있다고, 자신에게 말해주세요.'

상담사의 말이 머릿속에 맴돌았다. 목발이 잡초에 미끄러지며 은미가 바닥에 나뒹굴었다. 소리를 지르지 않으려 필사적으로 입술을 깨물었다.

'네. 할 수 있을 거예요.'

은미는 상담사 앞에 앉아선, 마치 할 수 있다는 듯이 동조하던 자기 모습을 떠올린다. 우습다. 시공간을 뚫고 갈 수만 있다면 과거 자신의 뒤통수를 시원하게 날려주는 건데.

소녀가 다가와 넘어진 은미의 팔을 붙잡아 일으켰다. 그리고 조금의 주저함도 없이 은미를 업었다. 달릴 때마다 소녀의 단단함이, 철근 같은 강인함이 온몸으로 느껴졌다. 자신보다 한참 어린 소녀에게 업혀 도망치는 꼴이, 마치 살겠다고 어린아이의 삶을 갉아먹는 것 같아 고통스러웠다. 매번 이런 식이다. 죽어 마땅한 순간이 될 때마다 은미를 살린 것은 아이들이었다. 어쩌다 나 하나 책임지지 못하면서 무책임하게 어른이 되었는가. 멸망한 세상에서도 부끄러움이라는 감정이 죽지 않고 살아 있어, 은미는 소녀의 등에 업혀 울었다. 그것이 더 부끄럽고 창피한 짓인 줄 알면서도 울었다. 그러면서 빌었다. 소녀가 부디 자신을 버리지 않고 끝까지 데리고 가서 노윤이를 다시 만나게 해주기를.

 노윤이를 우주로 보내주기를.

 하필이면 차가 고장 났고, 그곳으로 향하는 버스는 이미 끊겼고, 택시도 잡히지 않아 은미는 달렸다. 하지만 이상하게도 빨리 가야 한다는 마음과 가다가 차에 치여 죽은 줄도 모르게 죽고 싶다는 마음을 동시에 품었다. 보고 싶지만 안타깝게도 볼 수 없었으면 했다. 노윤이는 똑똑한 아이다. 은미가 자신을 버리기 위해 그곳에 데려다 놓았다는 것을, 금방 올 거라는 말이 거짓이라는 것을, 나약하고 치사한 엄마라는 것을 다 알고 있을 것이다. 그래서 두려웠다.

 보육원 입구에 우두커니 서 있던 노윤이의 뒷모습. 지구의 어슴푸레한 시간에 함께 묻혀 무채색 덩어리 같았던 그 뒷모습. 세상에 홀로 남은 마지막 생존자 같았던 뒷모습. 유일하게 진화에 성공한 노윤이가 승리한 세계. 진화는 왜 외롭게 이루어지는가. 은미는 노윤이를 부르지 못하고 아이의 등을 한참 바라보았다.

 (며칠 후 상담사와 다시 만났을 때, 은미는 상담사에게 말했다. 그것은 진

화가 아니었노라고, 그것은 진화라는 거창한 이름으로 부를 만큼 특별하지 않더라고, 그 뒷모습은 당신과 나와 저들과 다르지 않더라고. 그것은 진화 같은 것도, 다른 무엇도 아니라 그냥 그렇게 있는 것이라고, 우두커니, 새벽 속에, 어둠 속에, 사람들 틈에 가만히 서 있으면 아무도 구분하지 못할 정도로. 그러므로 자신은 그냥 버린 것이라고. 그냥, 이유도 없이.)

노윤이에게 고등학생쯤으로 보이는 남자아이가 다가왔다. 은미는 본능적인 두려움을 느끼며 노윤이에게 다가가려고 했으나, 저 멀리서 "야!" 하고 부르는 여자아이의 목소리가 들렸다. 남자아이와 비슷한 나이로 보이는 여자아이가 다급하게 뒤쫓아 왔다. 품에는 담요와 빵, 우유, 생수가 안겨 있었다.

'이거라도 먹으면서 봐. 어제 저녁 안 먹었잖아. 그리고 이거 둘러. 추워.'

여자아이는 노윤이의 손에 빵을 쥐여준 뒤 어깨에 담요를 둘러주었다.

'나도 챙겨 왔지! 여기 봐봐. 토성의 고리가 보여.'

남자아이가 가방에서 무언가를 꺼냈다. 자세히 들여다보니 렌즈가 꽤 길고 큰 망원경이었다. 노윤이가 잘 볼 수 있도록 렌즈를 붙잡아 주었고, 노윤이는 남자아이의 도움을 받으며 렌즈를 들여다보았다.

우와. 감탄을 내뱉으며 벌어진 노윤이의 입에서 입김이 퍼졌다. 노윤이는 그렇게 오랫동안 같은 자리에 서서, 몸을 비틀거나 소리를 지르지도 않고 망원경으로 우주를 관찰했다. 노윤이가 저토록 무언가를 집중해서 바라보고 있는 모습은 처음이었다. 낯설었고, 신비로웠다. 어쩌면 노윤이에게 지구가 작고 따분했을지도 모른다. 은미도 오전 회의나 한낮의 고즈넉함을 무료하고 답답하게 느꼈고 그럴 때면 따분함에 몸을 비틀거나 시원하게 소리 지르고 싶은 욕망을 느끼지 않았던가. 여태껏 이해할 수 없던, 혹은 치료되지 못할 병이라 생각했던, 포기하고 놓아주어야 한다고 믿었던 노윤이의 세계를 이제야 조금 엿보게 된 것 같았다. 세계가 좁았다. 지구가 작았다. 더 많은 것을 느끼는 아이에게.

여자아이와 눈이 마주쳤다. 아이는 은미가 누구인지 바로 알아본 듯이 소리 없이 꾸벅, 인사했다. 여자아이의 행동에 남자아이도 고개를 돌렸다. 그 아이도 고개를 주억거리며 인사를 해 왔다. 여자아이는 은미에게 지금은 아니라고, 돌아가도 된다고 손짓했다.

저희가, 챙겨요, 재워요. 해 뜨면, 다시 오세요.

은미는 정오쯤 피자 열 판을 들고 그곳을 다시 찾았다. 여자아이와 남자아이, 그리고 노윤이는 면담실에서 따로 피자를 먹었다. 눈치 보는 은미와 그런 은미의 눈치를 보던 남자아이. 그러다 남자아이가 노윤이에게 어제 망원경을 통해 본 우주가 어땠는지 물었다. 노윤이는 흥분을 감추지 못하고 떠들었다. 그 웃음소리가 은미에게 달라붙어 있던 죄책감을, 누구도 떼어 내지 못했던 끈적한 그것을 살살 녹였다. 그리고 은미는 노윤이가 남자아이를 볼 때마다 수줍게 볼을 붉히며 몸을 꼬는 것을 보았다. 사랑에 빠진 어린 여자아이의 모습이었고, 그 설렘이 은미에게 옮겨 온 듯 마음이 콩닥콩닥 뛰었다.

남자아이가 노윤이를 데리고 손을 씻기 위해 화장실로 간 사이, 은미는 여자아이에게 미안하다고 말했다. 여자아이는 대답 없이 묵묵히 식사를 마친 식탁을 정리했다. 사과를 받아줄 마음이 없는 걸까. 거절당했다는 생각에 은미는 멋쩍어하며 더 말을 걸지 않았다. 자신이라도 싫었을 것이다. 은미를 보며 자신을 이곳에 두고 간 엄마가 생각났을 테니까. 사과는 기만이었을 테지.

'인간이 우주보다 넓어요.'

반듯하게 펼친 피자 상자를 쓰레기통 옆에 놓으며 여자아이가 말했다.

'왜인 줄 알아요?'

여자아이가 은미와 눈을 맞추며 물었다. 답을 알지 못해 해줄 말도 없었지만, 애초에 여자아이는 답을 원하는 것 같지도 않았다. 은미가 어떤 답을 하든 오답이 될 거였다.

'우주를 정의 내린 건 인간이잖아요. 저 밖에 있는 공간을 우주라고 부르자고. 저기에 우주가 있다고. 더 큰 것에 작은 것이 담기는 게 진리니까. 우주는 제 안에 인간이 있다는 것도 모르고 팽창하지만, 인간은 우주를 알고, 우주를 명명하고, 우주를 헤아리려 하잖아요. 사람들은 우주에 우리가 속해 있다고 생각하지만 반대예요. 우주가 우리 뇌에 담긴 거예요. 더 큰 쪽이 늘 작은 걸 이해해요. 더 큰 게 언제나 더 고요하고, 잠잠하고, 잘 견뎌요. 노윤이요, 엄마의 마음을 알고 있어요. 사람들이 자기를 어떻게 보는지도 알고 있어요. 그런데 참고, 견디고 있어요. 세상이 노윤이를 이해하는 속도보다 노윤이가 세상을 훨씬 빨리 이해했으니까.'

그 말을 들으며 은미는 울었다. 자신이 울고 있다는 사실은 나중에 알았지만.

'노윤이 눈엔 우주가 있어요. 그래서 어제 너도 우주에 가고 싶니 하고 물었더니, 가고 싶대요. 그래서 약속했어요. 저랑 제 친구는 우주로 가기로 했거든요. 나중에 노윤이도 우주로 보내주세요. 우주는 용감한 개척자가 필요해요. 우주를 두려워하지 않는 사람.'

'…'

'우주보다 큰 사람.'

여자아이는 복도 끝에서 오고 있는 두 사람을 향해 손을 흔들었다.

'묵호야, 빨리 와! 아주머니가 노윤이랑 가신대.'

두 사람은 서로에게만 들릴 듯한 목소리로 대화를 나누며 걸었다. 목발을 잃은 은미는 휠체어 손잡이를 지지대 삼았다. 그들을 쫓아오는 괴물은 없었다. 거리는 세 사람과 앵무새뿐인 것처럼 보였는데, 자세히 살펴보면 어둠 속에 희미한 형상들이 언뜻 보였다. 어떤 형체는 길을 지나가는 고라니 같기도 했지만, 어떤 형체는 명확한 인간이었다. 하지만 위협은 되지 않았다. 모든 형상이 앙상하게 말라 있었고, 기력 없이 느릿하게 걷거나 땅에 심어진 것처럼 서 있을 뿐이었다. 그렇지만 안심할 수는 없었다. 아주 간혹, 여전히 기력을 잃지 않은 것들이 튀어나오기도 했으므로.

소녀는 걸으며 자주 주변을 살폈고, 가까운 곳에 시체가 있으면 꼭 얼굴을 확인했다. 아빠를 찾는 것이냐고 묻자, 소녀는 그렇다고 대답했다. 만나지 못한 지 3년이 되었다고 했다.

"차라리 시체로 있었으면 좋겠어. 죽어서 움직이지 말고."

소녀가 덤덤하게 말했다.

"죽어 있는 사람을 볼 때마다 아빠였으면 하고 봐. 해골이 된 시체들은 옷이나 소지품을 보고. 근데 여태껏 아빠 같은 시체는 못 봤어."

"어딘가에 살아 계셔서 그런 걸 거야."

"근데 이상하게 살아 있지 않았으면 해. 이상해."

"다수가 편하지. 이런 세상이라도, 역시."

은미가 말했다. 그 마음이 정말로 무엇인지 알 것 같았다.

"저렇게 변하는 게 편하다는 건가."

소녀가 반문했다.

"아무래도."

은미도 저들처럼 변하기를 바랐던 적이 있었다. 죽는 것과 다르지 않다면 스스로 목숨을 끊는 것보다 물리는 것이 더 수월할 거라고 말이다. 자신이 변하면 노윤이도 변할 것이다. 자신이 노윤이를 물 테니까. 실제로 시도도 했다. 절단된 다리가 그 결과였다. 정강이를 물렸다. 누군가 심장을 움켜쥔 것처럼 옥죄여 왔고 다리가 뜨거웠다. 그대로 두었으면 됐을 텐데 노윤이와 눈이 마주쳤다. 그 눈빛을 판독할 틈도 없이 은미는 제 다리를 잘랐다. 동맥 한 번 긋는 것이 되지를 않아 물리기를 택했음에도 그 순간에는 망설이지 않았다. 은미는 노윤이를 안고 울었다. 미안하다고 울며 빌었다. 하지만 은미는 이따금 당시의 자신을 돌아보며 의심했다. 정말로 노윤이에게 미안해서였을까. 그저 죽었다 살아난 안도감이 아니었을까. 사실은 누구보다 살고 싶었던 거다. 치사하게.

아파트 단지로 들어왔다. 곳곳이 썩어 무너져 내린 놀이터 미끄럼틀 위에 우두커니 앉아 하늘을 올려다보고 있는 형상이 보였다. 언뜻 사람 같은 행동이었지만 밤하늘을 가로지르는 은하수 빛에 은은하게 비친 외관이 인간은 아니었다.

"저렇게 되면 편해."

저것의 생김새를 확인한 후에야 소녀는 멈춰 서서 응시하던 시선을 돌리며 말했다. 끝음절을 미묘하게 올린 것 같기도 하고, 아닌 것 같기도 했다. 저렇게 되면 편하다는 것인지 편하냐고 묻는 것인지 헷갈려 은미는 곧바로 대답하지 못하고 고민에 빠졌다. 그렇지만 소녀 역시 저것이 되어본 적은 없었을 테니, 묻는 것일 테지.

"불편할 이유랄 게 없지 않을까. 기억이 없으니까."

"기억이 없다고 왜 확신해?"

"기억이 있으면 저렇게 인간을 먹으려고 하지 않을 테니까."

"그러면 기억을 못 하는 상태가 좀비인 건가."

소녀의 결론은 너무 비약적이었지만, 은미는 고개를 끄덕였다.

"엄마는, 아주 오래전부터 좀비였던 거구나."

망할. 은미가 입술을 깨물었다.

"미안."

그리고 곧장 사과했다.

"사과할 일 아니야. 오히려 좋아. 엄마가 드디어 다수가 된 세상."

"어머니가 너를 기억하지 못한다고 어떻게 확신해?"

"나는 확신 안 해. 다른 어른들이 그렇게 말한 거지. 나는 엄마가 나를 기억하고 있다는 거 알아."

소녀의 말에 은미는 섣불리 안쓰럽게 생각한다.

"숨은 잊을 수 없거든. 내가 태어났을 때 엄마가 들었을 테니까. 사람의 숨은 잊지 못한다고 했어. 그게 무슨 말인지 나도 이제 알아."

"…그래서 좀비에게 기억이 있을 수 있다고 물은 거구나. 그래, 기억이 있을 수도 있겠어. 기억은 있지만 먹고자 하는 욕구를 더 주체할 수 없는 거지."

"언젠가 먹고자 하는 욕구를 기억이 이기는 순간도 오려나."

"올 수도 있지. 세상이 이렇게 될 줄 아무도 몰랐듯이. 앞으로 어떻게 변할지 또 모르지."

"우리랑 같을까."

"같을 수도 있고 다를 수도 있지. 특별한 능력이 생겼을 수도 있고."

"하늘을 날아! 하늘!"

앵무새가 거들었다.

"얘는 원래 키우던 새야?"

"아니. 아파트 배수관에 갇혀 있었어. 구해줬더니 가라고 해도 안 가. 근데 조용히 하라면 조용히는 해. 그래서 같이 있어."

"나 말 잘 들어. 인간. 너보다 말이 더 잘 통해."

은미는 앵무새의 말을 가볍게 무시하고 소녀에게 물었다.

"엄마는 언제부터… 어쩌다…."

"나도 몰라. 내가 태어나고 얼마 안 됐을 때라. 언뜻 기억하기로는 옆집 아주머니가, 일하다가 방사능에 노출됐다고 했던 것 같기도 하고, 어디서 떨어졌다는 것 같기도 하고."

소녀는 다른 사람 이야기를 하는 것처럼 대답했다. 저 문장을 덤덤하게 내뱉기까지 얼마만큼의 시간이 걸렸을까. 어쩌면 은미처럼 긴 시간이 아니었을지도 모른다. 은미가 노윤이를 처음 만난 순간부터 노윤이가 이러했듯이, 소녀 역시 기억이 남기 시작한 이후로 그녀는 줄곧 저런 모습이었을 테니까. 인정. 다르게 말하자면 포기. 덜 비관적으로 말하자면 수용. 이런 단어를 감정에 붙이려면 비교 대상이 필요했는데, 노윤이와 그녀 둘 다 은미와 소녀에게 비교할 이전의 모습이 존재하지 않았다.

"아무것도 모르는 채로 돌본다는 게 쉽지 않았을 텐데."

"알면 좀 수월해지나 보네."

"…아니, 아니야. 수월해지지 않아. 똑같아."

"별로 안 중요하다는 거네. 안 중요한 거에 힘 쏟지 않을래."

은미가 동 입구를 막은 바리케이드를 치우며 건물로 들어갔다.

"여기 2층이야."

원래 집은 1층이었지만, 현재 머무는 곳은 그 위층이었다. 위층에는 90세 넘은 할머니 홀로 살았다. 경비원에게 듣기로 할머니가 원래는 대학교수였고 과학을 가르쳤다는데, 경비원이 다른 주민과 대화 나누는 걸 훔쳐 들은 것인지라 더 자세히는 알지 못했다. 발소리가 워낙 조용조용한 분이라 사는 동안 위층에 사람이 산다는 기척을 거의 듣지 못했는데, 유일하게 시끄러워지는 순간은 손자들이 찾아올 때였다. 아직 초등학생인 손자들이 할머니 집을 뛰어다닐 때면 천장의 형광등이 떨릴 정도로 쿵, 쿵 진동이 느껴지기는 했지만 그것도 저녁쯤 잠시 동안이었다. 당직을 하거나 수술이 있어 피곤한 날에는 이미 손자들이 집에 간 후라 은미로선 피해를 입지도 않았다. 그런데도 할머니는 손자가 오기 하루 전에 꼭 각종 간식을 쇼핑백에 가득 담아 양해를 구하러 내려왔다. 편의점에서 파는 과자와 시장에서 산 떡이 담겨 있었는데, 손자들을 맞이하기 위해 바리바리 산 것임이 눈에 훤했다. 오히려 양해를 구해야 하는 사람은 밤마다 수가 틀리면 소리 지르는 노윤이와 함께 살고 있는 은미였음에도. 노윤이는 위층 할머니를 '과자 할머니'라 부르며 좋아했다. 할머니가 찾아오면 집중해서 그림을 그리고 있다가도 색연필을 놓고 달려 나가 할머니를 마중했다. 정확히는 할머니 손에 들린 간식 쇼핑백을 낚아채듯 빼앗고는 했다. 그래서 은미는 할머니가 또다시 간식 쇼핑백을 들고 찾아왔을 때, 며칠 전 백화점에서 사 온 고급 단팥묵을 할머니에게 건넸다. 참 맛있겠다고 좋아하는 할머니에게 은미는 밤마다 노윤이가 시끄럽게 해서 죄송하다는 사과를 덧붙였다.

노윤이 엄마. 손을 좀 잡아봐도 돼?

은미는 얼떨결에 고개를 끄덕이며 손을 내밀었다.

의사 손이 차네, 차.

할머니는 은미의 손을 잡고 오래도록 주물렀다. 손은 조금씩 따뜻해졌다.

노윤이 일을 일일이 다 사과하고 다녀서 되겠어? 뭐만 하면 지레 겁먹어서 사과부터 하는 거, 안 그래도 돼. 노윤이가 살아가는 건 미안해할 일이 아니야. 남들은 뭐 남한테 피해 한 번 안 끼치고 사는 거겠어? 나야 우리 손자들이 워낙 시끄러우니까 겸사겸사 인사하는 거지. 그리고 애들 주려고 잔뜩 사면 늘 많이 사게 돼서 노윤이도 먹으라고 주는 거고, 노윤이 엄마, 가끔 창밖을 봐. 도시에도 새가 많거든. 다 똑같은 새 같겠지만 유심히 보면 이 새, 저 새, 생김새도, 사는 방식도, 먹이도 다 달라. 깃털도 다 같지 않고, 나는 방법도 다 달라. 원래 좋은 다 다양해. 아기는 미숙하고, 어린이는 시끄럽고, 청년은 혼란하고, 노인은 느리고 그런 거지. 세상살이 대부분을 보면 우리는 비정상의 범주에 속해 있지. 의사니까 더 자주 느끼지 않나? 세상에 안 아픈 사람이 어디 있나.

이제 할머니 집엔 할머니는 없고 노윤이와 은미가 머문다. 할머니가 떠나기 전, 은미에게 현관 카드키를 주었다. 1층보다는 2층이 안전하지 않겠냐며. 싱크대 밑에 손주들 주려고 사놨던 간식 많다면서. 할머니는 새벽에 떠났다. 자식들이 데리러 오거나 수송 차량을 탈 줄 알았으나 어슴푸레한 새벽, 처음으로 계단을 밟고 내려가는 할머니의 발소리를 듣고 깬 은미는 커튼 사이로 아파트 단지를 홀로 걸어가는 할머니의 뒷모습을 보았다. 할머니는 산책하듯 걸었다. 저 멀리 할머니를 발견하고 달려오는 괴물들이 보였다. 은미는 끝까지 보지 못하고 커튼을 닫았다. 할머니 집에는 한 달 후에 식량이 떨어져 올라갔다. 아무도 침범하지 않은 그 집은 퇴근 후 샤워를 마치고 누운 침대처럼 아늑했다. 싱크대 밑을 열었다. 손주들에게 주기 위해 샀다기에는 너무나도 많은 양의 식량이 모든 서랍 구석구석에 채워져 있었고 그

가운데에 새 스케치북과 색연필이 있었다.

소녀가 그녀를 업었고, 은미가 휠체어를 들고 계단을 올랐다. 소녀가 숨소리를 내지 않기 위해 참는 것이 보였다.

"이 동에는 없어. 내가 다 확인했어."

그러자 소녀가 옅은 한숨을 내뱉었다.

현관문 바깥에 설치한 자물쇠를 열었다. 문을 열자, 가지런히 놓인 노윤이의 신발이 보였다. 안도도 잠시였다. 빛 한 점 들어오지 않게 가려둔 커튼이 열린 창문으로 들어오는 바람에 나부꼈다. 놀란 은미가 베란다 창으로 달려갔다. 다급하게 주위를 둘러보았다. 그 어디에도 노윤이의 모습이 보이지 않았다. 화단에 시체도 없었고 핏자국도 없었다.

"카카포."

소녀의 목소리였다.

"카카포, 알아?"

은미가 뒤돌았다. 소녀는 스케치북을 들고 화장실 앞에 서 있었다. 소녀가 마주 보고 있는 대상을 향해 웃었다.

"신기하다. 카카포 아는 사람 나 말고 처음 본다."

창을 뛰어내린 게 아니라는 안도감을 안고서 은미가 소녀에게 향했다. 소녀가 손을 흔들었다.

"네가 저 아줌마 딸이냐?"

노윤이에게.

얼굴을 뒤덮은 긴 머리카락 사이로 호기심 어린 눈이 연신 소녀를 탐색했다. 그 눈동자는 소녀가 마주쳤던 눈 중 홍채가 가장 옅고 투명했다. 속눈썹은 그 끝이 서로 얽혀 있을 정도로 길었고, 유난히 뾰족한 송곳니가 아랫입술을 짓누르며 튀어나왔다. 한기가 느껴진다. 손끝도 스치지 않았지만 노윤이에게선 냉동실에 오래 머물다 나온 듯한 서늘함이 느껴졌다. 소녀는 노윤이의 나이를 가늠해 보았다. 자신과 비슷한 나이처럼 보였기 때문이었다. 세상이 멀쩡했으면 사는 곳도 가까웠으니 어쩌면 같은 고등학교를 다녔을 확률이 높았고, 카카포를 알고 있는 것으로 보아 필시 친해질 운명이었을 것이다.

노윤이는 색연필을 쥔 채로 소녀에게 손을 뻗었다. 새의 발톱처럼 꺾인 손가락을 억지로 펴냈다. 소녀가 노윤이의 손을 맞잡았다. 두 사람을 바라보던 은미는 언젠가 노윤이가 그려주었던 카카포를 떠올렸다. 날지 못하는 새. 진화 과정에서 천적이 없어 새의 생존 무기인 비행을 포기한 새. 그런데도 새인 새. 새의 학명으로 불리기에 다른 조건은 더 이상 필요하지 않은 새. 소녀를 마주 보는 노윤이를 본다. 은미는 노윤이가 또래와 함께 있는 낯선 모습을, 하지만 어디선가 봤던 것만 같은 그 모습을 주시했다. 언젠가 둘이 마주친 적이 있었을까. 기억하지 못하지만 은미가 스치듯 봤던 한 장면에서 두 사람이 함께 있던 적이. 그게 아니라면 은미가 그토록 바라며 상상하던 순간과 비슷해서일지도 모른다. 노윤이가 웃는다.

소녀와 소녀다.

은미 앞에 소녀와 소녀가 있다.

두.

두두.

두두두두.

"헬리콥터다, 헬리콥터!"

앵무새가 외쳤다. 헬리콥터의 프로펠러 소리가 가까워지고 있었다. 은미와 소녀가 눈을 마주쳤다. 두 사람은 헬리콥터가 자신들이 타야 할 마지막 구조 헬기임을 바로 깨달았다. 헬리콥터의 소리를 듣는 것도 햇수로 3년 만이었다. 그들이 타야 할 구조 헬기 외에 또 다른 헬리콥터가 지나갈 리 없었다. 헬기 소리에 죽어가던 괴물들이 하나둘씩 거리로 튀어나왔다. 저들에게도 이 소음이 마지막 희망이라는 듯이.

소녀가 먼저 현관을 통과했다. 소녀는 자신이 어떻게든 붙잡겠다고 소리쳤는데, 계단을 내려가던 소녀의 걸음이 우뚝 멈췄다. 닫히지 않은 현관 사이로 굳은 소녀의 모습이 보였다. 소리를 듣고 깨어난 괴물과 마주친 것일까. 은미가 무기로 쓰기 위해 주워 온 골프채를 쥐었다. 다행인 것은 소녀에게 총이 있다는 것이고, 불행인 것은 소녀가 총을 쏠 마음이 없어 보인다는 것이다. 혹여나 자신이 낸 소리가 괴물을 자극시켜 소녀를 공격할지도 모른다는 생각에 은미는 최대한 발소리를 줄여 현관으로 다가갔다. 불이 들어오지 않는 컴컴한 계단에 소녀 앞에 마주 선 괴물이 온전하게 보이지는 않았지만 무언가 서 있다는 것은 확실했고, 옷차림이나 언뜻 보이는 손과 팔의 모습이 남자인 것 같았으며 중심을 제대로 잡지 못하고 몸이 계속 흔들리는 것이 괴물이 맞기는 맞는데, 그 괴물을 보는 소녀의 눈이 은미를 멈추게 했다. 계단 창으로 들어오는 우주의 빛이 소녀의 눈을 희미하게 비췄다. 일렁이는 것은 빛인가 눈물인가. 우주에 잠긴 것처럼 소녀가 숨을 멈춘다. 앞에 서 있던 그것이 소녀에게 달려들 것처럼 팔을 뻗는다. 은미가 골프채를 움켜쥐고, 소녀가 숨을 뱉는다. 한숨 같은 긴 숨이 소녀의 입에서 미적지근하게 흘러나온다. 떨림과 울음이 은은하게 뒤섞인 숨. 그것이 손을 멈춘다. 소녀를 가만 바라본다.

"…올라가요."

그것에게서 눈을 떼지 않고 소녀가 은미에게 말했다.

"옥상으로 가요."

"…."

"빨리!"

그것을 앞에 두고도 소녀는 겁 없이 소리쳤다. 저것이 자신을 공격하지 않을 거라는 확신에 찬 목소리였다. 은미는 노윤이의 손을 붙잡고 현관을 벌컥 열었다.

"올라가."

노윤이에게 말했다.

"뛰어 올라가."

"뛰어?"

"어, 뛰어, 옥상까지 쉬지 말고 뛰어!"

"두 칸씩 밟아도 돼?"

은미가 고개를 끄덕이자 노윤이가 배시시, 웃었다. 잔뜩 신난 얼굴로 계단을 두 칸씩 밟으며 올랐다. 은미는 도로 집으로 들어갔다. 거실에 우두커니 있는 그녀의 뒷모습이 보였다.

"끌게요."

은미가 휠체어 손잡이를 잡고 움직였다. 옥상까지 가려면 그녀를 업어야 할 것이다. 시간이 좀 걸리겠지만, 20층짜리 아파트였으므로 어떻게든 해볼 만했다. 은미가 그녀를 업고 오르는 사이 소녀가 먼저 도착해 헬리콥터를 붙잡아 주면 될 터였다. 그런 계획을 세우며 은미가 그녀를 집 밖으로 끌고 나간다.

그녀의 숨이 거칠어진다. 손끝이 떨린다. 은미에게 느껴질 정도로. 그녀의 시선이 소녀에게 머물러 있다. 자신의 딸을 두고 간다고 생각해 화를 내는 걸까. 그런 것이 아니라고 하려던 차에 은미는 그녀의 시선이 닿아 있는 지점이 소녀에게서 더 빗겨 나가 있다는 것을 알아차렸다. 소녀가 뒷걸음질 친다. 은미와 그녀를 확인하고는, 그들한테 달려온다. 그녀의 팔을 어깨에 걸치고 업으려는데, 분명 조금 전까지 가볍게 업히던 그녀의 몸이 바위처럼 움직이지 않는다. 은미는 계단 난간 사이로 노윤이의 위치를 파악했다. 노윤이는 어느새 소리가 잘 들리지 않는 층까지 올라갔다. 은미의 마음이 초조해진다. 당장이라도 소녀와 그녀를 끌고 올라가고 싶은데, 소녀는 움직이지 않는 그녀를 빤히 바라볼 뿐이다. 두 사람을 번갈아 바라보던 은미는, 불현듯 그녀의 눈이 조금 전과 다르다고 생각했다. 말로 형용할 수 없지만 그녀의 눈에 생기가 있다. 마치 눈으로 숨을 쉬고 있는 것처럼. 소녀가 떤다. 숨을 떨고, 손을 떤다. 확실히 알 수 있는 것은 소녀가 지금 결심을 내리고 있다는 것이다. 숱하게 결단을 내려봤기에 은미는 알고 있다. 누군가를 두고 가야겠다는 결단을 내릴 때 사람의 몸이 얼마나 경직되는지를. 두려움이 얼마나 압도적으로 사람의 마음까지 집어삼키는지를. 그리하여 은미가 소녀의 손을 붙잡는다. 세차게 뛰는 소녀의 심장박동이 손바닥에서 느껴진다. 은미가 그 심장을 꽉 붙잡는다. 자신의 손을 붙잡은 은미의 손과 그녀의 팔을 붙잡고 있는 자신의 손을 번갈아 바라보던 소녀가 천천히 그녀의 손을 놓는다. 몸을 튼다. 은미가 먼저 계단을 밟고 올라가며 소녀를 이끈다. 소녀는 저항 없이 은미의 힘에 이끌려 계단을 밟는다. 앵무새가 소녀의 어깨에 앉는다. 반 층을 올랐을 때, 은미는 그것이 그녀에게 다가가는 것을 본다. 어둠 속의 두 실루엣은 마치 서로를 끌어안는 것만 같다.

노윤이는 옥상에서 헬리콥터를 향해 손을 흔들고 있었다. 하지만 밤이었고, 헬리콥터는 무심히 멀어지고 있었다.

"질러. 노윤아, 소리 질러도 돼!"

은미가 외쳤다. 그 말을 믿을 수 없다는 듯이 바라보던 노윤이는, 곧장 헬리콥터를 향해 소리를 내질렀다. 이 땅에 화석처럼 박혀 있던 그것들이 건물로 모여드는 것이 보였다. 지금 헬리콥터가 돌아오지 않으면 갈 곳은 없다. 숨을 곳도 없다. 노윤이가 이곳에 우리가 있다고 외치고 있으므로. 이 세상에 있는 모든 것에게.

그렇지만 작다. 노윤이의 소리가 그들에게 닿지 않는다. 비통함에 은미가 노윤이를 붙잡으며 그만 질러도 된다고 속삭일 때, 소녀의 어깨에 앉아 있던 앵무새가 헬리콥터를 향해 날아오르고, 그보다 더 빠른 속도로 총알이 헬리콥터의 문에 박힌다. 순식간에 들린 총성. 소녀가 총구를 헬리콥터에 겨누고 있다. 주춤거리며 방향을 우회하는 헬리콥터를 향해 마지막 한 발을 쏜다.

3부
우리를 아십니까

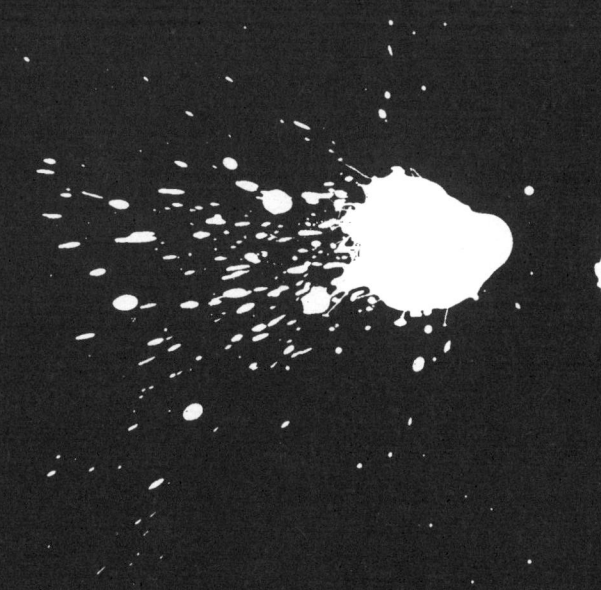

이혼하기 싫어서 스스로 죽어버린 아내와 내가, 거북이를 바다에 방생한 기록을 담았다.

더 짧게는 좀비가 된 두 여자와 거북이의 기록이다.

거북이 이름은 장수풍뎅이. 줄여서 장풍.

우리의 이름은….

어디서부터 설명해야 할지 모르겠다. 내가 정확한 어순과 단어로 이야기할 수 있을까. 문제는 이야기가 샛길로 빠진다고 해도 그걸 알아차리지 못할 것 같다는 점이다. 하지만 무슨 상관인

가. 말이 뒤섞여도 어차피 이 말들은 모두 내 중얼거림일 뿐이다. 매일 아침 검진표를 따라 읽으며 달달 외우던 순간처럼.

 동료나 환자, 보호자에게 설명하지 않아도 되는 유일한 시간. 탈의실 캐비닛에 붙은 거울을 보고 머리카락이 흘러내리지 않게 머리끈으로 단단히 조이며 홀로 검진표를 읊조리던 그 시간을 좋아했다. 말에 어떤 무게도 실리지 않은 순간이었다. 그리고 그 시간이 끝나갈 때면 검지에 묻힌 립밤을 입술에 풀칠하듯 발랐다. 이제부터는 입을 조심해야 했기 때문이었다. 사실일지라도 발설을 보류해야 하는 곳이 병원이었다. 내 말 한마디에 누군가가 천당과 지옥을 오간다. 눈앞에서 순식간에 나락으로 떨어지는 표정을, 환희의 빛에 휩싸이는 순간을 몇 번 목격하면 종교가 없어도 자연스럽게 천당과 지옥 정도는 믿게 된다. 신은 모르겠지만. 나로선 신이란 있으면 밉고 없으면 야속하다고 생각하는 정도였다.

 기억은 드문드문하다. 시골 밭, 1차선 도로에 띄엄띄엄 세워진 가로등 같다. 그마저도 구청에서 전기를 절약한다는 명목하에 세 개 건너 하나꼴로 켜놓은 것 같은, 그런 기억들만이 남아 있다. 가로등 아래에는 연극 무대 위에서 동작을 멈춘 배우들 같은 인물들이 서 있다. 언젠가 저런 연극을 봤던 기억이 있다. 반지하층, 관객석 50석짜리의 조그만 극장이었고, 60분짜리의 짧은 연극이었다. 두 인물이 나와 치열하게 싸운다. 무엇 때문에 싸웠는지 내용은 기억나지 않는다. 그러다 순식간에 모든 것이 멈춘다. 헛기침도 소음처럼 들리는 정적. 일시 정지 버튼을 누른 것만 같은 그 순간, 무대를 방관하며 지켜보던 관객들도 순식간에 등장인물의 일부분이 되어 무대의 소품이 된다. 정적을 깨지 않기 위해 침도 삼키지 않는다. 눈동자까지 움직이지 않던 배우들을 보며 속으로 연신 놀라움을 삼키다가 옆에 앉은 이의, 그러니까 내 아내의 손에 깍지를 꼈다. 무대 카메라를 피해 은밀하게. 이를테면 사극 촬영 현장에서 몰래 핸드폰을 만진다거나 시체 역할 중에 몰래 눈을 깜빡이는 쾌감을, 그와 동시에 맞닿은 손바닥이 저려 올 정도로 강한 욕망을 느꼈다.

연극이 끝난 후 우리는 연극가 근처에 자리 잡은 모텔로 향했다. 최신식 OTT 상영이 가능하다는 광고판이 주차장과 출입구가 혼용된 공간에 큼직하게 붙어 있었고, 주차장의 검은 가림막 너머로 이곳과 어울리지 않아 보이는 외제 차 두 대가 주차되어 있었다. 안으로 들어가자, 무료로 이용할 수 있는 스낵 코너가 바로 보였다. 꺼진 팝콘 기계 안에 눅눅하게 식은 팝콘이 있었고, 그 옆으로 간단히 요기를 할 수 있는 간식들과 생수가 놓여 있었다. 그리고 페인트칠을 새로 한 듯 흡사 드라마 세트장같이 알록달록 꾸민 카운터가 우리를 기다리고 있었다.

부끄러워하는 어린 커플들과 달리 우리 손에는 편의점에서 산 맥주와 안주가 들려 있었다. 모텔 카운터 직원은 방 키를 건네며 배달 음식 드신 후에 남은 음식물이랑 쓰레기는 주차장 쪽 분리수거장에 전부 처리해 달라고, 방에 그냥 두고 가지 말아 달라고 당부했다. 배달은 고사하고 사 온 맥주와 안주도 다 못 먹고 밤새 몸을 부대끼며 물고 빨 생각뿐인 우리였지만 그의 눈에는 연극을 본 후 집에 갈 체력이 없어 맥주에 배달 음식이나 시켜 먹다 지쳐 잠들 30대의 체력 부족한 친구 사이로 보였을 테지. 싫지는 않았다. 섹스하러 왔냐는 식의 눈빛을 받는 것보다야 쾌적했다. 그렇다고 유쾌한 건 아니어서, 나도 모르게 직원이 내민 키를 낚아채듯 받았다. 평소 같았으면 네, 고마워요, 하든가 네, 알겠어요, 하고 대답한 다음에 한마디라도 더 붙였을 테지만 직원에게는 네, 하고 단답형으로 치졸한 대답만 한 후 돌아섰다. 그런 오묘한 기분에 휩싸여 엘리베이터를 기다리는데, 우리 다음으로 들어온 여남 커플을 대하는 직원의 태도가 우리를 대할 때와 별반 다르지 않은 걸 보았다. 직원은 모텔에 출입하는 누구에게나 그런 식의 무미건조한 태도를 일관하고 있던 것이다.

모텔 방으로 들어서자마자 아내와 입을 맞추며 물었다.

'아무도 차별하지 않는데 차별받은 느낌에 화가 나는 것만큼 추한 건 없을 거야.'

아내는 진득하게 입을 맞추다, 잠시 숨을 돌릴 때 되물었다.

'차별받은 느낌이 들면 차별한 거지, 차별한 사람은 없다는 게 뭔 말이야?'

'있어. 자존감이 낮으면 그래. 상대방은 아무 생각도 없는데 나 혼자 판단하고 생각해서 슬퍼하고 화내는 거. 아까 그 모텔 직원. 나는 그 사람이 우리를 당연하게 친구로만 봐서 화가 났거든? 밤 10시에 성인 둘이 모텔로 왔는데도. 그래서 냉랭하게 대했는데 뒤에 들어온 헤테로한테도 똑같이 대하더라. 직원한테 싸가지 없게 대한 내가 너무 창피해. 나보다 나이도 어려 보이던데.'

'너는 좀…,'

아내가 머리를 긁적이며 말했다.

'과하게 생각하고, 과하게 반응하는 경향이 있는 것 같아. 싫다는 건 아니고, 그냥 그렇다고. 알아는 둬. 뭘 그렇게 신경 써. 어차피 그 직원은 우리 얼굴 기억도 못 할 텐데.'

'병인가?'

'예민함의 스위치가 남들보다 잘 작동하는 거겠지. 그럴 수밖에 없었잖아. 한국에서는 여자고, 세계에서는 아시아인이고, 성애로는 동성애고, 직업은 또 환자 걷는 것도 불안하며 봐야 하는 간호사야. 그 정도의 예민한 스위치가 아니면 분명 뭐 하나는 말아먹었을걸? 그것도 대차게. 너를 살린 고마운 감각이라 치자.

3부 우리를 아십니까

저 직원한테는 미안하지만.'

그렇게 말하고 아내가 내 뺨과 어깨, 가슴과 배꼽에 입을 맞추었다. 입술이 닿는 곳에 온기가 돈다. 나를 살린 예민함의 스위치를 아내가 하나씩 끄고 있다.

우리가 보낸 그날의 밤이 이 기억의 가로등 한 칸을 차지하고 있다. 스포트라이트 받는 나체의 두 여인. 내 목을 만지는 척 목에 붙은 파스를 어루만지고 있는 아내의 손이 보인다. 아내는 손목에 파스를 붙이고 있다. 해외 프랜차이즈 커피숍에서 5년째 일을 하는 아내는 재작년에 매니저가 되어 지점 하나를 통으로 관리 중이었다. 원래는 상품 디자이너였다. 대학교를 졸업하자마자 K팝 엔터테인먼트에서 외주를 받아 상품을 제작하는 일을 3년 정도 해왔는데 상대 업체의 이상한 갑질과 도통 오를 기미가 보이지 않는 연봉, 그와 상대적으로 나날이 늘어가만 가는 야근에 일을 그만두었고, 구직을 위해 매일 아침 카페로 출근했다가 그곳에서 파트너를 구한다는 공고를 보고 그대로 입사했다. 연봉은 처음엔 이전 회사와 비슷했지만 해외 기업이었기에 최저임금에 맞춰 착실히 올랐고, 커피가 너무 뜨겁고 차갑다며 이상한 이유로 딴지를 거는 손님은, 자정에 전화로 이미 협의해서 넘긴 기획서를 다시 해달라던 본사 직원에 비하면 천사라던 아내의 말이 기억난다. 대학교에서 내내 배웠던 디자인을 쓰지 못하는 것이 아깝지 않냐고 물었던 적이 있었다. 간호학과에 진학해 그곳에서 겪은 시험과 실습 등 그 모든 것이 고통이었기에 그것을 무용하게 만드는 일은 꿈에서도 일어나게 하지 않으려 애쓰던 나로서는 당시 아내의 결단이 경솔하고 무모해 보이면서도 한편으로는 신기하고 부러웠다. 아내는 디자이너를 포기한 게 아니라고 대답했다. 그 감각을 이용해 상품 진열을 더 감각적으로 한 결과 다른 지점들보다 오프라인 상품 판매가 더 월등했으며, 이를 토대로 나중에는 본사에 직접 디자인한 상품 기획안을 넣어볼 참이라는 계획을 이야기해 주었다.

'어떻게든 하고 싶은 걸 결국 하게 될 거야.'

저 목소리. 피투성이가 되더라도 기어코 세상의 불평등을 밟고 올라서서 승리의 깃발을 거머쥐겠다는 확신의 목소리.

'그 전에 하고 싶은 게 있어.'

'뭔데?'

나를 넘어뜨린 건 저 목소리였다.

'너랑 결혼.'

16년 전에.

'사랑해.'

너무 직설적인 단어를 들어버려 아무 반박도 하지 못하고 있으니, (당시 학생이었던) 아내는 쐐기를 박고 싶었는지 더 또박또

박 말했다.

'여자 싫다는 생각 안 해봤으면 내 고백 진지하게 생각해 봐. 싫었어도 어쩌면 지금은 괜찮을지도 모른다고 고민해 봐.'

'언제부터 좋아했어, 나를?'

'입학식 때부터.'

'내일이 졸업식인데 왜 지금에야 말해?'

'내일이면 못 보는 사이가 되어야 네가 도망치지 않고 고민할 거잖아. 다음이 없어야 마음이 다급해지니까. 사람은 다급해질 때 진심을 잘 마주하거든.'

그 말이 맞은 건지, 아니면 내가 그 말에 현혹되어 착각한 건지는 모르겠지만 나는 그날 밤, 마치 나도 아내를 그간 무척 신경 써왔고, 아내가 아니면 안 될 것 같다는 절박함이 들었다. 졸업식을 마치자마자 꽃다발을 들고 아내를 찾아갔다.

내가 가자마자 아내가 웃으며 물었다.

'여자랑 키스해 본 적 있어?'

'없어. 너는?'

'나도 지금이 처음이야.'

문제가 있다. 이 모든 기억을 떠올리는 와중에 단 하나, 유일하게 떠오르지 않는 것이 있다.

아내의 얼굴이다.

가로등 밑 나체의 두 여인. 저렇게 스포트라이트를 받는 장면이라면 내 인생에서 분명 손에 꼽을 만한 중요한 순간이라는 것일 테고 가로등 밑의 대부분 순간에 아내가 있는데 어떤 얼굴을 하고 있는지 떠오르지 않는다. 기억이 이상하다. 기억 속 장면에는 재생 버튼이 없어 움직이게 할 수 없다. 나는 이 기억의 서사를 읽을 수가 없다. 뿌옇다. 기억에 안개가 낀다. 마치 물때와 이끼가 가득 낀 더러운 수조를 보는 것 같다.

처음에는 하얀 커튼이 나부끼는 줄 알았다. 눈을 떴을 때, 따스한 바람이 불면서 로맨스 영화 속 여자 주인공이 아침 햇살에 미간을 찡그리며 눈을 뜨듯이. 창밖으로 새가 지저귀고 백색에 가까운 커튼이 살랑살랑 흔들리는 그런 장면. 사실 그런 장면을 정말로 본 것인지 만들어 낸 것인지 구분되지 않는다. 뇌가 망가졌으니까. 근데 이렇게 구체적으로 떠오르는 것을 보면 실제로 본 것이 아니라 상상으로 만들어 낸 장면일 가능성이 높다. 상상은 현실의 픽셀보다 촘촘하고 선명하니까. 선명한 것은 무엇이든 오래 남는 법이다. 그렇다면 가로등 밑의 이 모든 장면들도 전부 내가 연출한 상상일까. 잠깐의 혼돈이 머물렀지만, 상상은 아니라는 결론. 선명하다고 해서 전부 상상이라면 제일 먼저 가짜가 되는 건 아내다. 아내가 가짜가 되면 내 삶도 송두리째 가짜가 된다.

어쨌거나 내 시야에 들어온 건 하얀 커튼이 나부끼는 모습이었다. 미적지근한, 체온보다 5도 정도 낮은 쾌적한 바람도 이마와 코끝으로 느껴졌으니까. 잠에서 막 깨어나 아직 흐릿한 초점이 맞춰지길 기다렸는데, 아무리 시간이 흘러도 맞춰지지 않았다. 바람을 타고서 대형 수조에서 맡았던 비릿한 향이 풍겼다. 눈을 비볐다. 눈에서 하얀 막이 딸려 나왔다. 달걀을 감싼 흰 막 같은 껍데기가 끊임없이, 실타래가 뽑히듯이. 그때 알았다. 흰 커튼이 아니라 하얀 막이 눈을 감싸고 있던 거구나. 초점이 맞춰지지 않는 이유는 내 눈이 멀어서구나.

처음에는 원래 가지고 있던 질병의 합병증이라 생각했다. 눈이 멀 방법은 많다. 종양이 시신경을 압박하거나 뇌압이 상승해서 시신경에 부종이 생기는 경우가 대표적이고. 1년 사이에 시력이 훅 떨어져 안경을 두 번이나 다시 맞췄던 기억이 난다. 실습 때 환자가 휘두른 팔에 안경을 맞아 크게 다칠 뻔한 이후 근무 시간에도 렌즈만 고집하던 내가 다시 안경을 끼자, 아내는 고등학생으로 돌아간 것 같다고 무척 좋아했었다. 그래서 시력이 또 떨어져 다시 안경을 맞춰야 했을 때, 고등학생 때 꼈던 붉은색 뿔테 안경과 비슷한 안경으로 바꿨다. 나를 보자마자 비명을 지르며 웃던 목소리. 얼굴은 기억나지 않는다. 얼굴을 떠올리고 싶은데.

그때는 내일쯤이면 아무것도 보이지 않을 수도 있으니 오늘 볼 수 있는 만큼 봐놔야겠다. 태연하게 그런 생각이나 했다.

그러다 하얀 막이 언제까지 뽑혀 나오나 궁금해져 계속 잡아당겼다. 눈알이 폭 딸려 나오는 상상을 했지만, 겁은 나지 않았다. 그러니까 그때부터 두려움 같은 악하고 약한 감정이 사라진 상태였던 거다. 한마디로 겁대가리 상실 상태. 고통에 대한 기억의 기억이 없다. '뜨거워, 아뜨, 아뜨!' 하는 보호자의 경고를 듣고도 열기에 덴 적 없는 아이가 뜨거운 주전자에 손을 올리는 것처럼. 이상하지 않은가. 나는 아이가 아닌데. 자랑할 일은 아니지만 고통이라면 누구보다도 더 많이 겪었는데. 흰 막을 뽑아내다가 눈알이 실제로 덜렁거리며 빠질 것 같은 느낌에 멈췄다. 앞서 손톱도 벚꽃잎처럼 후두둑 떨어졌으니, 눈알이라고 다를까. 아마 더 당겼으면 정말로 빠져나왔을 것이다.

하얀 커튼인 줄 알았던 건 건물 외벽에 걸려 있던 현수막이었다. 현수막인지 확인하기 위해 가까이 당겨 자세히 보았다. 절단면이 해져 있었다. 실오라기들로 나풀거렸다. 오래되어 갈라진 현수막이었다. 뭘까. 병원 건물 외벽에는 현수막을 붙일 수 없다. 존엄사 센터 신축 개업을 축하하는 의미의 커다란 현수막을 걸었다가 병실 환자와 보호자들의 빗발친 항의로 반나절 만에 뜯어냈던 사건 이후로 병실의 조망을 방해하는 어떤 것도 외벽에 설치할 수 없다는 병원 내부 조항이 생겼다. 내가 잠든 짧은 사이에, 현수막을 걸 정도의 투쟁이 있었던 걸까. 어쩌면 준비 중이던 파업에 본격적으로 들어간 걸지도 모르겠다. 우리는 정부와 병원을 대상으로 노조 파업을 계획 중이었다. 시간이 꽤 걸렸다. 근무 환경을 재조정하고자 하는 의지는 모두 한마음이었지만, 쉽게 환자를 놓을 수 없었다. 회의하는 것도, 목소리를 모아 소리치는 것도 쉽게 허락되지 않는 환경이었다. 몇몇 환자들은 우리가 이기적이라 힐난했다. 자신들은 생과 사의 경계를 오가는데 고작 일 좀 더 편하게 하겠다는 과열된 모습을 우리 앞에서 보여야겠느냐며. 행복하게 살고자 하는 욕망을 병원에서 분출하는 것이 맞느냐며. 모르는 소리다. 당신들과 우리는 다르지 않다. 우리도 살려고 하는 거라고, 잘 살려고 하는 게 아니라 살고 싶어서 하는 거라고…. 아니, 그리고 사는 김에 잘 좀 살겠다는 게 뭐가 문제지? 주어진 식사 시간에 밥 좀 천천히 꼭꼭 씹어 먹고, 퇴근하고 나서는 핸드폰 좀 끄고 사는 삶을 살겠다는데 그게 뭐가 문제지? 너무 잘 사는 인간들이나 더 살날이 없는 인간들이나 결국 만만하게 보는 건 우리같이 죽는 것만도 못하게 사는 인간들이다. 잘 사는 인간들에게 우리는 움직이는 시체에 가깝고, 죽을 이들에게 우리는 마지막 분풀이 대상인 셈이다. 이렇게 말하는 걸 누군가 듣는다면 잔인하다고 말하겠지만 나는 당당하다. 과거엔 살아 있는 내내 움직이는 시체였고 이제는 살날이 얼마 남지 않은 인간이 되었으니 마음껏 힐난할 자격이 충분하고도 남는 것이다.

그래, 나는 살날이 얼마 남지 않았었다. 의사가, 며칠 전까지 나와 병원 정원에서 커피를 마시며 나른한 오후를 견디기 위해 뉴스 이야기나 시시콜콜 나누던 동료가 한순간에 내 주치의가 되어 엑스레이와 CT 영상을 모니터에 띄웠다. 나는 나의 하얀 뇌를 본다. 뇌 사이사이에 잔뜩 낀 종양 덩어리로 인해 하얀 조약돌처럼 변한 뇌를.

'2년 전에 검사했을 때는 깨끗했는데.'

그녀가 말했다. 직업 정신이 투철한 그녀는 가운을 입은 순간만큼은 의사로서 내게 1년도 남지 않았다고 덤덤하게 선고했다. 치료를 받을 것이냐고 물었다. 그 말에는 어떤 치료를 받느냐에 따라 1년은 10년이 될 수도, 20년이 될 수도 있다는 뜻이 함께 담겨 있었다. 과정은 고통스러울 것이다. 내가 익히 봐왔던 환자들처럼. 그녀가 덧붙였다.

'좌절은 일러.'

당시 내게 가장 큰 위로가 되었던 건 내가 가입한 보험이 이 병원에서 치료할 때 보험료를 최대한 탈 수 있는 상품이었다는 것이었다. 내가 이 소식을 아내에게 언제 전했더라. 기억나지 않는다.

　현수막을 바라보다 몸을 틀었다. 분명 움직이고 있는데 좀처럼 '움직인다'는 느낌이 들지 않았다. 발에 무언가 차였다. 다행히 멀리 날아가지 않고 멈췄다. 낯설게 생긴 물체. 저게 뭐더라. 잠시 골몰하다가 다행히 떠올려 냈다. 아내가 산 녹음기다. 언젠가부터 찾아와 추근대던 손님을 제대로 방어하기 위해 증거를 모으려고 산 녹음기였다. 엄지 크기의 둥근 곡선을 가진 것이 꼭 여성 자위 기구 같아서 둘이 깔깔 웃었던 기억이 스치더니 전혀 상관없는 단어가 불쑥 뿌연 기억의 안개를 잠시 거두며 나타났다.

　존엄사 센터.

　녹음기와 센터가 무슨 상관이란 말인가.

　존엄사.

　녹음기와 존엄사가 무슨 상관이란 말인가.

　나의 죽음.

　녹음기와 나의 죽음이 무슨 상관이란 말인가. 단어가 빗물이 흐르는 도랑에 뜬 낙엽처럼 흘러오다, 내 신발에 들러붙는다. 죽음. 이미 알고 있는 그 사실이 내 기억의 길을 묵직하게 가로막고, 막고, 막는데….

　어라. 내가 왜 아직 살아 있지?

　송두리째 모든 것들이 도랑물에 떠밀려 내려가고 다시 아득해지는 기억. 켜진 가로등 밑, 소파에 얽혀 앉아 있는 우리의 장면이 돌연 재생된다.

'하루의 절반 이상을 의식이 흐릿한 채로 있게 된다면, 그대로 편히 눈감게 해줘.'

아내가 고양이처럼 내 손가락을 아프지 않게 잘근잘근 씹고 있다가 휙, 노려보는 듯하다. 얼굴이 없기에 표정을 알 수가 없지만 웃거나 울었을 것 같지는 않다.

아내가 말한다.

'너 그거 알아? 법 제도가 우리를 부부라고 인정, 외치고 나서 그 많은 권리 중에 네가 나한테 제일 먼저 권한 게 네 존엄사 동의서에 서명하라는 거야. 말이 된다고 생각해? 무슨 그런 개똥 같은 소리를 하지? 왜 입으로 똥을 싸지?'

'이혼 서류라고 생각해. 우리한테 이혼이라는 단어도 붙고, 나름 기쁘지 않아? 아!'

아내가 내 손을 아프게 깨문다. 통증에 손을 빼내지만, 장난감에 눈이 뒤집힌 고양이처럼 아내는 내 손을 끈질기게 붙잡고 놓지 않는다. 왜 또 이러느냐고 성질내고 있는 나 자신을 타인의 시점에서 보고 있으려니 웃음이 난다. 저 상황에서 왜 그러느냐며 뻔히 보이는 이유나 묻고 앉아 있다니. 속 긁는 짓은 내가 더 한다던 아내의 말이 이제 이해가 된다. 아내의 성격이 좋았던 게 맞았구나. 주변에서 아내의 성격을 칭찬할 때마다 겉으로는 고개를 끄덕이면서도, 나는 장난기도 많고 말본새도 거친 면이 많으며 욱하는 성격 탓에 눈이 뒤집히면 뒤도 안 돌아보고 싸우는 폭군에다가 이에는 이, 눈에는 눈을 누구보다 잘 실천하는 사람에게서 도대체 무엇을 보고 성격이 좋다는 거지 싶었는데, 알고 보니 다른 사람들 눈에 아내의 성격이 좋아 보였던 건 나 때문이었다. 내가 언제나 아내에게 은은하게 미쳐 있었고, 그런 나를 아내가 받아주던 모습 덕분이었구나.

'이혼 싫어. 이혼하느니 차라리 같이 죽거나 너 죽기 전에 내가 먼저 죽을게. 1초라도 빨리.'

그 황당한 말에 뭐라고 대답했더라. 가로등 밑의 두 사람을 주시했다. 흐릿하게 뭉개진 얼굴을 한참 동안 바라보자 희끄무레한 안개가 살짝 걷히며 내 입술이 보인다. 천천히 입술을 따라 읽는다.

'저승에서 일찍 만나고 좋지, 나야.'

아내의 성격이 좋긴 좋았네.

녹음기를 주우려 손을 뻗었다. 손톱이 아주 살짝 바닥에 스쳤는데 계절이 지난 잎처럼 힘없이 툭, 떨어졌다. 징그럽거나 놀랍지는 않았다. 거무튀튀한 모양새가 꼭 말라비틀어진 낙엽 같았다. 이것도 합병증일까. 병을 얻고 난 후 편한 것은 대개 많은 일들을 합병증으로 취급하면 그만이라는 점이었다. 손과 발에 땀이 많은 편이었던 내가 어느 순간 사막처럼 건조해진 것도, 싫어하던 치즈가 한없이 좋아지고, 잔잔한 음악을 들으며 눈물을 흘리는 모든 이상 행동들 전부. 그러니 손톱이 썩어 떨어지는 것도 놀랍지 않다. 죽어가던 몸이었으니, 손톱을 붙들 힘도 없어진 거겠지.

녹음기를 더듬어 재생 버튼을 찾아 눌렀다. 그와 동시에 바깥에서 총성이 들렸다. 아주 선명하고 날카롭게. 푸드득, 날갯짓 소리와 함께 창밖으로 천사의 깃털처럼 보이는 새 떼가 날아갔다. 총소리가 이 땅에서 왜 들리지? 다시 창문으로 다가가려다, 나는 그제야 나풀거리는 커튼에 가려져 있던 한 사람의 형상을 봤고 녹음기에서는 익숙한 아내의 목소리가 들려왔다.

나, 오늘 밤을 못 넘길 거야. 생각보다 무섭지는 않아. 너랑 함께 있어서 그런가. 네가 나보다 먼저 감염돼서 오히려 너랑 같은 종種이 되는 것 같아서 안심도 되고. 참나, 이것까지 같아버리네. 우리는 죽을 때까지 같은 종일 운명인가 보다. 지긋지긋한데, 마음에 들어. 무엇보다 둘 중 하나가 남은 하나를 물어버리는 거지 같은 결말이 아니라서.

침대와 협탁 사이에 꿰맞춘 소품처럼 앉아 있는 한 사람. 이목구비가 보이지 않았다. 시야가 흐려서인가. 아니다. 이목구비가 보이지만, 보이지 않는다. 모순된 말이지만 눈과 코와 입이 미묘하게 움직였고, 그런 움직임이 인식될 때마다 낯설게 느껴졌다. 볼 때마다 새로운 눈과 코와 입이다. 익숙해지질 않는다. 눈에 익는다는 감각을 아예 잃은 것일까. 얼굴이 인식되지 않는다. 계속해서 낯선 얼굴. 그렇게 뿌옇게 안개 속에 묻혀버리고 만다.

네가 깨어나는 날이 오기는 할까. 감염된 이후로 너는 그냥 평상시처럼 진통제와 수면제를 맞고 자는 거 같아. 그래서 너를 보고 있으면 안심돼. 좀비로 변한 사람도 이렇게 얌전하고 평화로울 수 있구나. 나도 밖에 날뛰는 저 배고픈 개새끼들처럼 안 될 수 있구나. 뭐랄까, 인간의 품위는 유지하고 싶어. 인간의 품위라는 게 뭔지 모르겠지만. 지금 돌이켜 생각해 보면 살아오면서 품위 있는 인간보다 '왜 저래 인간'을 더 많이 만났네. 왜 저래 다음에 '진짜 왜 저래', 그다음은 '미친 왜 저래', 그러다가 '왜 저래, 좆같게'였던 것 같아. 그러니까 내 목적은 '왜 저래'가 되지 않는 거야. 물론 이제는 '왜 저래'를 내뱉을 일조차 없는 세상이기는 해. 원래부터 엉망인 세상이긴 했어도 이렇게까지 엉망이 될 거라고는 아무도 생각 못 했는데. 주말마다 열심히 교회 나가서 폭우나 태풍에 쓸리지 않게 해달라고 빌고, 평일에는 열심히 성당 찾아가서 교도소에서 죗값 치르고 있는 강간, 살인, 사기 범죄를 일으킨 인간들이 피해자가 느낀 고통의 몇 배를 느끼며 죽게 해달라고 빌고, 한 달에 두 번은 절 올라가서 온갖 바이러스도 품고서 살아갈 수 있는 마음씨 좋은 육체가 되길 바라며 명상했는데 다 부질없던 거였어.

하지만 나는 저 사람이 이 녹음기의 주인이라는 것을, 나의 아내라는 것을….

너는 혼수상태에서 물렸으니까 깼을 때 어떤 상황인지 모를 수도 있겠구나. 만에 하나 네가 기적적으로 깨어나서 이 녹음기를 켠다면 가장 최근 녹음인 이 음성부터 들을 테고. 맨 처음으로 돌려서 들어봐. 내가 다 설명해 놨다, 친절하게. 언젠가 이걸 들을 너를 위해. 그래도 놀랄 테니까 짧게 요약해서 말해줄게. 세상이 망했어. 아주 처참하게. 그리고….

아내에게 다가가 아내의 얼굴을 만졌다. 손가락 끝에 감각이 없어, 도통 어디를 만지고 있는지 알 수 없었다. 직전에 손톱이 우수수 떨어졌으니 내 거친 동작으로 아내의 얼굴이 상처 나는 일은 없을 거라는 것에 안도감이 들었다.

너는 좀비야. 물렸어.

역시 내 아내는 또라이다.

너는 존엄사를 선택했고, 원래 그날 주사를 맞기로 했는데 너한테 주사를 맞히려고 온 간호사가 주사는 안 놓고 너를 물었지, 뭐야. 불행인지 다행인지 너는 이미 환각과 환청을 듣는 상태로 며칠을 보낸 상태라 물린다고 갑자기 눈을 뜨거나 기력이 펄펄 넘치지는 않더라. 좀비로 변하면, 나를 물려고 하면 그때 내가 죽이려고 이 병실에 가두고 버텼는데 안 깼어, 여태. 몰골은 점점 좀비로 변해가는데도. 너 오래 버티는데 재능 있나 봐. 문제는 몇 년을 숨어서 잘 버티고 있었는데 물렸어, 내가. 자존심 상하게. 병원 건너편 편의점 앞에 애가 혼자 있는데, 너무 비감염자 같았거든. 수년간의 기도가 나를 천사로 승격시켰나. 지나치지를 못하겠더라고. 이미 변할 인간들은 다 변하고, 죽을 인간들은 다 죽고, 떠날 인간들 다 떠나서 황폐해질 대로 황폐해진 세상에서 저 어린아이가 혼자 떠돌고 있을 리가 없는데. 그 순간 나는 뭘 믿었던 걸까? 어떤 희망을 품고 있었던 걸까? 내 안에도 아직 희망의 씨앗이나 뿌리랄 게, 아니면 희망의 뼛조각이랄 게 남아 있었나 봐. 그 아이에게 걸어가던 내 모습을 떠올려 보면 가냘프고 안쓰러워서 웃겨. 좀비에게 애틋하게 달려가는 꼬락서니를 상상해 봐.

그런 나를 가만 떠올리면 말이야, 어쩌면 나는 죽고 싶었던 게 아닐까 싶어. 나를 아프지 않게 물어줄 아이가 반가웠던 걸지도 모르지. 내 마음이 그걸 원했던 것일지도.

이유가 뭐가 됐든 현 상황의 전말은 이래. 비웃지 마. 내 상황이 되면 너라도 그랬겠지. 아니, 나보다 더 빨리 죽었겠지, 너는. 한 명이라도 더 살려보겠다고. 가끔 네가 혼수상태가 아니었다면 우리는 어떻게 됐을까 상상해 봐. 수송선을 타러 갔을까? 우리는 지금쯤 그걸 타고 우주를 가로지르고 있었을까? 좀비 사태가 일어나기 전에도 수송선에 아무나 오를 수는 없다고 했었잖아. 어떤 자격이나 기준이 있는 건지 궁금하긴 했는데, 그 뒤로 알아보지는 않았어. 그럼 꼭 타고 싶은 사람 같잖아…. 어쩌면 우리는 이번에도 자격이 안 됐을지도 몰라. 인간이 이렇게나 많이 죽었으니, 새 생명이 필요할 거잖아? 근데 남자랑 죽어도 섹스 못 하겠다는, 서로 사랑한다는 여자 둘은 태워봤자 자리만 아깝지. 여기서들 행복하게 사십시오, 하지 않았을까? 이거 너무 피해망상이야? 하지만 어쩌겠어. 살아가는 동안, 사랑하는 동안, 너와 나의 삶이 대개가 그랬는걸.

이게 내 녹음의 마지막이야.

사실 간호사가 떨어트리고 간 주사기. 네 숨을 천천히 멎게 할 그거. 내 손에 있어. 이걸 너랑 나에게 반씩 주입할 거야. 용량이 부족할 것 같아서 나만 맞으려다가, 나는 인간인 채 자살한 거고, 너는 괴물로 자연사한 거니까, 서로 다른 저승에 가면 어떡하나 싶어서. 내가 그간 열심히 기도하고 헌금한 걸 기특하게 여겨서 신이 우리 둘을 저승에서 만나게 해주면 좋으련만. 우리는 욕심이 없잖아. 많은 걸 바란 적이 없잖아. 천국은 바라지도 않아. 어디든 저승의 남은 땅에 같이 있게만 해줬으면 좋겠다. 그럼 우리가 그곳을 천국으로 만들 수 있는데.

맞다. 지하 아쿠아리움에 있던 장풍이, 내가 데리고 왔어. 잡아먹힐까 봐. 거북이 먹는 좀비를 본 적은 없는데, 또 모르잖아. 배고프면 뭘 처먹을지 어떻게 알아. 어디에 둬야 할지 몰라서 화장실에 뒀어. 우리도 다음 삶에서는 거북이로 태어나서 만나자. 있지, 내가 장풍이랑 지내며 곰곰이 생각해 봤는데, 우리는 공룡 시대부터 현재까지 급변하는 세계에서도 혼자 꿋꿋하게 살아남은 거북이가 되는 거야. 척수가 잘려도 신경조직이 다시 재생되고, 겨울 동안 심장이 멎어 있어도 다시 뛰는 게 아무래도 거북이가 이 세계의 신인 것 같아. 내가 어제 장풍이한테 이 말을 해봤거든? 장풍아, 장수풍뎅아, 장수풍뎅 올리브각시바다거북아, 너 사실 신이지? 그랬더니 장풍이가 뭐라 그랬게?

아내의 웃음이 들렸다.

정말 끌게. 사랑해. 이번 생은 덕분에 즐거웠어. 다음 삶에서 또 만나.

장풍이의 답은 알려주지 않고, 녹음이 끝났다.

화장실에는 정말로 지하 아쿠아리움에 있던 거북이가 있었다. 거북이의 품종은 올리브각시바다거북이다. 올리브바다거북이라고도 부르는데 우리는 '올리브'와 '거북이' 사이에 뜬금없이 있는 '각시'라는 단어의 어감이 좋아서 올리브각시바다거북이라는 학명을 더 선호했다. 나중에는 장풍이라는 이름을 붙여주었지만. 올리브각시바다거북이는 변기 뚜껑만 한 크기로, 바다거북 중 가장 작은 거북이고 수가 제일 많은 개체이기도 했다. 두 속성을 조합하면 인간에게 가장 많이 포획되며 키우다 버려지거나 죽는다는 말이었다. 기후 위기로 인한 멸종위기종으로 집단적인 떼죽음이 몇 차례 목격되기도 했는데 모순적이게도 해가 갈수록 개체 수가 줄어드는 것이 그 거북이의 몸값을 더 상승시켰다.

화장실에 있는 장풍이는 병원장이 존엄사 센터 개원으로 받은 고가의 선물이었다. 거북이를 키우기 위해 병원장은 존엄사 센터 지하에 커다란 아쿠아리움까지 만들었다. 주마다 동해에서 포획한 다양한 열대어들로 아쿠아리움을 채웠다. 오로지 거북이를 위한 공간이었지만, 뜻밖에도 존엄사 센터를 찾는 사람들에게 인기가 많던 곳이었다. 환자들이 '마지막 숨의 장소'로 가장 많이 꼽은 곳이기도 했다. 마지막 숨의 장소란 존엄사를 택한 환자가 규정에 따라 약을 투여할 장소로 지정한 곳이었다. 집일 수도 있고, 옥상이나 마당, 병실일 수도 있다. 어디가 되었든 환자는 마지막 숨을 뱉는 공간을 직접 선택할 수 있었는데, 아쿠아리움이 가장 인기가 많았던 것이다. 결국 그곳엔 '마지막 숨의 자리'까지 생기게 되었다. 아쿠아리움 구석진 곳에, 마음만 먹으면 바로 투약할 수 있게끔 설비를 마련한 것이었다. 순서를 기다리느라 투약 시기를 늦추는 환자가 있을 정도로 인기가 많았고, 나도 그랬다. 하지만 내가 마음을 뺏긴 건 거북이었다. 내 머리에 종양이 가득 차오르고 있다는 걸 몰랐을 때, 나는 아쿠아리움에 정령처럼 떠도는 거북이를 사랑하게 됐고, 결국에는 거북이 밥 담당을 스스로 자처했다.

식사 시간이 되면 챙겨 온 도시락을 들고 그곳으로 갔다. 직원만 출입할 수 있는 아쿠아리움의 좁은 천장으로 기어 올라가 물비린내를 맡으며 번갈아서 나도 점심을 먹고 거북이에게도 밥을 먹였다. 장풍이는 잡식성이었고, 나는 대개 새우나 게 또는 해파리를, 가끔 상추나 당근을 줬다. 장풍이는 단단한 턱으로 그 단단한 게딱지조차 호두 깨 먹듯이 먹었다.

아내에게도 장풍이를 보여주었고, 그때 아내는 장풍이에게

'장풍'이란 이름을 붙여줬다. 장수풍뎅이를 줄인 것인데 생김새가 닮았다는 이유였다. 공감은 되지 않았지만 잘 어울리다고 생각했다. 문 닫은 아쿠아리움에서 장풍이와 시간을 보낼 때면 나는 둘만의 낯선 행성에 표류 중인 기분을 느꼈다.

'올리브각시바다거북은 산란기에 한 마리가 한 번에 최대 150개 정도의 알을 낳는데, 그중 살아서 바다까지 가는 확률이 1퍼센트밖에 안 된대.'

'장풍이는 그럼 그 1퍼센트 확률의 거북이야?'

'그렇게 갔다가 인간에게 잡혀서 다시 돌아온 것까지 생각하면, 확률을 뛰어넘은 불사의 거북이지.'

'다시 바다로 가고 싶을까?'

'바다를 기억한다면.'

'장풍이가 바다를 기억하고 있다는 건 어떻게 알지?'

'심해 소리 같은 거 들려주면 반응하지 않을까?'

'…거북이의 반응은 어떤 식으로든 알아차릴 수 있냐?'

생명이라면 모름지기 어떻게든 누군가가 알아볼 수 있게 반응한다. 그것이 아내의 철학이었다.

다시 아내에게 돌아갔다. 그 옆에 앉으려 했으나 무릎을 굽히려고 힘을 준 순간 각목이 부러지듯 무릎이 순식간에 주저앉으며 몸이 앞으로 고꾸라졌다. 낙상 사고였다. 노인이라면 넓적다리 관절에 금이 갔으리라. 하지만 통증이 느껴지지 않았다. 허벅지와 엉덩이, 그리고 그곳들을 어루만지는 손바닥이 전신 마취를 해놓은 듯이 얼얼했다. 감각도, 온도도 느껴지지 않았다. 손은 푸른 기운이 감도는 잿빛이었다. 꼭 시체의 손처럼. 가까스로 몸에 균형을 잡고 고쳐 앉았다. 아내의 손을 찾아내 손을 포갰다. 아내의 손도 내 손과 다르지 않았다. 몸이 차갑던 나와 달리 늘 따뜻했던 육체, 그 수족, 나의 손난로, 나의 아랫목, 내가 사랑했던 이 행성의 가장 따뜻한 온도. 이제 없다.

서럽다. 내게 남은 삶이 1년이 채 되지 않는다는 말을 들었을 때보다 더한 서러움의 파도가 덮친다. 그대로 잠긴다. 몸이 말을 듣지 않아 허우적거리지도 못한 채 우리는 부서진 산호처럼 심해 바닥에 나뒹군다. 그렇게 익사해도 괜찮겠다. 네 말이 사실이라면. 인간들이 바이러스에 걸려 좀비라 일컫는 괴물이 되었고, 다른 곳으로 떠난 일부에 의해 지구는 '버려진'이라는 수식어가 붙은 행성이 되었고, 그리고 존엄사를 택했으나 부활한 나와, 감염되어, 변하기 전에, 스스로 약을 놓고 죽어버린 네가 전부 물의 진실이라면 나는 물에 있으려고. 진실을 밟을 바에야 외면한 채 익사하려고. 우리는 좀비 사태가 일어나기 전부터 끊임없이 기울어진 땅 위에서 떨어지지 않기 위해 버티고 살았으니 이제 그만 버텨도 되지 않겠느냐고. 지켜보는 인간이 없으니 그건 추락이 아닐 거다. 우리를 보고 물에 뛰어들었다고 외칠 사람이 없으니, 우리는 그걸 다이빙이라 불러도 좋을 거야.

그렇게 병실 가득 차오른 물이 천천히 코와 입으로도 들어찰 때 화장실에서 기어 나온 장풍이와 눈이 마주쳤다. 그 순간 깨달았다. 여기는 바다가 아니고 어항이다. 장풍이가 지냈던, 바다를 흉내 내지만 바다가 될 수 없는. 장풍이가 이렇게 말하고 있는 것 같았다.

나, 바다로, 보내준다며. 보내죠오.

아니, 실제로 그렇게 말하고 있었다. 물이 매개가 된 걸까. 거북이의 말을 알아들을 수 있는 능력이 생긴 걸까. 그것도 아니면 의심과 불안이라는 인간이 가지고 있던 고유한 속성이 사라지면서 타인 혹은 다른 종의 말을 이해할 수 있는 포용력이 생긴 것일까.

장풍이에게 물었다.

가고 싶니? 바다로.

장풍이가 대답했다. 단단한 턱만큼 단단한 목소리와 말투로.

당연하지. 돌아가야지. 보내죠오.

그래. 알겠어.

상상으로 차올랐던 물이 순식간에 병실을 빠져나갔다. 그러자 포개져 있던 아내의 손이 움츠러들더니, 내 손에 깍지를 꼈다.

죽은 줄 알았던 아내의 손이 내 손을 감싸 잡았다. 아니, 죽은 아내가 내 손을 감싸 잡았다. 아니, 죽은 아내가 내 손을 물어뜯기 위해 힘을 주었다. 느리게, 거북이보다도 느린 속도로 팔을 들어 내 손을 입에 가져갔다. 물 거면 물어보라지. 아내는 원래도 내 손가락이나 손등, 팔뚝을 습관처럼 물었다. 아내가 나를 무는 건 낯설지 않다. 살점을 씹어 먹는다고 해도 상관없었다. 고통이 느껴지지 않을뿐더러 설령 느껴진다고 하더라도 배고프다는데, 살 한 점 정도야.

하지만 아내는 입술을 들썩이고, 냄새를 킁킁 맡다가 흥미를 잃고 팔을 내려놓았다. 역시 죽은 자는 죽은 자를 먹지 않는 걸까. 그렇지만 나는 아내가 나를 사랑해서, 내 냄새를 알고 있어서 먹지 않는다고 생각하기로 했다. 그게 더 로맨틱하니까.

이번에는 내가 거북이처럼 느린 속도로 팔을 들어 아내의 머리카락을 쓸어 넘겼다. 손가락에 아내의 머리카락이 뭉텅이로 걸려 뽑혔다. 이런. 탈모가 걱정이라며 검은콩을 챙겨 먹던 아내에게 미안해졌다. 여전히 이목구비가 뭉개진 듯 보이는 탓에 정확히 인식되지 않았기에 나는 멋대로 아내가 화가 난 표정을 지었다고 가정했다.

우리 장풍이 바다로 돌려보내 주러 갈까? 할 것도 없는데.

아내에게서 아무런 대답도 들려오지 않았다. 오히려 대답을 한 건 장풍이었다.

어서. 가자.

보채기는. 거북이 성격이 왜 이렇게 급해.

복도는 한산했다. 고요했고, 고즈넉했다. 인류가 멸망했다는 것이, 그저 한 종이 지배한 시대가 마무리되었다는 것이 아니라 처참하게 박멸되었다는 것이 믿어지지 않는 평화로움이었다. 하지만 병실 문 앞에 진득하게 번진 피가 보인다. 분명 며칠 사이에 묻은 피가 아닐 터인데, 얼마나 두껍게, 여러 번에 걸쳐 흘렀으면 여전히 그 진득한 농도의 질감이 보일 정도였다. 자연이 애써 덮은 평화로움 아래에 비참한 최후가 있다. 이미 한 겹의 지층이 되어버린 멸망이 있다. 희고 깨끗하게 보였던 병원 복도 난간은 온통 먼지였고, 먼지 아래에는 거뭇거뭇한 핏자국이 석유처럼 진득하게 들러붙어 있었다. 앉아 죽은 채로 식물의 지지대가 된 인간이 보인다. 벌어진 입과 귀에 잎사귀가 풍성하게 달려 있는.

그러고 보니 신발이 없다. 맨발로 밟기 싫은데. 거뭇거뭇 썩은 발톱과 잿빛 피부색을 가진 발을 하고 가지기에는 너무 사치스러운 마음일까.

병실 앞 복도에는 사람 한 명이 죽어 있었다. 그의 얼굴은 보이지 않지만, 살점이 거의 뜯겨 옷도 형태도 거의 남아 있지 않지만 발 한쪽에 벗겨지지 않은 검은색 크록스를 보아하니 아마 병원에서 근무했던 의료진이었으리라. 죽은 이의 옆에 리넨 카트가 엎어져 있었다. 사람을 실어 나르기에 딱 좋은 크기였다. 녹음기를 처음으로 돌려 재생 버튼을 누른 후, 카트를 향해 몸을 움직였다. 장풍이조차 답답해할 속도였다. 하지만 어쩔 수가 없다. 생각이 몸으로부터 한 번 떠났다 온 것처럼, 혹은 정말로 그랬으므로, 생각과 몸이 일치되지 않았다. 또 한 번 넘어졌다가는 뼈가 완전히 으스러질 거란 확신이 들었다. 고통은 없겠지만, 기어서 가야 하는 건 무리였다. 천천히 리넨 카트 앞에 도착했다. 쓰러진 카트를 일으키는 것도 일이었다. 처음으로 돌아간 녹음기에서 소리가 흘러나왔다.

앱으로 시켰는데, 여기에는 음료 나왔다고 했는데 여기 없잖아요.

손님, 지점을 잘못 선택하셨는데요.

어머. 아니, 그래서요? 일단 나는 음료를 시켰으니까 줘야 될 거 아니에요, 아가씨!

여기서 한 블록만 가면 있는 지점이에요. 거기서 찾으시는 게 빨라요. 음료 식기 전에 가세요.

이봐, 아가씨!

왜요, 아저씨!

너무 앞으로 돌렸네.

힘겹게 카트를 일으킨 후, 녹음기 버튼을 찾아 눌렀다. 카트를 끌고 병실로 돌아가는 동안 버튼을 대여섯 번은 더 눌렀다. 언제부터 쌓은 녹음인 걸까. 버튼을 누르다가 손가락이 부러질 것만 같은 실제적인 공포가 느껴졌다. 포기할까. 정말로 문명이 멸망했고 나와 아내가 좀비라는 점은 다 알았으니 무언가 더 알아야 할 건 없을 것 같은데. 여전히 궁금한 게 있다면 나는 왜 좀비의 몸으로 이런 생각을 하고, 리넨 카트에 아내를 집어넣으려고 하고 있는가. 아내는 왜 리넨 카트에 들어가는 것도 도와주지 않고 축 늘어져 짐승 같은 소리만 고롱고롱 내고 있는가.

아내는 나와 같지 않았다. 말을 하지 못할 뿐 나를 알아볼 줄 알았으나 그렇지 않았다. 먹을 수 없다는 걸 알게 된 후 흥미 없는 눈으로 허공을 응시하며 킁킁, 냄새만 맡을 뿐이었다. 영락없는 감염자의 모습이었다.

젖은 이불 같은 아내의 상반신을 가슴에 안고서 힘겹게 몸을 들어 올려 카트에 집어넣었다. 아내의 팔을 먼저 카트에 걸치고, 바지를 붙잡아 끌어 올리는 방식으로 말이다.

무거워 죽겠네, 정말.

아내의 몸이 철푸덕, 카트 안으로 청소기에 빨려 들어가듯 쏟아졌다. 생각보다 큰 소리를 내며 떨어진 몸에 서둘러(나는 서두른다고 서두른 거지만 남이 보면 아주 느린 몸짓이었을 테지) 카트 안을 쳐다보았다. 목과 팔이 전부 뒤틀려 구겨진 이불처럼 들어 있는 아내가 보였다. 목뼈가 부러지더라도 죽을 일이 없는 존재라는 게 다행이었다. 들린 상의 아래로 갈비뼈가 살갗을 뚫고 나온 것이 보였다. 도로 넣어주는 게 편할지, 그대로 빼고 있는 게 좋을지 고민하다가 옷만 끌어 내렸다.

오늘은 네가 죽는 날이다.

녹음기에서 아내의 목소리가 들렸다. 여기서부터 들으면 되는 건가. 녹음기를 상의 가슴 주머니에 넣었다. 이제 장풍이를 카트에 넣을 차례였다.

너는 모르핀과 수면제를 맞고 20시간째 자고 있다. 중간에 간혹 깨어난 듯 보일 때도 있지만 그건 어쩌다 눈이 떠진 것일 뿐이다. 아무리 말을 걸어도 반응하지 않는다. 조금 전에 의사가 다녀갔다. 리스트 사항은 전부 충족됩니다. 언제든, 원하실 때 말만 하세요…. 그렇게 말하고 갔다. 그 말이 사람을 무너트린다. 아주 처참하게. 내가 지금이요, 하고 말하면 너는 지금 죽고, 몇 날 몇 시 몇 분 몇 초에요, 하고 말하면 너는 그 시간에 죽는다는 사실에 속이 울렁거린다. 태어나는 것도 그렇게 초 단위로 정확하게 태어날 수 없는데 죽는 건 그게 된다니. 나는 왜 반대로 알고 살아왔을까. 탄생은 계획하에 예정된 채로 태어나지만 죽음은 갑작스럽다고. 그런데 아니었다. 탄생은 기적이고 죽음이야말로 예정된 거다. 탄생의 기쁨에, 죽음의 슬픔에 휩싸여 알아차리지 못한 것뿐이다. 나는 지금 너의 예정된 죽음을 또렷하게 느끼며 마주한다.

우리가 존엄사 센터에 손을 붙잡고 들어왔을 때가 부쩍 떠오른다. 우리가 예전에 갔던 모텔 직원처럼, 어떤 의심도 없이 사무적인 친절함으로 우리한테 예약하고 왔느냐고 데스크 직원이 물었던 순간들이. 부부면 이 서류를 작성해 주세요. 한 장은 신청자 본인, 다른 한 장은 법적 보호자. 똑같은 존엄사 신청서를 꼼꼼히 읽으며 우리는 그때까지 그 순간이 마냥 즐거웠고, 가벼웠고, 산뜻했다. 직원의 친절과 태도가 좋아서 더 그랬던 것도 같다.

우리가 신청서를 작성하고 나갈 때쯤 뒤에서, 또 왔네요 박초롱초롱 님, 하고 직원이 말했다. 사람 이름이 초롱초롱이야? 하고 뒤돌았더니 사람이 아니고 노견이었다. 주인이 있었지만 직원은 커다란 이동장에 누워 숨만 간신히 헐떡이는 노견 초롱초롱을 향해 친절하게 웃고 있었다. 그 표정은 사무적인 웃음이었다. 그저 편견 없이 고객을 대하는.

우리는 그날 그 개가 신청서를 어떻게 작성했을까, 한참 토론을 펼치며 집으로 돌아갔다. 개 통역기를 썼을 것이다, 뇌 반응을 분석했을 것이다, 하며 각종 방법을 이야기했다. 우리가 신청서에 서명하고 왔다는 사실은 잊고 밤새 그 이야기를 나누었던 것 같다. 그리고 그 비밀은 다음에 갔을 때 알게 됐다. 18년 이상 산 노견이나 노묘는 담당 수의사가 대리해 서명할 수 있다고. 그러니까 그들의 대리인인 수의사와 보호자가 우리처럼 신청서를 작성하고 있더라고, 나란히.

가끔 생각난다. 초롱초롱 씨, 안녕하세요, 하고 묻던 직원의 웃음. 초롱초롱도 알지 않을까. 저 인간이 자신을 얼마나 존중하고 있는지. 살아 숨 쉬는 존재는 죽음 앞에서는 그토록 평등해진다.

그게 얼마나 위안인가.

장풍이는 생각보다 더 대단히 무거웠다. 등껍질을 붙잡아 들어 올리자, 장풍이의 손이 허공에서 헤엄치듯이 움직였다. 그 작은 손짓에도 몸이 휘청였다. 화장실에 문턱이 없는 게 얼마나 다행인지. 그 한 걸음 오르는 게 저승의 문턱처럼 느껴졌으리라.

초롱초롱의 주인은 중년쯤으로 보이는 여자였다. 흰머리를 부러 검게 덮지 않고 곱게 묶었는데 참 멋스러웠다. 침 흘리는 초롱초롱의 주둥이 밑에 파란색 손수건을 받쳐주면서 노래를 불러주었던 여자. 아내가 잠시 화장실 간 사이에 그녀와 매점에서 마주쳤다. 그녀도 우리를 인식하고 있었는지 내가 안락사 당사자가 아니라 보호자라는 걸 알고 있었다. 딱 하나 남아 있던 두유를 나한테 양보하면서, '인연이라는 게 정말 있을까요? 생의 반복이 그 인연의 치열한 복수전일까요? 그럼 나는 전생에 개였고 당신은 당신 아내보다 먼저 죽었나 봐요. 다음 생에는 먼저 복수해요, 우리' 하고 갔다.

내가 정말 전생에는 아내보다 먼저 죽었을까? 생의 순환이라는 게 고작 끈질긴 두 인연이 서로 앞다투어 죽기를 반복하는 거라니. 정말로 죄지은 사람들이 전부 지옥으로 떨어지고 일찍 죽은 자가 다음 생에 더 오래 산다면 언젠가 지구는 천국의 모습을 하고 있겠지. 선한 사람들이 억울하게 죽지 않고 영생 같은 삶을 사는. 그러면 천국은 미래에 있는 건가. 지금 이 세계의 어떤 차원에도 존재하지 않고.

그런데 인구가 이렇게 많아져서 어떡하지. 다음에 다시 태어나도 못 만날 확률이 훨씬 큰 거 아냐? 비혼율과 이혼율을 보면 그래 보인다. 다 제짝을 못 찾아서가 아니었던 거지. 인간이 너무 많아서 못 만난 거다. 하, 큰일이네. 솔직히 아내나 내가 다음 생에 인간이 아니고, 나는 한강 공원 길고양이 새끼로 태어나고, 아내는 저 할리우드 배우가 키우던 강아지로 태어나면, 우리가 어떻게 서로를 알고 만나지? 걱정이다. 우리를 이어줄 매개가 필요하다. 죽은 다음에도 우리를 기억해 줄 무언가가. 그 거북이, 장풍이를 키울걸 그랬나?

아내를 똑바로 앉히고, 장풍이를 아내의 웅크린 품에 안겼다. 장풍이를 놓쳤다가는 아내의 다리뼈를 전부 부러트릴 것만 같아, 떨어트리지 않으려 얼마나 애썼는지. 올 리 없는 근육통을 느낄 정도였다. 어쨌거나 무사히 아내와 장풍이를 리넨 카트에 담았다. 밖이 추울까. 창밖을 내다보았다. 뿌연 시야로 담장에 핀 장미꽃 형체가 어렴풋이 보였다. 장미가 피었다는 건 여름의 초입이라는 뜻이다. 해가 지고 지열이 식으면 조금 쌀쌀해질 수도 있다. 좀비는 체온이 있나. 잠시 내가 더위나 추위를 느끼는지를 판단해 보았다. 모르겠다. 돌이켜 생각해 보니 초여름 온도는 언제나 존재감이 없었다. 그래도 혹시 모른다. 아내는 자잘한 감기에 자주 걸리는 편이었으니까. 감기 걸린 좀비는 본 적 없지만, 영화감독들이 감기 걸린 좀비를 굳이 만들지 않은 것뿐이니 없다고 할 수 없지 않을까. 침대에 있던 얇은 시트를 아내에게 덮어주었다. 뭐든 없는 것보다는 낫겠지.

가볼까.

내가 말했다.

어서, 빨리.

성격 급한 장풍이가 대답했다.

어제는 새벽에 화장실이 가고 싶어 깼을 때 아내가 일어나 있었다. 혼자 무슨 생각에 빠졌는지 하염없이 창밖을 보고 있었다. 보름달이 뜬 새벽이었다. 달빛이 내려앉은 아내의 얼굴은 선명하고 아름다웠다. 열일곱 살, 처음 봤던 아내의 모습 같았다.

아내는 입학식을 지루해하면서 강당 지붕만 하염없이 보고 있었다. 재미있는 거라도 있나 싶어서 아내를 따라 지붕을 쳐다봤는데 오래된 강당 지붕에 구멍 나 있는 것이 보였다. 그리고 거짓말처럼 아침부터 우중충하게 하늘을 뒤덮고 있던 구름이 지나가면서 햇살이 내리쬤고, 햇살 한 줄기가 구멍 난 강당 지붕 틈으로 들어와 아내의 얼굴에 쏟아졌다. 아, 그게 내 인생의 명장면인데. 아무에게도 보여주고 싶지 않고, 평생 나만 보고 싶은. 가만가만 숨을 쉬다가도, 가만가만 살아가다가도, 가만가만 죽고 싶다가도 그 장면만 떠올리면 나는 영화의 두 번째 주인공이 된 기분이 들었다. 내가 느끼는 이 지루함과 무의미함, 그리고 고통이 전부 주인공을 위한 시련처럼 느껴지고는 했다. 그럼 도망치기보다 부딪치고 싶어졌는데.

그 순간이, 나 홀로 버텨 살고 있는 이 행성의 핵이 되었는지도 모른다. 이 행성의 중심, 이 행성에 자기장을 만들고, 행성을 회전시키고, 행성을 뜨겁게 하고, 행성에 산맥과 절벽을 만드는…. 아내는 모른다. 네가 나의 내핵이었다는 걸. 굳이 말하지 않았다. 로맨틱한 비유는 아닌 것 같아서.

그 모습을 아내가 어제 새벽에 재연한 거다. 나만을 위한 재연이었다. 아내는 그대로다. 단 한 순간도 그때의 아내가 아니었던 적 없었다는 듯이.

넋을 놓고 바라보고 있으니, 아내는 내가 자신을 쳐다보고 있다는 걸 진작 알았다는 듯이 물었다. 준비됐어, 하고. 비장하지만 비범하지는 않게. 그리고 나는 비참하게 무엇을 위한 준비인지 말하지 않아도 단번에 알아들었다. 그래서 슬퍼. 내게 준비됐느냐고 묻는 아내의 말에 모든 것이 준비되었다는 뜻이 담겨 있다는 걸 알아서, 슬프다. 애석하다. 비통하다. 참담하다. 그리고 원망스럽다.

그래서 나도 그렇다고 대답했다. 하지만 아니야. 나는 준비되지 않았어. 나는 그 준비를 영원히 할 수 없어. 너도 분명 알 텐데, 눈치 빠른 너는 내가 하는 거짓말을 바로 알아차릴 거고, 평소의 너라면 거짓말하지 말라며 나를 나무랐을 텐데 이번에는 치사하게 안 그러더라. 그냥 그대로 넘어가더라. 거짓말이지, 하고 한 번만 물어봐 주지 그랬어. 아니다. 안 물어봐서 다행이다. 아내가 물어봤으면 무섭다고 그 자리에서 엉엉 울었을 거다. 나는 있지, 정말 네가 없는 세상이 무서워.

빨갛게 핀 장미인 줄 알았는데 가까이서 보니 내장이 주렁주렁 걸려 있던 담장이었다. 아내에게 한 송이 꺾어주려고 했는데. 얼마나 오랫동안 걸려 있었던 건지 건조되기를 반복해 마른 곱창처럼 보였다. 그래, 그것을 보고 맛있겠다는 생각이 든 건 이런 형태의 음식을 먹어왔기 때문이리라. 눈알이나 손가락이 주렁주렁 달려 있었다면 군침이 돌지 않았겠지. 살아 있을 때도 인간의 것과 흡사한 눈알이나 손가락을 먹지는 않았다. 하지만 내장은 다르다. 꺼내놓으면 무엇이 소의 것이고, 돼지의 것이고, 인간의 것인지 단번에 구분되지 않으니까. 배는 고프지 않은데 혀가 뻣뻣하게 굳으며 구미가 당겼다. 씹고 싶었다. 희미하게 남은 향이 풍겼다. 참기름 바른 육회와 비슷한 냄새였다.

애써 군침을 삼키며 먹지 않겠다고 다짐하는 와중에 녹음기는 다음 녹음으로 넘어갔고, 옆에는 미라 같은 앙상한 인간이 다가와 섰다. 황태 같은 몰골이다. 인간은 툭 치면 지푸라기처럼 바스러질 것 같은 팔을 뻗어 주렁주렁 걸린 내장 하나를 집었다. 드시게요?

먹는다. 젠장. 인간은 육즙 없이 바싹 말라 질긴 그것을 먹겠다고 안간힘을 썼다. 하지만 이제 씹을 기력도 남아 있지 않은 듯했고, 그대로 내장을 입에 가득 욱여넣은 채 돌연 쓰러졌다. 그리고 움직이지 않았다. 배터리가 다 되어 작동이 멈춘 건전지 인형 같았다. 전염병의 끝물인가. 역시 먹지 못하면 죽는 건가. 어떤 존재든…. 그러고 보니 대체 나는 얼마나 오랫동안 자고 있었던 거지. 슬슬 아내의 건강이 걱정되었다. 이 문장이 상황에 맞는 문장인지는 모르겠지만, 아무쪼록 뭘 먹어야 살 텐데, 뭘 먹여야 좋을까.

이게 무슨 상황인지 모르겠다. 내가 방금, 방금… 사람을 죽였다.

인간을 두고 돌아섰다. 리넨 카트를 마저 끌었다. 아내는 카트에 앉아 편안하게 하늘을 바라보고 있었다. 아까 고개가 꺾인 탓에 억지로 하늘을 보고 있는 건가 싶어 다시 원래대로 고개를 내려주었지만, 아내는 제 의지로 천천히 고개를 들어 올렸다.
하늘이 예뻐?
내가 물었다.
바다가 더 예뻐.
뜬금없이 장풍이가 대답했다.

주려면 어느 정도로 내리쳐야 하는 거지.

 이쯤에서 아내가 훌쩍였다. 우는 건가, 싶었는데 그냥 콧물을 훔친 것 같다.
 사람을 죽였다, 내가. 사람을….

 애완어 가게가 보였다. 중간까지밖에 내려오지 않은 셔터와 깨진 가게 문이 이곳에서 있었던 어느 순간의 난투를 상상할 수 있게끔 했다.
 철제 셔터는 녹이 슬어 살짝만 건드려도 봉이 툭툭 떨어졌다. 녹슨 끝이 날카롭고 제법 휘두르기 편한 크기였다. 혹시 몰라 봉 하나를 카트에 넣었다.
 가게 안은 습기가 가득했다. 몇 개의 수조는 깨져 있었다. 깨지지 않은 수조는 외관만 멀쩡할 뿐 속에 든 물이 바짝 말라 있는 것이 대부분이었다. 수조 벽면은 이끼로 뒤덮여 죄다 푸른색이었다. 물살이식물은 보이지 않았다. 누군가 먹었거나 그것도 아니면 사체가 썩어 사라진 것이리라. 그렇지만 진짜 목적은 다행히 온전하게 보관되어 있었다. 손으로 털어도 털어지지 않는 진득한 먼지가 쌓여 있었고 유통기한도… 아, 오늘이 몇 년도 며칠이려나, 알 수 없지만 기한이 지났거나 간당간당해 보였다. 그래도 이건 말 그대로 유통이 가능한 기한일 뿐이다. 유통기한이 지나면 죄다 버려버리는 나에게 아내가 몇 번이나 강조한 말이었다.

'유통기한과 소비기한은 달라. 좀 아껴. 그리고 며칠 지난 거 먹어도 안 죽어. 음식에는 너무 예민하게 굴지 마.'

'네가 응급실에서 하루만 있어봐. 사람들이 얼마나 다양하고 기가 차게 뭘 먹고 병 걸려 오는지. 그 사람들 대부분 잘못한 게 없어. 그냥 먹었는데 그렇대. 입으로 들어가는 건 예민하게 굴어도 돼, 좀.'

'그럼 여보는 싱싱한 거 드세요. 이것들은 다 제가 먹을게요.'

'그렇게 말하면 내가 너무 쓰레기 같잖아.'

여보, 나 쓰레기 짓 한 번만 더 할게.

장풍아. 거북이 사료 맛은 어때?

카트에 물살이 사료 한 포대를 담았다. 위를 쳐다보고 있던 아내와 눈이 마주쳤다.

너를 두고 가지 않을 거야. 나도 여기에 남을 거야. 어떤 상황에서도 같이 있을게.

미각을 잃은 건지 사료가 원래 무미無味인 건지 알 수 없지만,

맛이 느껴지지 않는 건 여러모로 다행이었다. 사료는 생각보다 눅눅했는데 이 역시 오래되어 그런 것인지 아니면 원래부터 그런 것인지 알 수 없었다. 그렇지만 이 역시도 다행이었다. 딱딱했다면 씹지 못했으리라. 장풍이는 아예 사료 포대에 머리를 집어넣고 먹었다.

아내는 새끼 새처럼 입에 넣어주는 사료를 거부하지 않고 씹었다. 본능에 가까운 행위 같았다. 꼭 다문 입술. 틈이 벌어지지 않게끔 입술에 주름이 지도록 다문 입술이 어이가 없어 웃었다. 세 살 버릇은 여든까지 가고 길든 습관은 죽어서도 따라간다.

'내가 말한 적 있나? 내가 너랑 즉석 떡볶이집에서 제일 매운 단계 떡볶이를 먹다가 대뜸 결혼하자고 프러포즈했던 이유를.'

아내와 나의 단골집인 즉석 떡볶이집은 매운 짜장 떡볶이로 유명한 집으로, 우리가 졸업한 고등학교 앞에 있었다. 그 고등학교 학생들은 그 떡볶이집 사장님이 다 먹여 키웠다는 말이 있을 정도로 그 학교를 졸업한 사람이라면 누구나 아는 곳이었다. 물론 학생 때 우리가 같이 그곳에 간 적은 없었다. 다닥다닥 붙은 테이블 속에서 아내를 인식한 적은 있었지만. 우리는 성인이 된 뒤에야 함께 그곳에 갔다. 가끔은 못다 만든 추억을 떠올리며 교복을 입고 간 적도 있었다.

가게 주인인 할머니는 우리를 알아보았다. 즉석 떡볶이 냄비를 버너 위에 올려주며 학생 때나 한번 사귀고 말지 왜 애 낳아야 할 때 서로 사귀냐고 한마디 했다. 다른 사람이었다면 아내가 벌써 밥상을 엎었겠지만, 주인 할머니가 단번에 우리의 관계를 알아보았다는 점, 우리를 기억한다는 점, 말은 그렇게 하면서 쥬시쿨 두 개와 튀김 만두 두 개를 더 서비스로 넣어주었다는 점에서 아내는 화를 잠재웠다. 그리고 계산할 때 할머니가 말했다.

'누가 서럽게 하면 여기 와. 아주 맵게 만들어 줄 테니까 아주 눈물 콧물 쏙 빼고 가.'

그 말 덕분에 우리는 평생의 단골이 되었다.

밤새 소동이었다. 경찰과 구급차, 군용 차량과 헬기가 정신없이 돌아다녔다. 살면서 총성을 실제로 들은 건 처음이었다. 생각했던 것보다 훨씬 크고 무섭다. 심장을 관통하는 소음이었다. 혹시나 우리 병실로 총알이 쏟아질까 봐 아내를 침대 밑으로 옮겼다. 밤새 침대 밑에서 아내를 끌어안고 버텼다. 괴성과 울음이 뒤섞여서 들리는데 감염자를 죽이는 건지 사람을 죽이는 건지 구분되지 않았다. 실수로 사람을 죽여도 아무도 모르지 않을까. 아니, 일부러 사람을 죽여도 다들 그러려니 하지 않을까. 바퀴벌레약도 바퀴벌레만 죽이는 게 아니니까. 쥐덫에도 쥐만 걸리는 게 아니니까. 아내는 죽어가고 있는데도 그런 아내를 누군가 죽일까 봐 전전긍긍하다가도 아내의 죽음을 수락했던 사람이 나라는 사실에 헛웃음이 났다. 무슨 배짱으로 아내가 죽어도 혼자 살아갈 수 있다고 확신한 걸까, 어리석게.

그 생각이 들어. 감염된 간호사를 죽일 때, 나한테는 다른 진심이 있었을 거라는. 마치 그가 네 뇌에 가득 찬 종양이라도 된 것처럼. 너를 데리러 온 저승사자라도 된 것처럼. 너의 죽음을 승낙한 나라도 된 것처럼….

사실 말이야, 그래서 조금 후련했어.

모교 학생들의 뼈와 살이 되었던 그 분식집은 유명한 코미디언이 자신의 개인 채널에 소개하면서 더는 모교 학생들만의 사랑방이 아니게 되었다. 주말은 물론이거니와 평일에도 대기 줄이 생길 만큼 유명해졌다. 아내와 1시간을 기다렸다가 들어간 가게에 교복은 보이지 않았다. 딸로 보이는 두 여자와 어린 남자 한 명이 가게를 운영하고 있었다. 할머니는 보이지 않았다. 할머니에게 드리려고 양갱을 사 왔던 우리는 머뭇거리다가 주문받으러 온 여자에게 가게 주인 할머니의 안부를 물었다. 그 순간 불안감에 가슴이 팔딱거리던 것이 생생하게 떠오른다. 돌아가셨다는 말을 들을까 두려웠다. 다행히 할머니는 건강하셨고, 이틀 전에 생일을 맞이해 남편분과 함께 사이판으로 여행을 가셨다는 소식을 들었다.

아내와 나는 한시름 놓은 채 늘 먹던 매운 짜장 떡볶이를 먹었다. 분식집 내부가 익숙하면서도 낯선 공간처럼 느껴졌다. 어쩌면 이제 이곳은 우리가 아는 그 분식집이 아닌 것 같기도 했다. 아니, 아닌 게 확실했다.

'이제 여기는 그만 와도 되겠어.'

'맛이 변했어? 나는 그대로 같은데.'

'여기는 이제 우리가 아는 그곳이 아닌 거 같아서, 그냥 낯설어. 그래서 그런가. 맛도 어쩐지 좀 변한 거 같아.'

아내는 그 말에 난처한 표정을 지었을 것이다.

'진작 말을 하지. 그럼 사리 전부 추가하는 건데. 나 사리 다 추가해 보는 게 로망이었는데….'

'지금이라도….'

'안 돼. 즉석 떡볶이는 처음에 끓일 때부터 같이 안 끓이면 소용이 없잖아.'

'그럼 다음에….'

'아냐. 솔직히 1시간 기다리면서 먹을 만큼은 아닌 것 같아, 나도. 오늘을 마지막으로 하자. 그리고 나 이제 이 맛 똑같이 낼 수 있을 거 같아. 집에서 만들어 먹자. 아! 그러면 우리 오늘 기념일로 하자. 이 떡볶이집과의 안녕을 고하는 기념일. 그 핑계로 가는 길에 홀 케이크도 사자. 매운 떡볶이 먹었으니까 나 진짜 진한 초코 케이크를 입에 넣어야 해.'

이런 말을 해주는 사람과 평생 쿵짝쿵짝 맞춰가며 살아간다면, 평생 어떤 고난이 와도 홀 케이크 한 판으로 모든 하루를 이벤트로 만들 수 있지 않을까. 그런 생각이 들었다. 원래도 아내가 아닌 다른 사람과 살 생각은 추호도 없었지만, 우리는 늘 미래를 암묵적으로만 공유해 왔다.

언어화되지 않은 약속.

언어화할 수 없는 약속.

언어로 규정되지 않았기에 그 깊이와 넓이를 가늠할 수 없던 약속.

언어로 규정되지 않았기에 아무도 알 수 없던 우리의 약속.

'진짜로 기념일로 만들까, 오늘.'

'무슨 기념일?'

'네가 나한테 프러포즈 받은 날.'

'…나 오늘 프러포즈 받았어? 언제?'

'지금. 나랑 평생 살자, 우리. 매운 떡볶이 만들어 먹고, 홀 케이크 먹으면서. 심심하면 옛날이야기 하고, 시간 남으면 1시간씩 줄 서는 식당 밥집들도 가자. 한 달에 한 번은 꼭 영화관 가서 영화도 보고, 주말에 도서관 가서 책도 같이 읽자. 상반기, 하반기에 국내 여행 한 번씩 가고 명절 때는 꼭 해외로 가자. 그리고 네가 매번 밥 챙겨주는 놀이터 고양이, 개 살살 꼬셔서 같이 살자. 결혼하자는 거야.'

아내의 표정을 떠올리고 싶은데, 떠오르지 않는다.

'마지막으로 네가 제일 좋아하는 땅콩샌드. 한 봉지에 네 개 든 거. 너는 두 개만 먹고 싶어 하니까, 나머지 두 개는 내가 먹을게. 하루 한 봉지씩 땅콩샌드 까먹으면서 살자. 내가 그건 절대 안 떨어지게 매일 사놓을게.'

계속 보다 보면 떠오르지 않을까 싶어, 추억 속의 아내를 응시했다. 그렇지만 떠오른 건 아내의 얼굴이 아닌 잊고 있던 분식집 수조였다. 아내 등 뒤에 자리 잡고 있던, 가로로 긴 수조. 인공 산호초와 가짜 바위, 유럽 동화에 나올 법한 집들로 꾸며진 수조에는 거피, 몰리, 코리도라스가 살았다. 수조 선반에는 학생들이 언제든 밥을 줄 수 있게끔 먹이가 꺼내져 있었다. 처음에는 거피만 있었다가 나중에 몰리가 입주했고 이끼 청소가 귀찮다며 코리도라스가 마지막으로 들어왔다. 졸업식 꽃다발을 들고 이 수조 앞에 서서 아내와 나누었던 이야기가 떠오른다.

'얘네 셋은 자연에서는 웬만하면 만날 수 없는 존재들이야.'

아내가 수조에 이마를 바짝 붙인 채 말했다.

'셋 다 비슷하게 담수에서 살기는 하는데, 거피랑 몰리는 해수에서도 적응할 수 있지만 코리도라스는 해수에서는 못 살아. 거피랑 코리도라스는 남아메리카 비슷한 지역에 서식하기는 하는데…. 웃기지 않아?'

'뭐가?'

'같이 살 수 없는 애들은 이렇게 억지로 같은 수조에 넣어 살게 하면서 같이 살고 싶다는 것들은 같이 못 살게 하는 게.'

'얘네는 같이 있어도 서로 섹스할 일이 없잖아. 심지어 거피는 수컷 없이도 혼자 애 낳잖아.'

'모르지. 얘네끼리 눈 맞아서 새로운 종을 탄생시키면 어떡해?'

'그럼 비싸게 팔리겠지.'

'돌연변이 괴물로 태어나서 인간을 막 먹으면?'

'그럼 개꿀이지. 지구 멸망이 열대어 섹스로 이루어진다니.'

주변에 식품이 있을 만한 가게를 다 털어 왔다. 텅텅 비어 있을 줄 알았는데 생각보다 먹을 게 꽤 있었다. 전염 속도가 빨라서 그런가. 우리나라 사람들이 사재기를 잘 안 해서 그런가. 손에 잡히는 것은 일단 다 챙겼다. 특히 단백질 바나나 쉐이크는 내가 다 가져온 것 같다. 이것만 있어도 몇 달은 거뜬하게 버틸 수 있을 거다.

재난 방송에 라디오 주파수도 맞춰놨는데 이렇다 할 소식이 없다. 사람들이 왜 변했는지도 모른다. 그저 대피 명령이 떨어질 때까지 안전한 곳에 피해 있으라는데, 사람들은 계속 어디론가 떠난다. 나만 모르는 대피소라도 있는 건가. 아까도 차에 짐을 한가득 싣고 떠나는 가족을 봤다. 병원에 입원해 있었던 건지 병원복을 입은 아이가 엄마 등에 업혀 있었고, 첫째로 보이는 아이는 조용히 엄마를 돕고 있었다. 가족은 그렇게 셋뿐이었다. 가족들은 감염자들이 몰려올까 두려워하며 차에 조용히 짐을 실었다. 아이와 눈이 마주쳐서 손을 흔드니까, 아이도 똑같이 손을 흔들어 줬다. 그 탓에 아이 엄마가 이곳을 쳐다봤는데, 의외로 고개 숙여 인사하더라. 아는 사이인가, 싶었어. 나도 따라 엉겁결에 인사를 하니, 손을 움직이더라. 수어였어.

몸조심하세요. 살아남으세요.

내가 알아듣지 못해도 상관없다는 듯 단호한 표정이었다. 아내를 따라 주말마다 문화센터에서 수어를 배워두길 잘했다는 생각을 그때 처음으로 했다.

당신도 몸조심하세요. 삽시다.

내가 그렇게 인사하자, 엄마는 흠칫 놀라더니 웃었다. 그 웃음도 참 씩씩해 보였다. 우리 또래 같았는데 아이를 업고 있어서 그랬나, 우리보다 훨씬 강인해 보이더라. 그때 저 멀리서 한 무리의 감염자가 다가오는 게 보였다. 내가 손가락으로 가리키자, 엄마가 그들의 존재를 확인하고는 서둘러 아이들을 차에 태웠다. 근데 생각보다 감염자들이 몰려오는 속도가 빨라서, 자칫하면 잡힐 것만 같았다. 도와줘야겠다 싶어 주변을 둘러보다가 병실에 놓인 화분이 보였다. 그 화분을 창밖으로 있는 힘껏 던졌다. 고요한 새벽에 화분 깨지는 소리가 천둥처럼 울렸는데, 내가 꼭 제우스라도 된 것 같아서… 그거 기분 째지더라. 내 위치를 알아보고 미친 듯이 달려오는 감염자들을 보면서, 아 죽어서도 식욕이 왕성하면 행동이 빠르구나, 생각했다. 그리고 벽을 타고 올라오기라도 할까 봐 뒤늦게야 무서워서 창문을 꽉 닫았는데 다행히 벽을 타고 올라오지는 못하더라. 그사이 그 가족들 차가 도로를 빠져나가는 게 보였다. 살짝 열린 창문으로 작은 손이 나한테 엄지 날리고 있는 걸 봤다. 나도 헐레벌떡 창밖으로 고개를 내밀고 날려줬는데, 내가 날린 건 봤을까. 어디로 가는지 물어보기라도 할걸 그랬다. 물론 돌이켜 생각해도 우리에게는 그런 대화를 나눌 시간이 없었지만.

살아남으세요. 삽시다…. 이 말, 살면서 인사로는 처음 내뱉는 말인데 마치 평생 이 문장을 인사말로 살아온 것처럼 익숙하다.

새가 날아간다. 한 마리, 두 마리, 아니 수십 마리의 철새 무리가. 이상하리만치 새는 선명하게 보인다. 붉은 다리와 부리, 흰

배털과 청록색 깃털이. 그제야 구름과 나무, 들꽃 같은 것들은 흐릿하지 않고 선명하다는 것을 깨닫는다. 전봇대도, 표지판의 글씨도, 담장에 걸려 있던 내장과 인간의 얼굴은 이렇지 않았는데.

너는 운이 좋군. 쟤네를 보다니. 쟤네는 흔히 볼 수 있는 게 아니야.

장풍이 말했다.

저 새가 뭔데?

흔히 볼 수 없는 부리 붉은 애. 잘 날고, 많이 먹어.

아니, 종이 뭐냐고. 새 중에서도 비둘기나 학, 두루미, 이런 게 있을 거 아니야.

그런 게 어디 있어. 그런 건 우린 몰라. 분류하고 나누는 건 인간만 해. 쟤는 그냥 많이 먹고, 한동안 안 보였어. 기온이 엉망이라 길을 못 찾는다고 들었어. 예민한 애야. 종을 알아야만 저게 있다는 걸 인정할 거야? 모르면 쟤는 존재하는 게 아닌 거야?

너는 올리브각시바다거북이야.

나한테 필요 없는 정보야. 알려주지 마. 기억하지 않을 거야. 기억하면 외로워져.

왜?

네가 그렇게 말하지만 않으면, 나는 언젠가 저 예민한 애처럼 날 수 있는 존재가 될 수도 있어. 내 몸은 나른할 땐 숲이 되기도 하고, 헤엄을 칠 땐 파도가 되기도 해. 등을 말릴 땐 바람이 되기도 하지. 나는 자유자재로 변하고, 속하고, 벗어날 수 있어. 하지만 구분 지으면, 선이 생겨. 넘을 수 없는. 내가 갇혀 있던 가짜 바다의 투명한 벽처럼. 선이 생기면 오래 살 수 없어. 넘을 수 없다는 좌절이, 마음을 늙게 해.

그게 너희의 장수 비결이야?

아니. 이게 원래 지구를 살아가는 방법이야.

구조가 시작됐다. 며칠 내내 총성이 끊이질 않고 밤새 태양 빛과 같은 불길이 도시 곳곳에 번졌다. 구조를 한다는 건지 은근슬쩍 다 죽이려는 건지 구분이 안 된다. 그래도 제법 헬기가 날아다니며 옥상으로 도망쳐 온 사람들을 태우며 가기도 하고, 군용 트럭으로 입구를 사수한 뒤 건물 안으로 들어가 사람들을 데리고 나오기도 하는데 어디로 가는 걸까. 그걸 안 알려준다. 이 땅 어딘가에 안전한 곳이 있으면 위치부터 제일 먼저 알려줘야 하는 거 아닌가. 그래야 여건이 되는 사람들은 알아서 갈 텐데. 가만 보면 중요한 것들은 전부 비밀이다. 그리고 여기에는 아무도 안 온다. 옥상에도, 입구에도. 이 존엄사 센터는 쳐다도 안 본다. 병원도 사정은 비슷해 보인다. 헬기가 지나갈 때 휠체어를 탄 한 사람이 뛰쳐나와 살려달라고 외쳤는데, 분명 충분히 들렸을 건데, 헬기 문밖으로 내민 고개를 나도 봤는데 마치 듣지도, 보지도 못했다는 듯이 갔다. 그냥 갔다. 그게 그 사람의 마지막 외침이었는데. 살고자 하는 간절한 통곡이자 죽음을 불러오는 소리였는데. 감염자들이 몰려왔다. 하는 수 없이 휠체어를 돌려 다시 병원으로 돌아갔다.

 우리가 탈 수 있을까. 태워주기는 할까. 안전하다는 그곳에 우리가 알아서 찾아갔다고 치자. 우리를 들여보내 주기는 할까. 그냥 총 한 자루만 달라고 해야겠다.

 신호등이 전부 쓰러진 4차선 도로에는 세단 한 대만이 덩그러니 놓여 있었고, 그 세단 내부에는 야생 꽃이 꽃다발처럼 풍성하게 피어 있었다. 넝쿨이 앞좌석 창문을 깨고 들어가 앞 두 좌석 전체를 휘감았고, 깨진 창문을 메꾼 거미줄은 은실로 뜨개를 한 것처럼 정교하고 아름다웠다. 트렁크 뚜껑은 바위에 붙은 다슬기 같은 것들이 울퉁불퉁하게 붙어 있었는데 자세히 다가가 보니 어느 이름 모를 벌레 유충의 고치 같았다. 세단은 고목이나 바위처럼 자리하고 있었다. 바퀴를 굴리면 바퀴에 엉겨 붙은 잡초에서 피가 날 것만 같은.

 솜이 다 빠져나간 쿠션 위에 앉아 있던 너구리와 눈이 마주쳤다. 뒷좌석은 유리창이 먼지와 이끼로 덮여 천연 가림막이 되었고, 그곳은 이미 안락한 형태의 동굴이었다. 검은 눈동자와 털의 무늬가 또렷하게 보였다. 너구리가 손에 쥐고 있던 생쥐의 꼬리까지. 배부른 포식자의 나른하고 온화한 눈빛을 보며 등을 돌렸다. 울퉁불퉁한 보도블록 탓에 저 멀리 세워둔 카트에는 얼굴 윗부분만 빼꼼하게 내놓은 아내가 보였다. 잠시 눈을 깜빡였다. 시력이 돌아온 건가, 아니면 너구리 무늬가 아직 잔상처럼 남은 걸까. 그런데 아니었다. 실제로 아내의 이마에 못 보던 무늬가 자리하고 있었다.

가까이 다가가 아내의 이마를 어루만졌다. 무늬만이 선명했다. 눈썹 밑으로는 여전히 희끄무레했다. 얄궂게. 얼굴이 보고 싶은데.

네가 해놓은 거야?

장풍이에게 물었다.

뭐를?

이거. 너랑 비슷한데.

아내 이마에 생긴 무늬는 거북이 가죽의 것과 똑같았다.

너도 있어. 너도 그래. 너도 잘 봐봐, 너를.

얼굴을 볼 수 있는 거울이 없는데…. 난처하게 주변을 살펴보다 조금 전 마주했던 너구리의 집이 보였다.

사이드미러를 박박 닦았다. 이끼인지 먼지인지 알 수 없는 초록 입자들이 잔뜩 붙어 있어 잘 떨어지지 않아 결국에는 돌을 주워 긁어냈다. 흠집 난 거울을 보았다. 아내가 알았더라면 화를 냈으리라. 깨지거나 긁힌 거울은 보지 말 것, 잘 때 머리 방향을 북쪽에 두지 말 것, 문지방을 밟지 말 것, 상 모서리 부분에 앉지 말 것 따위의 말들을 대체로 따르는 편이었다. 우리 엄마도 하지 않았던 잔소리를 연인에게서 듣는 건 생각보다 귀찮은 일이었지만, 아내가 말하는 사랑은 늘 그런 식이다. 혹시 존재할지도 모르는 아주 조그만 액운조차 막아주고픈.

내 뺨과 목덜미에도 아내와 같은 이상한 무늬가 있는 걸 보았다. 무늬를 어루만졌다. 거북의 가죽보다 고목의 겉껍질 같은 질감이었다. 건드리기만 해도 부스러기가 후두둑 떨어졌다. 피부 각질일 수도 있겠다. 몸이 죽긴 죽은 모양이다. 원래라면 땅속에서 이루어져야 할 일들이 아니었을까.

카트로 돌아가 장풍이에게 물었다.

내가 잠든 뒤부터 시간이 얼마나 지났어?

모르지. 너희 시간은.

너랑 내 시간이 달라?

다르지. 어떻게 같아.

해가 뜨고 지는 건 절대적인 하루인데, 모두에게 공평한.

해가 뜨고 지는 것이 내겐 하루가 아닌데. 해는 수시로 뜨고 져. 그게 하루면, 하루에 할 수 있는 건 고작 숨 한 번 내뱉기뿐이야.

그러면 너의 시간으로 얼마나 지났어?

내 시간으로 말해도 너는 모르겠지. 짧지 않은 시간이었어. 나도 꽤 길다고 느꼈어.

나는 그제야 궁금해진다. 고요하게 뒤섞인 지구를 보며.

사람들은 다 어디로 갔어? 다 죽었어?

모르지. 나는 계속 화장실에 있었는데.

다친 군인 한 명을 데리고 왔다. 단백질 보충제 하나랑 총을 바꿨다. 총알이 하나밖에 없다. 뭐, 이거라도 어딘가 싶었다. 생각해보면 보충제 하나랑 총알 하나는, 내가 너무 등쳐먹은 느낌이 나긴 한다. 군인이 지시받은 작전은 병원에서 뇌종양 치료제를 가져오는 거였다. 그게 왜 필요하냐고 물었는데, 너무 새끼 병사라 그 이유까지는 자세히 알지 못했다. 정말로 명령을 따를 뿐이었다. 허겁지겁 먹고 있는 걸 보니까 안쓰러웠다. 나이를 물으니 스물이라고 했다. 생각보다 더 어린 나이였다. 올해 대학에 입학하기는 했는데, 취업 문이 더 좁아졌다는 이야기를 듣고는 군 복무를 빨리 마친 뒤 워킹 홀리데이를 떠나 영어 공부를 하며 외국 대학에 입학할 생각이었다고 한다. 흔하디 흔한 청춘의 한 줄기였다. 너무 보편적이어서 안쓰러웠다. 더 특별한 걸 꿈꿀걸 그랬다고, 게

임 하는 걸 너무 좋아했는데 이럴 줄 알았으면 프로게이머를 꿈꿔볼걸 그랬다는 말 때문에 더 그렇게 느꼈을지도 모르겠다.

군인이 나한테 어떤 꿈을 가지고 있었느냐고 물었다. 꿈이라…. 단어가 귀엽게 느껴졌다. 아이들이 좋아하는 글자처럼. 똥, 방귀, 오줌 이런 단어랑 궤가 좀 비슷한 것 같다. 생김새나 발음이. 어쨌거나 나는 꿈을 이뤘다고 대답해 줬다. 꿈을 이뤘기 때문에 그것은 이제 꿈이 될 수 없다. 침묵 속에서 소리 내는 순간 침묵이 사라지는 것처럼, 꿈 역시도 쟁취와 동시에 사라지는 습성이 있는 것 같다. 나는 결혼하는 게 꿈이라고 했다. 군인이 인상을 찌푸렸다. 결혼 그거 그냥 하면 되는 거 아니냐 하더니, 혹시 연애 한 번도 못 해봤었냐고 묻는 얼굴에는 이해도, 공감도 하지 못하는 기색이 역력했다. 그게 불가능한 시기가 있었다고, 결혼하고 싶어도 나라에서 안 된다고 개지랄을 떨 때가 있었다고 하니, 처음에는 이해를 못 해 고개만 갸웃거리다가 침대에 누워 있는 아내를 보고 1초 멈칫, 2초에 헉, 하더니 3초에 아, 하더라. 그러더니 꿈을 이뤄서 축하한다고 했다. 우리가 조금 일찍 만났더라면 결혼식도 갔을 거라고. 웃긴 녀석이다. 우리는 결혼식을 안 했는데.

세상이 이 지경이 되어도, 운명이나 우연 같은 단어들이 얼마나 우스꽝스럽게 시대에 끼어 흘러가는지. 녀석이 군용 배낭에서 인조 꽃 화관 두 개를 꺼냈다. 물론 그 안에는 온갖 잡동사니들, 이 사태에 아무 도움도 되지 않을 것 같은 것들이 한가득 들어 있긴 했지만, 화관이라니. 이걸 왜 주워 가지고 다니냐고 물으니, 자기도 왜 주웠는지 딱히 기억도, 이유도 모르겠다는 얼굴을 하다가 우리를 만나려고 그랬나 보다 하고 너스레를 떨었다. 녀석이 그걸 선물로 줬다. 나중에 둘이 쓰라고. 어디에 보관해야 할지 몰라서 겉옷 안주머니에 넣어두었다. 화관만 선물로 받지 않았더라도 녀석이 변했을 때 총으로 바로 쏴버렸을 텐데. 자기가 물렸다는 것도 모르는 바보 새끼가, 어떻게 외국에서 학교 다닐 생각을 했나 몰라.

아내의 재킷 안주머니에 있던 화관 두 개를 꺼냈다.
그러게. 왜 너는 다른 인간들처럼 죽은 얼굴을 하고 멀쩡하게 돌아다니는 걸까? 이상하네.
아내에게 화관을 씌웠다. 잘 어울린다. 얼굴이 흐릿하지만 알 수 있다. 아내는 분명 화사할 것이다.
나는 더듬더듬 내 머리카락을 헤집었다. 역시나 머리카락에 파묻힌 실핀 몇 개가 잡혔다. 존엄사를 다짐한 이후로 수술도 치료도 받지 않았다. 머리카락을 밀 이유도 사라졌다. 죽을 때는 단정한 단발 스타일로 죽고 싶었다. 바짝 깎았던 머리카락을 기르는 과정은 쉽지 않았다. 반곱슬인 탓에 머리카락이 엉망으로 뻗었다. 그때마다 아내는 내 머리를 빗겨주고 실핀을 꽂아주었다. 검은 실핀은 질리고 멋이 없다며 어느 순간부터 색색의 실핀을 사왔다. 내 머리에 꽂혀 있던 건 분홍색과 하늘색, 노란색이다.

내가 추측하는 가능성은 두 개야. 이 바이러스의 분자구조가 항암제와 비슷한 경우. 항암제를 꾸준히 먹어온 덕분에 이 바이러스의 구조에도 몸이 면역 반응을 보였을 수도 있어. 두 번째는 뇌종양 치료제와 바이러스가 상호작용을 일으킨 거지. 한마디로 뇌종양을 없애려던 치료제가 바이러스까지도 차단해 버린 거야. 둘 중 답이 있는지, 답이 있다면 그게 맞는지도 이제 알 수 없지만 아마 그 군인에게 뇌종양 치료제를 가지고 오라고 했던 건 이런 이유가 아니었을까.

아내에게는 분홍색 실핀을 꽂아주었다. 단단하게 고정된 화관이 썩 마음에 들었다.

너의 병이 너를 지켜준 건가.

내 손에는 하늘색과 노란색 실핀이 남아 있었다. 내가 그것을 바라보며 색을 고르고 있자, 아내가 손에 있던 노란색 실핀을 툭, 건드렸다. 아내가 노란색을 골라줬다고 생각하기로 했다. 거북의 가죽처럼, 고목의 껍질처럼 변한 아내의 손을 붙잡아 손등에 입을 맞추었다.

아니. 내가 강해서 둘 다 품은 거야.

노란색 실핀으로 머리에 쓴 화관을 고정했다. 다시 카트를 끌었다.

바다가 멀지 않았어.

장풍이 말했다.

냄새가 느껴져. 내 고향의 향이….

아내가 물렸다. 군인이 물었다. 총으로 쏘려다가 차마 그러질 못해서 군인을 창밖으로 밀었다. 7층 높이에서 떨어졌으니 죽을 줄 알았는데, 다행히… 움직였다. 다행이라고 말하는 게 맞는지는 모르겠지만. 군인은 주변을 살피다가 저 멀리 홀로 뛰어갔다. 그 뒷모습이 바빠 보여서 눈물이 났다. 갈 곳도, 저렇게 바쁘게 가야 할 이유도 없을 텐데 열심히 뛰는 뒷모습이 안쓰러워서, 그래서, 눈물이 났다고 치자. 처음으로 실컷 울었다. 깨어나지 않는 아내를 보며, 숨이 가빠지는 아내를 보며, 창백해지는 아내를 보면서.

분명 바다를 향해 가고 있는데 바람은 점점 건조해졌다. 건조함을 알아차린 건 정전기 때문이었다. 바람이 불 때마다 이곳저곳에서 탄산처럼 빛이 터졌다.

물리고 싶은데 용기가 안 난다. 무섭다. 살짝만 물리고 싶은데 자칫 살점이 다 뜯겨 죽을 것만 같다. 아프게 죽는 건 싫다. 그래도 나한테는 총알 하나가 있다. 이걸로 나를 쏴야 할까, 아내를 쏴야 할까. 매일 밤 고민한다. 아내를 쏘자니 나 혼자 이곳에 남고 싶지 않고, 나를 쏘자니 감염되어 그 군인처럼 홀로 뛰어갈 아내가 생각 나 눈물이 나서 안 되겠다. 우리가 영원히, 지금처럼 함께 할 수 있는 방법이 없을까.

외곽 도로를 지나자, 도시를 통째로 삼켜버린 화마가 보였다. 모든 게 타들어 간다. 마치 도시 전체가 거대한 화장터의 화로 같았다.
이 땅이 전부 불바다가 되겠어.
내가 말했다.
저렇게 타고 나면 땅에 미생물의 수가 많아진다. 재와 숯이 다양한 영양소를 공급하지. 미생물이 그걸 먹고 자란다.
내년에는 이곳이 우림이 되어 있을지도 모르겠네.
나는 카트를 끌며 말했다. 불타오르는 도시를 지나쳤다.

사람들이 이주선을 타기 위해 떠났다. 멸망해 가는 지구에서 도망쳤다. 도망가고 싶다고, 인간이 없는 곳으로 가고 싶다고 빌었던 건 우리인데 정작 우리가 남고 모두 도망쳤다. 지구가 오롯이 우리 차지가 됐다. 우리가 설 곳이 가장 부족했던 곳인데, 이제는 어딜 가든 지천이 전부 우리의 땅이다. 역시 오래 버티는 게 이기는 거다. 죽지 않고 오래 버텨야, 이긴다.

해가 저물었다. 잠이 오지는 않았지만 밤을 느끼고 싶었다. 주유소 매점으로 들어가려다가 새끼 멧돼지와 마주쳤다. 인간을 무서워하지 않는 새끼 멧돼지가 엉덩이를 들썩이며 주위를 맴돌았다. 다행히도 새끼 멧돼지는 모르는 듯했다, 제 어미가 기억하는 것을. 길을 걷다 난데없이 자신을 치고 가는 쇳덩이의 공포를. 굶주림을 버티지 못하고 산을 내려갈 때면 난데없이 자신을 향해 날아오던 쇠구슬의 고통을. 만약 저 새끼 멧돼지가 인간을 알고 있었다면, 마주하자마자 공격할 것이었다. 이 땅의 가장 포악했던 짐승을. 멧돼지가 달려들면 도망갈 마음을 먹기도 전에 나는 산산조각이 날 터였다. 나는 카트를 끌고 다시 주유소를 나갔다. 어디로 가야 할지 몰라 한참을 걷기만 하다가 커다란 대게 조형이 세워져 있는 식당으로 들어갔다.

피해가 없었는지 식당 내부는 부서진 곳 없이 말끔했다. 그리고 예전에는 대게가 가득 들어 있었을 물 담긴 수조가 보였다.

장풍이를 수조에 넣었다. 메말라 있던 등껍질이 천천히 젖어드는 것이 보였다.

수질이 별로인데. 괜찮아?

물은 다 물이야. 시원해.

아내를 카트에서 꺼내려고 애를 쓰다가 결국 카트가 옆으로 엎어졌다. 오히려 잘됐다, 싶었다. 이불도 없으니, 차라리 둘이 카트 안에 누워 있는 게 더 안락하리라.

아내와 엎어진 카트에 하반신만 겨우 넣은 채 식당 바닥에 나란히 누웠다. 천장을 바라보고 있는 아내의 옆얼굴을 보았다. 거북의 가죽 같은, 고목의 껍질 같은 것이 점점 더 아내의 얼굴을 뒤덮었고 그럴수록 아내의 얼굴이 점점 선명해졌다. 이제 눈동자가 보인다. 반짝인다. 아내의 뺨과 눈가를 어루만졌다. 아내의 고개를 돌렸다. 나를 본다. 보고 있다. 눈동자에 아내의 숨이 느껴진다.

피로 감염되는 것 같다.

아내가 입술을 들썩였다. 배가 고픈 새끼 새의 입질 같은 게 아니다. 내게 말을 하고 있다.

이로 깨물어 피를 낸 아내의 입술과 내 입술을 맞대어 입을 맞쳤다. 나는 아무래도 너한테 감염되고 싶어.

내가 이렇게 느끼한 말을 한 걸 알면 아내가 진절머리를 칠 건데. 그래도 봐주겠니? 낭만적인 멸망을 맞이하자. 지구를 독차지한 기념으로.

아침이 왔을 때 다시 카트에 아내와 장풍이를 싣고 움직였다. 새벽 내내 파도 소리를 들었다. 멀지 않은 곳에 바다가 있는 것이다. 그 파도가 우리를 부르는 것만 같아서 더 지체할 수 없었다.

바다로 가는 내내 어젯밤 아내가 나에게 속삭인 말이 무엇이었을지 궁리했다. 퀴즈는 금방 풀릴 듯 말 듯 했다.

여보.

바다가 보였다. 거대한 해변이. 건물 하나 없이 오로지 검은 바다뿐인 곳이다. 단 한 번도 인간이 밟아본 적 없는 검은 물.

모든 건 다 잊어도, 나는 잊지 마. 우리 서로는 잊지 않기로 해.

장풍이를 해변에 놓아주자, 녀석은 치사하게 인사 한마디 하지 않고 바다로 가버렸다. 고맙다는 말은 해줄 수 있는 거 아닌가 싶었다가 그게 얼마나 염치없는 짓인지 깨달았다. 애초에 장풍이를 바다에서 꺼낸 것이 인간이구나. 아무도 우리에게 인간 대표자의 자격을 주지 않겠지만, 이곳은 이제 우리뿐이므로 감히 인간 대표가 되어 장풍이에게 사과했다.

아내와 나란히 해변에 앉아 바다를 바라보았다. 몇 시간이, 며칠이 흘렀는지 모르겠다. 우리의 시간도 이제 해와 달에 얽매이지 않게 된 걸까. 시간이 느껴지지 않았다.

그러다 어느 날 아내가 내 손을 잡았다. 우리의 피부는 이제 완전한 고목이 되었다. 아내가 나지막이 내뱉은 말을 아직도 풀어내지 못했지만 어쩌면 머지않아 아내가 알려줄 거라는 생각이 든다.

사람들은 다시 이곳으로 돌아오겠지. 장풍이가 바다로 돌아갔듯이, 결국에는. 하지만 나는 복수를 아는 인간이다.

그러니 돌아오지 마십시오, 그대들.

당신들이 설 자리는 없습니다. 이제 이 행성에는 우리뿐입니다.

작가의 말

살아 있는 사람을 너무 오랫동안 마음에서 죽였다.

살길 바라면서도 내 안에서 내가 죽여버린 사람. 살아 있지만 죽은 사람. 살아 있음을 너무 힘겹게 증명해야 하는 사람. 자신이 누구인지를 잊은 사람은 무엇으로 자신을 증명하지? 삼도천을 건너려 해도 자신의 이름을 알아야 따라가든가 할 텐데. 물리적 죽음보다 더한 죽음이 있다는 것을, 죽음조차 탈출구가 될 수 없는 삶이 있다는 것을 알았다. 그렇다면 살아 있다는 게 과연 무엇인지 궁금했다. 그래서 반대로 내가 죽여버린 사람이 하지 못하는 것들을 떠올렸다. 그럼 산 사람이 되지 않을까, 하여. 첫째, 어디든 갈 수 있다. 둘째, 누구든 환영한다. 셋째, 자신의 의사를 말로 표현할 수 있다. 넷째, 온전히 걸을 수 있다. 다섯째,

나를 안다. 그러니 다시 말하자면 이렇다. 살아 있지만 죽은 사람은 모두 이 반대다. 제대로 걸을 수 없어 누구도 환영하지 않으니 어디에도 갈 수 없고, 나를 알 수 없으니 자신의 의사를 온전히 표현할 수 없다. 그들은 어디에 있던가. 나는 복도 끝, 방 안, 병실 침대에 있던, 어느새 배경에 타인이 있는 것이 무척 낯설어진 그 사람을 떠올린다. 그 사람은 언제나 아무도 오지 않는 곳에 있다.

그렇게 『아무도 오지 않는 곳에서』는 살아 있지만 죽은 사람의 대표적인 상징이라 할 수 있는 '좀비'와 만났다. 좀비에 대한 나의 애착은 예전부터 자주 밝혀왔지만, 쉬이 쓰지 못했던 건 이 장르 자체가 시각적인 매체로 접했을 때 더 재미있기 때문이었다. 문장으로 그 재미를 뛰어넘지 못할 거라면 쓰지 않는 것이, 응당 좋아하는 것을 대하는 마음이었다. 하지만 뱀파이어와 외로움을 엮은 장편소설을 한 번 출간한 이후 끝없이 좀비에 대한 갈증을 느꼈다. 그 뒤로도 좀비에 관한 미디어 콘텐츠가 숱하게 쏟아졌음에도 불구하고 무언가 해소되지 않았다. 오히려 아쉬움만 쌓였다. '좀비의 매력은 저게 다가 아닌데'라는 생각을 했던 것 같다. 어렸을 때 좀비 영화를 보면 좀비에게 물릴지도 모른다는 공포심보다 사랑하는 이들이 모두 좀비로 변해버리고 주인공 홀로 남은 상황이, 그런데도 살아가야 한다는 것이 무척 고독

해 보였다. 볼 수 있고, 본인 스스로 움직이지만, 자신이 누구인지 잊어버린 사람. 그 사람을 죽이지도 못한 채 봐야 하는 사람. 나는 그것이 진정 우주에서 인간만이 겪을 수 있는, 오로지 인간만이 슬프고 인간만이 고통스러운 재난 같았다. 내가 이 장르에서 느낀 주된 감정은 공포가 아니라 사무친 슬픔이었고 죽어버린 자, 살아남은 자 누구도 행복할 수 없는, 해피엔딩은 없는 장르였다.

좀비 사태가 터지면 재빨리 좀비가 되어야지. 나를 잊은 사람을 보는 것보다 내가 나를 잊는 게 편할 테니까. 그런 마음가짐으로 언제든 좀비 사태를 대비하고 있었다. 그러니까 한마디로 좀비 사태에서는 좀비가 가장 강하고, 편하다. 원래 죽어 있던 것은 죽음의 생태를 잘 알 테니까. 그리고 그렇게, 어쩌다 보니 가장 강하게 끝까지 살아버린 인물들을 쓰고 싶었다. 내가 오랫동안 죽인 사람도, 죽은 채로 가장 오래 살기를 바라는 마음으로.

「제 목소리가 들리십니까」와 「제 숨소리를 기억하십니까」는 2019년 웹사이트에 먼저 공개한 단편이다. 그때 허블과 계약하고 마지막 한 편을 더 써서 드리겠다고 약속했는데, 그렇게 햇수로 6년이 지나버렸고, 마지막 단편을 써서 드렸을 때는 앞에 쓴 두 단편을 그대로 출간할 수 없었다. 그래서 조금만 고쳐서 보내겠다는 것이 전부 다 고쳐서, 새로 쓴 격이 되었다. 하지만 기술적인 성장만 있을 뿐 그때나 지금이나 하고 싶은 말은 변하지 않았음에, 사람은 쉽게 변하지 않는구나 싶다. 그게 위로가 되고 두렵기도 하다.

  이렇게 한 번 좀비를 쓰고 나니 용기가 생긴다. 아름답고 강인한 좀비 이야기를 썼으니, 이제 유쾌하고 가녀린 좀비 이야기를 한 번 더 써야겠다.

2025년 가을
천선란

아무도 오지 않는 곳에서
ⓒ 천선란, 2025. Printed in Seoul, Korea

초판 1쇄 펴낸날	2025년 10월 27일
초판 5쇄 펴낸날	2025년 11월 20일
지은이	천선란
펴낸이	한성봉
편집	안태운·김학제·박소연
콘텐츠제작	안상준
디자인	최세정
마케팅	오주형·박민지·이예지·정효인
경영지원	국지연·송인경
펴낸곳	허블
등록	2017년 4월 24일 제2017-000050호
주소	서울시 중구 필동로8길 73 [예장동 1-42] 동아시아빌딩
페이스북	facebook.com/dongasiabooks
인스타그램	instagram.com/dongasiabook
트위터	twitter.com/in_hubble
블로그	blog.naver.com/dongasiabook
홈페이지	hubble.page
전자우편	dongasiabook@naver.com
전화	02) 757-9724, 5
팩스	02) 757-9726
ISBN	979-11-93078-70-9 03810

※ 허블은 동아시아 출판사의 문학 브랜드입니다.
※ 잘못된 책은 구입하신 서점에서 바꿔드립니다.

만든 사람들

책임편집	김학제
크로스교열	안상준
표지디자인	상록
표지그림	유리(Yoori), 〈추락하는 마음으로〉 (2022)
본문조판	최세정